Beatrix Petrikowski
*Meine Frau kommt mit ihrem Mann*

Beatrix Petrikowski

# *Meine Frau kommt mit ihrem Mann*

Für meine Kinder Marius, Carolin und Tobias

2. Auflage Oktober 2015

Copyright: © 2015 Beatrix Petrikowski
Horster Straße 14, D-45964 Gladbeck

Lektorat: Michael Petrikowski

Herstellung und Verlag:
BoD – Books on Demand, Norderstedt
ISBN 978-3-7386-3159-3

**Paderborn – Dienstag, 21. Februar 2012, 0.41 Uhr**

*Meine Liebste,*

*zuerst hast du mir geschrieben, dass du dich von Philipp trennen und zu einer Anwältin gehen willst. Dann kam deine SMS, dass wir uns trennen, und deine lange Mail deshalb für mich nicht mehr so schlimm wäre. Ich liebe dich so sehr, dass ich das nicht ertragen kann. Die Vorstellung, dich nie wieder in meinen Armen zu halten, dich nicht mehr streicheln zu dürfen, dich nie mehr zu küssen... Ich habe dir gesagt, dass ich dich für immer lieben werde, bis zu meinem Tod, und das ist auch so. In zwei bis drei Stunden werde ich tot sein, und danach endet dann auch meine Liebe, denn von mir wird nichts bleiben.*

*Ich bin ein gefährlicher Psychopath, schreibt einer deiner Söhne, obwohl er mich gar nicht kennt. Ja, gefährlich stand auch auf meiner Akte im Heim, dann war ich ein gefährlicher Dealer, ein gefährlicher Schläger, ein gefährlicher Zuhälter. Was Leute, die mich gar nicht kennen, alles so über mich wissen...*

*Mir ist dann heute eingefallen, was damals auf meiner Geburtstagsfeier im Schrebergarten passiert ist. Als du so betrunken warst, und ich dir helfen wollte, hast du mich weggestoßen und gesagt, ich solle abhauen. Am nächsten Tag habe ich versucht, mich umzubringen. Doch das hat nicht geklappt. Mein Stiefvater hat mich grün und blau geschlagen, und ich bin dann einfach abgehauen. Doch ein Kollege hat mich verpfiffen, und so konnte mich mein Onkel finden, aber ich bin dann immer wieder für ein paar Tage in der Drogenszene abgetaucht.*

*Ich war heute an ein paar Orten, die mich an glückliche Momente mit dir erinnert haben, aber ich war einfach nur traurig. Ich habe den Schmetterlings-Anhänger an meine Kette mit dem Elefanten gemacht, damit die beiden zusammen sind. Ne-*

5

ben mir liegt die Münze mit dem alten Ché. Sie hat mir kein Glück gebracht, doch er soll mich auf meinem letzten Weg begleiten, denn ich habe solche Angst vor dem Sterben...

Schreibe den Roman, denn während du daran schreibst, werde ich bei dir sein. Ich liebe dich bis zum letzten Atemzug!

Dein Andy

**Buer – Dienstag, 7. März 1972, 9.30 Uhr**

Gerade klingelt es zur großen Pause. Das wird aber auch langsam Zeit! Frau Middeldorf unterrichtet die Hauptschüler einer neunten Klasse in Buer im Fach Erdkunde und ihr Unterricht wirkt auf die Schüler wie eine Schlaftablette. „Halt! Noch einen Moment! Als Hausaufgabe gebe ich euch …", Frau Middeldorf verstummt, denn die Hälfte der Schüler hat schon längst den Klassenraum verlassen, und die übrig gebliebenen strafen ihre Lehrerin mit Missachtung.

An diesem Tag will sich die Sonne nicht zeigen und es ist für die Jahreszeit viel zu kalt. Die Schüler ziehen ihre warmen Jacken über und auf dem Schulhof bilden sich in der Pause einzelne, unterschiedlich starke Gruppen. Grob eingeteilt gibt es auf der einen Seite die strebsamen Schüler, die sich unbedingt von den ewig provozierenden, unangepassten und respektlosen Schülern distanzieren wollen. Schon alleine durch deren Äußeres, wie die Auswahl ihrer Kleidung oder Frisur, wollen sie mit allen Mitteln auffallen. Sie ahmen ihre Idole der 68er Bewegung nach, die einfach anders als ihre Eltern sein wollten und bei ihren Mitmenschen für Empörung gesorgt haben.

Dagmar und Viola gehören ebenfalls dieser Gruppierung an und lieben es, wenn sie überall sofort aus dem Rahmen fallen. Sie binden sich lange Tücher um den Kopf und besorgen sich extra aus einem Tabakgeschäft auf der Hochstraße in Buer Zigaretten mit schwarzem Papier. Die hat nicht jeder! Um die Handgelenke tragen sie Lederarmbänder, auf die sie mit farbigem Filzstift die unterschiedlichsten Bandnamen geschrieben haben. Wenn sie auch von einigen ihrer Mitschüler für mutig gehalten und wegen ihres couragierten Auftretens beneidet werden, so werden sie doch von den meisten als äußerst seltsam empfunden.

Beide zieht es auch in der heutigen Pause in den hinteren Bereich des Schulhofes, der von den Aufsicht führenden Lehrpersonen nur selten aufgesucht wird. Außerdem stehen dort immergrüne Sträucher, hinter denen man sich gut verstecken kann. Genau das beabsichtigen die beiden Mädchen, um sich ungestört eine Pfeife stopfen zu können. Fast alle Lehrer der Schule wissen sowieso schon seit längerem, dass in der Ecke gekifft wird. Aber da sie keine Ahnung haben, wie sie mit dem Problem umgehen sollen und kaum etwas ausrichten können, meiden sie bei ihren Rundgängen bewusst diesen abgelegenen Schulhofbereich. Auf diese Weise machen sie es sich bequem und gehen unnötigem Ärger aus dem Weg. Schließlich gibt es nur dort ein Drogenproblem, wo es öffentlich gemacht wird und wer nicht hinsieht, wird auch nichts finden. Zumindest scheinen sich alle Pädagogen daran zu halten, denn warum sollte die Schule mit negativen Schlagzeilen auf sich aufmerksam machen?

„Hast du noch was von dem Stoff, oder war das jetzt der Rest?", fragt Dagmar, nachdem sie genüsslich an der Pfeife gezogen hat.

„Na klar hab ich noch was", kommt die prompte Antwort von Viola. „Harald hat von seinem Vater mal wieder genug abzweigen können und hat mir großzügig was abgegeben. Echt korrekt von ihm."

„Es ist schon krass, dass er den Shit auch noch so offen zu Hause herumliegen lässt, so dass Harald da ran kommt."

„Hauptsache wir haben etwas. Alles andere interessiert mich nicht."

„Ja, was geht es uns an?", stimmt ihr Dagmar zu und nimmt noch einmal einen tiefen Zug.

Die Schulklingel kündigt das Ende der Pause an und ruft zur nächsten Unterrichtsstunde. Die Schüler begeben sich wieder in ihre Klassenräume. Nur Viola und Dagmar lassen sich Zeit. Jetzt, wo alle im Gebäude sind, können sie die Minuten der Ruhe erst einmal so richtig genießen. Wozu die Eile? Was kann ihnen schon passieren?

Als sie sich endlich auch im Klassenraum einfinden, ist ihr Mathematiklehrer Herr Langer schon mit dem Austeilen der letzten Klassenarbeit beschäftigt und trägt die beiden zu spät Kommenden ins Klassenbuch ein. Das ist für Dagmar und Viola zwar kein Grund zur Freude, aber die Welt wird davon auch nicht untergehen.

Amüsiert reicht Herr Langer das Arbeitsheft Andreas und bittet die Schüler um kurze Aufmerksamkeit:

„Ich muss gestehen, dass es für mich bei den Korrekturen einer Klassenarbeit keinen Grund zum Schmunzeln gibt. Aber Andreas, der, ganz nebenbei bemerkt, die beste Mathearbeit abgeliefert hat, ist dieses seltene Kunststück tatsächlich gelungen. Ihr erinnert euch doch alle an die eine Aufgabe, bei der ihr die Frage beantworten solltet, für welche beiden Angebote eines Fernsehgerätes sich Herr Thomson entscheidet. Wer richtig gerechnet hat, musste zu dem Ergebnis gekommen sein, dass sich der Käufer für das günstigere Angebot B entscheidet. Doch welche Antwort lese ich von eurem Mitschüler? Seine Rechnungen sind völlig richtig, und auch Andreas ist zu dem Ergebnis gekommen, dass B das bessere Angebot ist. Doch seine Antwort lautet, einen Moment, gleich habe ich es: Ich kenne Herrn Thomson persönlich und weiß, dass er sich für das Angebot A entscheidet, aus dem einfachen Grund, weil er immer in diesem Geschäft kauft."

Sofort wird es in der Klasse unruhig, und alle blicken in die Richtung zu Andreas. Auch Dagmar sieht sich kurz im Klassenraum um und trifft auf die Blicke ihres Mitschülers. Verschämt sieht sie schnell zur Seite. Ob er das jetzt bemerkt hat?

Verdammt, natürlich hat der das gemerkt! Wenn du seinem Blick begegnet bist, muss er ja wohl auch... Verdammt! Wie blöd!

„Dagmar!", hört sie Herrn Langer laut ihren Namen rufen.

„Ja, was ist?", entgegnet sie verstört.

Natürlich hatte sie wieder einmal nichts vom Unterrichtsgeschehen mitbekommen, denn sie schwebt noch auf einer Welle der Glückseligkeit. Der leichte Rausch, der so viele Dinge im Alltag erst aushalten lässt, ist noch nicht verflogen, und dann hängt sie noch der Erinnerung an die Blicke dieses Jungen nach. Es dauerte nur Sekundenbruchteile, aber der Gedanke daran lässt sie nicht los. Waren es wirklich nur seine Augen, die sie immer wieder so fesseln und magisch anziehen? Irgendetwas ist an ihm einfach anders! Es muss an seiner Art, sich auszudrücken liegen, und wofür er sich interessiert. Für politische Themen faszinieren sich eher die Älteren. Aber er spricht schon als Vierzehnjähriger wie selbstverständlich über Marx und Engels und scheint ihre Thesen auswendig gelernt zu haben. Dagmar erinnert sich daran, dass er überhaupt schon viel Anspruchsvolles gelesen hat. Erst kürzlich haben sie sich mit Kollegen vor einem Jugendheim darüber unterhalten. Da hat er ihr einen zensierten Kalender mit kommunistischen Texten geschenkt, nachdem sie sich interessiert gezeigt hat. Natürlich musste sie den zu Hause vor ihren Eltern schnell verstecken, denn mit ihnen hat sie sowieso schon genug Ärger.

**Buer – Dienstag, 7. März 1972, 13.15 Uhr**

Endlich ertönt die Klingel, die die Schüler für den heutigen Tag aus ihrer Pflicht entlässt. Eilig packen sie ihre Bücher, Hefte und Stifte in ihre Taschen und verlassen den Klassenraum.

„Ich finde, Dagmar benimmt sich immer merkwürdiger. Langsam habe ich das Gefühl, sie übertreibt", meint Tim.

Friedrich und Elke haben den gleichen Weg nach Hause und schlendern neben Tim, der fortfährt: „Und heute, fürchte ich, hat sie sich so richtig bei dem Langer unbeliebt gemacht."

„Wieso?", meint Elke. „Nur weil sie wieder ein paar Minuten zu spät kam? Das juckt die überhaupt nicht. Wenn wir mal ganz ehrlich sind, hat sie bei dem langweiligen Unterricht auch nichts verpasst. Ich finde sie ganz in Ordnung. Sie sagt jedem ihre Meinung und man kann sich hundertprozentig auf sie verlassen, was man nicht gerade von jedem sagen kann."

„Jetzt fang' du auch noch an und nimm sie in Schutz! Ich bleibe dabei, dass sie den Bogen manchmal überspannt. Und dann diese ewige Kifferei, die kriegt doch kaum noch etwas mit, so zugedröhnt, wie sie manchmal ist", meint Tim.

„Ja, da hast du Recht. Überhaupt finde ich, dass Dagmar immer schon etwas komisch und seltsam war", stimmt ihm Friedrich zu. „So Leute, ich muss jetzt hier abbiegen, weil ich heute noch zu meiner Tante muss. Bei irgendetwas soll ich ihr helfen. Viel lieber würde ich auf den Fußballplatz gehen, aber meine Tante gibt mir immer ein großzügiges Taschengeld, das ich auch gut gebrauchen kann. Also, macht's gut! Wir sehen uns morgen früh, gleiche Zeit, gleicher Ort."

Ein paar Jungen hängen noch eine Weile vor dem Schulgelände ab und setzen sich auf die breiten Stufen, die direkt zum Eingang in die große Aula führen.
„Hast du mal eine Zichte?", fragt Hans-Jürgen seinen Kumpel, der ihm mit einem vorwurfsvollen Blick die Schachtel reicht. „Bist du wieder blank und musst schnorren?"
Ein zögerliches „so in etwa" ist alles, was Hans-Jürgen hervorbringt, denn er weiß, dass er auch einmal eine Schachtel spendieren müsste.
„Was machst du eigentlich zu deinem Geburtstag?", will Andreas von Wolfgang wissen.
„Ich hoffe, dass meine Alten nichts dagegen haben und mich im Schrebergarten feiern lassen. Ich hab' schon mal einen Blick auf den Kalender geworfen. In diesem Jahr kommt das echt blöd aus. Der 19. April fällt auf einen Mittwoch. Unter der Woche kannst du eine Feier vergessen, da kommt niemand. Also kann ich frühestens am Freitag eine Fete geben, das wäre dann am 21sten. Wieso fragst du?"

„Du weißt doch, dass wir am gleichen Tag Geburtstag haben. Können wir den nicht zusammen feiern? Dann teilen wir uns auch die Kosten und ich frage meine Ma, ob sie für uns einen Salat oder so macht."

Günter findet die Idee Klasse: „Au ja! Das wäre was – mal wieder so eine richtige Party. Dann müsst ihr aber auch ein paar Mädels einladen!"

„Meinst du?", fragt Wolfgang und sieht schon bessere Chancen seine Eltern zu überreden, wenn er ihnen eine Beteiligung an den Kosten anbieten kann.

Rainer wird allein bei dem Gedanken an Mädchen ganz anders und ruft aufgeregt: „Genau! Das wär's! Für die Mädels müsst ihr unbedingt Bowle und so ein Zeug machen. Darauf fahren die nämlich ab, weiß ich von meiner älteren Schwester!"

„Hör mal, nur so nebenbei, wenn du schon von Mädchen sprichst", bemerkt Andreas mit einem Seitenblick auf Hans-Jürgen. „Dass du es weißt, und ihr alle könnt euch das auch gleich hinter die Ohren schreiben: Von Dagmar lasst ihr eure Finger. Das ist mein Mädchen!"

„Oh, oh… was sind denn das für Töne?", macht sich Wolfgang über Andreas lustig.

„Verliebt, was?" Hans-Jürgen grinst frech und Rainer setzt noch eins drauf: „Hast du schon mit der?"

„Meiin Määdchen", ahmt Wolfgang Andreas nach und biegt sich fast vor Lachen. „Von der sollen wir unsere Finger lassen. Habt ihr das gehört, Jungs? Dabei hat mit der doch fast jeder. Die nimmt es nicht so genau und lässt jeden ran!"

„Ach leckt mich doch alle! Ihr könnt mich mal. Aber lasst euch das gesagt sein: In dem Punkt verstehe ich keinen Spaß!" Andreas wendet sich wütend ab und würdigt seine Schulkameraden keines Blickes mehr.

„Komm, so haben wir das nicht gemeint. Jetzt stell dich nicht so an!", ruft ihm Hans-Jürgen hinterher und versucht zu beschwichtigen. Aber Andreas hat sich schon auf und davon gemacht.

12

„So kenne ich Andreas gar nicht", sagt Wolfgang kleinlaut. „Der ist jetzt ganz schön sauer. Den lassen wir lieber erst mal in Ruhe!"

**Buer – Freitag, 21. April 1972, 18.00 Uhr**

Endlich ist es so weit: Heute soll die große Gartenfete steigen! Nur spielt das Wetter leider überhaupt nicht mit, denn für die Jahreszeit ist es immer noch deutlich zu kalt. Immerhin ist es heute trocken geblieben und die jungen Leute wollen sich ihren Spaß nicht nehmen lassen. Wie eine Handvoll anderer Mädchen ist Dagmar ebenfalls von Wolfgang zu seinem fünfzehnten Geburtstag eingeladen worden. Fast wäre die Party aber schon ins Wasser gefallen, denn Wolfgang hatte sich lange nicht getraut seine Eltern zu fragen. Er wartete immer auf einen günstigen Moment, der aber nie kam, weil seine Eltern völlig überarbeitet und deshalb gereizt waren. Schließlich blieb ihm aber nichts anderes übrig und er musste sie über seine Pläne in Kenntnis setzen, denn mittlerweile hatte er schon mehrere Einladungen an seine Freunde ausgesprochen. Nicht auszudenken, wenn ihm noch ein Strich durch die Rechnung gemacht worden wäre. Wie stände er dann vor seinen Freunden da? Wo die meisten schon ihr Kommen zugesichert haben und dem Ereignis entgegenfiebern. Längst hat es sich auch wie ein Lauffeuer in der Schule herumgesprochen, dass Wolfgang und Andreas gemeinsam ihre Geburtstage feiern werden. Gerade so eine Gartenfete gibt es nicht alle Tage und ist daher etwas Besonderes!

Wolfgang fühlt sich wie ein Hahn im Korb, denn mit einem Mal steht er im Mittelpunkt, und alles dreht sich nur um ihn. Die Mädchen hatten ihn vor der Einladung kaum beachtet. Jetzt wird er von den Mädchen belagert und kostet das richtig aus. Die süßesten Dinger wollen auch zu seiner Party eingeladen werden und haben versucht, sich bei ihm einzuschmeicheln. Hinter dem Rücken von Andreas hat er Dagmar ebenfalls eine Einladung zukommen lassen, wovon Andreas natürlich Wind bekommen hat. Als er ihm dann auch noch gestehen musste, dass sie bereits zugesagt hat, war Andreas enttäuscht, denn sie sollte zu *seinem* Geburtstag kommen, und *er* wollte sie selbst einladen. Aber letztendlich war er froh, dass sie überhaupt kommen würde, und so hat er sich mit Wolfgang auf die Planungen und Vorbereitungen gestürzt. Beide würden sie ihren fünfzehnten Geburtstag feiern und Wolfgang hoffte, bei dieser Gelegenheit ein wenig mehr Erfahrungen mit den Mädchen sammeln zu können. Vielleicht ist ja etwas Fummeln drin, oder wenigstens ausgiebiges Knutschen.

Andreas hat in diesem Punkt aber konkretere Vorstellungen und eindeutige Absichten! Noch ist es ihm nicht einmal gelungen Dagmar zu küssen. Aber er träumt schon seit längerem von ihr, sie zu streicheln, überall zu streicheln, sie ganz langsam auszuziehen. Überall würde er sie küssen wollen und bei dem Gedanken, wie sie mit ihren Händen über seinen Rücken fährt und sich dann langsam immer weiter nach unten tastet, wird ihm ganz schwindelig. Natürlich ist er sich seiner Verantwortung bewusst und hat vorgesorgt. Eine Packung Kondome hat er extra für den heutigen Abend besorgt und für den Fall aller Fälle auch noch eine wärmende Decke eingepackt. Schließlich soll Dagmar nicht frieren müssen. Auf das Gerede der anderen, dass Dagmar es mit jedem treibt, gibt er nichts. Wahrscheinlich geben sie nur an und würden selbst gerne mal mit ihr alleine sein. Die wollen sich bestimmt nur wichtig tun! Dagmar ist bestimmt kein Mädchen die so leicht zu haben ist. Ob sie wohl noch Jungfrau ist? Dann hat sie vielleicht Angst und traut sich gar nicht? Wovon hat Rainer noch gleich gesprochen? Von einer Bowle, auf die die Mädchen abfahren? Die könnte Dagmar etwas lockerer machen. Wenn dann alles gut läuft, dürften die Leute nur nicht zu lange bleiben, und er muss Wolfgang dazu überreden, ihm für ein Stündchen die Laube zu überlassen.

Auf dem Weg zur Party treffen sich zufällig Dagmar und Friedrich und da sie, wie sich schnell herausstellt, dasselbe Ziel haben, gehen sie den Rest gemeinsam. Schon von weitem hören sie die Musik aus den Lautsprechern dröhnen – *Lola*, ein Dauerbrenner von den Kings. Das macht es für sie einfach, den richtigen Garten in der weiträumigen Anlage zu finden, denn bei den vielen Wegen kann man sich schnell verlaufen. So müssen sie nicht lange suchen und erreichen gut gelaunt das Eingangstor. Andreas tritt gerade aus der Gartenlaube und sieht Dagmar mit Friedrich zusammen ankommen. Enttäuscht macht er auf dem Absatz kehrt und zieht sich zurück. So ist das also, denkt er sich, Friedrich hat sich an Dagmar herangemacht. Und dabei tut er immer so scheinheilig. Als würde ihm nichts an Dagmar liegen. Wenn die schon zusammen hier aufkreuzen, läuft da ganz sicher was. Nur weiß ich noch nichts davon.

„Schön, dass ihr gekommen seid", werden Dagmar und Friedrich von Wolfgang begrüßt. „Was wollt ihr trinken? Friedrich, du willst sicher ein Bier. Und du, Dagmar? Möchtest du ein Glas Bowle. Hat Andreas extra für euch Mädels gemacht." Friedrich greift dankend nach der angebotenen Flasche Bier, öffnet sie mit einem gekonnten Griff und nimmt sofort einen kräftigen Schluck. Er sieht sich um und stürzt gleich auf Viola zu, die verträumt in einer Hollywood-Schaukel abhängt. Dagmar probiert von der Bowle, trinkt das Glas in einem Zug leer und meint, dass da ja wohl gar nichts hinter wäre. Sofort lässt sie sich das Glas auffüllen. *Get It On* von T. Rex wird jetzt gespielt, nicht gerade der Musikgeschmack von Dagmar. Sie steht im Moment mehr auf Pink Floyd. Gemeinsam mit Renate beschließt sie auch erst einmal etwas zu essen. In dem kleinen Gartenhäuschen gibt es verschiedene Salate, Frikadellen und einen Topf mit heißen Würstchen. Dagmar nimmt sich einen Pappteller: „Ich nehme von dem Nudelsalat. Willst du auch etwas davon?"

„Nee, ich nehme mir lieber von dem Kartoffelsalat und dazu eine Wurst."

Während sie auf einer Bank Platz nehmen und sich ihr Essen schmecken lassen, sehen sie den anderen zu. Auf dem Rasen tanzen einige Gäste zu *Chirpy Chirpy Cheep Cheep* von Middle of the Road, andere umarmen sich und tauschen erste Küsse. Dagmar trinkt ein Glas Bowle nach dem anderen und merkt, wie sie langsam immer betrunkener wird.

Wolfgang ergreift die Gelegenheit und will die Gunst der Stunde nutzen. Er legt einen Arm um Dagmars Hüfte und schiebt sie bis hinter das Gartenhaus. „Komm, stell dich nicht so an", haucht er ihr ins Ohr. Er presst sie gegen einen Zaun, drückt sich an sie und will ihr einen Kuss geben. Doch sie wehrt sich mit Händen und Füßen und schreit: „Lass mich los, hau ab, lass mich los!" Obwohl ihr Magen rebelliert und sich in ihrem Kopf alles dreht, gelingt es ihr, sich von ihm zu befreien. Schleunigst geht sie wieder zurück zu den anderen und lässt Wolfgang einfach stehen.

„Hast du Dagmar gesehen?", hört Andreas eine Stimme hinter sich. „Die hat ganz schön was intus. Als sie hier ankam, war die schon zugedröhnt. Total bekifft."

Andreas hat selbst eine Tüte geraucht, nachdem die Bowle fertig war und er sich auf den Weg machen wollte. Er braucht das, um das Elend dieser Welt, wie er sagt, besser ertragen zu können. Jetzt sorgt er sich aber um Dagmar, zumal sie offensichtlich mehr von der Bowle getrunken hat, als ihm lieb ist. Überall hält er nach ihr Ausschau, doch kann er sie nirgendwo entdecken. Er klettert auf eine Bank, um einen besseren Überblick zu haben. Das darf doch nicht wahr sein! Da hinten kniet sie auf dem Rasen und muss sich immer wieder von neuem übergeben. Sein schlechtes Gewissen sagt ihm, dass die Bowle wohl doch zu stark geraten ist. Vielleicht hätte er den zusätzlichen Weinbrand weglassen sollen. Obwohl ihm bereits beim Anblick übel wird, geht er zu ihr: „Dagmar, kann ich dir irgendwie helfen?"

„Hau ab und lass mich in Ruhe!", ist alles, was sie ihm schroff entgegnet.

16

Das hat gesessen! Sein Mädchen, das Mädchen seiner Träume, lässt ihn eiskalt abblitzen. Schon seit Wochen, nein, seit Monaten träumt er davon, sie einmal in seine Arme zu nehmen. Möchte sie einmal streicheln, ihre Haut fühlen, ihren Geruch wahrnehmen. Natürlich hat er gehofft, dass das auf Gegenseitigkeit beruht und sie auch etwas für ihn empfindet. Für ihn ist sie etwas Besonderes, ein ungewöhnliches Mädchen und in allem, was sie sagt, viel kritischer als die anderen. Wie gerne hat er ihr immer im Unterricht zugesehen, wenn sie etwas erklärt hat. Aber noch mehr hat er an ihr gemocht, wenn sie sich über eine Ungerechtigkeit aufgeregt hat. Dann hat sie immer so einen Blick, der ihn fasziniert. Wenn er abends in seinem Bett lag und nicht einschlafen konnte, dann nur deshalb, weil er immer ihr Bild vor Augen hatte. Und jetzt schickt sie ihn einfach weg und sagt, dass er abhauen soll. Das tut weh! Gut, aber er hat verstanden. Er wird sie nie wieder ansprechen. Es gibt genug Mädchen auf dieser Welt. Mädels, ich komme!

Dass Dagmar den Satz schon bereut hat, bevor sie ihn überhaupt ausgesprochen hat, kann er nicht wissen. Er ahnt es nicht einmal. Und er weiß auch nicht, wie peinlich es ihr war, dass ausgerechnet er, den sie so sehr mag, sie in dieser Situation antreffen musste. Vollgekotzt und in erbärmlicher Verfassung.

**Buer – Montag, 5. Februar 1973, 8.05 Uhr**
Nach dem unangenehmen Vorfall im Schrebergarten hat sich Andreas enttäuscht zurückgezogen. Dagmar hat ihn in den folgenden Wochen kaum noch gesehen, da er auch dem Schulunterricht immer häufiger fern blieb. Gelegentlich hat sie ihn mit Leuten, die sie nicht kannte, in der *Klamotte*, im *Wagenrad*, dem *Lokal ohne*

*Namen* oder in der *Lanze*[1] gesehen, aber zu einem Gespräch ist es zwischen ihnen nie mehr gekommen.

An der Hauptschule in Buer haben in diesem Jahr qualifizierte Schüler die Möglichkeit, eine zehnte Klasse zu besuchen und die Schule mit der mittleren Reife abzuschließen. Wie jeden Morgen begrüßen sie ihre Lehrerin, wenn die ihre Tasche auf dem Pult ablegt: „Guten Morgen Frau Wagener."

Etwas zögerlich kommt ihre Antwort: „Guten Morgen. Ich hoffe, ihr habt ein schönes Wochenende verbracht. Einige von euch haben sicher das herrliche Wetter genutzt und sind zum Rodeln ins Sauerland gefahren. Na ja, das hätte ich auch gerne gemacht, aber ich musste mich erst um meine kranke Mutter kümmern und dann wollte ich endlich auch eure Arbeiten korrigieren. Egal."

Den Schülern fällt die Unruhe von Frau Wagener auf, die etwas unsicher im Klassenraum auf und ab geht. Wieso redet sie um den heißen Brei und erzählt ihnen von ihrer kranken Mutter? Was hat das zu bedeuten? Wird sie vielleicht versetzt und wechselt zu einer anderen Schule? Ist sie selbst krank und wird für längere Zeit ausfallen? Alle warten gespannt auf ihre nächsten Worte und blicken erwartungsvoll auf ihre Lehrerin. Im Klassenraum ist es gespenstisch still. Endlich holt Frau Wagener tief Luft und setzt zum Sprechen an: „Was ich euch heute zu sagen habe… es fällt mir jetzt wirklich nicht leicht, und ich habe lange überlegt, wie ich es euch sagen soll. Aber es nutzt ja nichts: Euer Mitschüler Andreas wird unsere Schule nicht weiter besuchen."

Die Schüler sehen sich fragend an, keiner weiß etwas zu sagen, es herrscht betretenes Schweigen. Fast gleichzeitig erwachen alle allmählich aus ihrer Lethargie. Die ersten rutschen nervös auf ihren Stühlen hin und her, es wird getuschelt. Ihre

---

1    Bis auf das *Lokal ohne Namen*, das immer noch eine Jugendkneipe, wenn auch im anderen Stil, ist, existieren die genannten Lokale heute nicht mehr.

Lehrerin weiß auch nicht so recht, ob sie jetzt einfach zum Unterrichtsgeschehen übergehen soll und beschließt, ihren Schülern erst noch etwas Zeit zu lassen, um die Information sacken zu lassen. Plötzlich stürmen eine Menge Fragen auf sie ein: Was ist geschehen, warum kommt er nicht wieder, ist er krank, hat er die Schule gewechselt, ist er verzogen. Frau Wagener weiß nicht so recht, was sie antworten soll. „Es tut mir leid. Aber mehr Informationen habe ich auch nicht bekommen. Mir ist lediglich von der Schuldirektion mitgeteilt worden, dass Andreas nicht mehr am Unterricht teilnimmt und sich daran nichts mehr ändern wird."

Nach einem ersten Schock haben sich alle schließlich doch wieder beruhigt. Wenn man es genau nimmt, macht es für sie kaum einen Unterschied. Denn oft haben sie Andreas bisher in diesem Schuljahr sowieso nicht gesehen. Niemand von ihnen wusste, warum er der Schule fern blieb, wo er sich währenddessen herumgetrieben und was er in der Zeit angestellt hat. Nur sporadisch ist er ohne eine Vorankündigung erschienen und hat am Unterricht teilgenommen. Und genau so unvermittelt, wie er auftauchte, ist er auch wieder verschwunden, ohne je eine Erklärung abgegeben zu haben.

Die reguläre Schulzeit endete zu der Zeit nach neun Jahren und im Anschluss konnte man entweder eine Ausbildung beginnen oder bei einem entsprechenden Notendurchschnitt noch ein weiteres Jahr die Schule besuchen, um so die Qualifikation für die Fachoberschulreife zu erlangen. Diese Möglichkeit besteht erst seit dem letzten Jahr an dieser Schule, und es haben sich insgesamt weniger als zwanzig Schüler dazu entschlossen von dem Angebot Gebrauch zu machen. Zu dem neuen Klassenverband gehören auch Schüler aus einem benachbarten Stadtteil, weil die Einrichtung eines zehnten Schuljahres ohne diesen Neuzugang unrentabel gewesen und gar nicht zu Stande gekommen wäre. Für diese Mädchen und Jungen war Andreas quasi ein Fremder, den sie nur sehr selten zu Gesicht bekamen. Seine

Abwesenheit für die restlichen Monate bis zu ihrem Abschluss macht für sie kaum einen Unterschied. Sie haben sich am ehesten mit der Situation abgefunden, dass er nun endgültig dem Unterricht fern bleiben würde.

Die Wochen vergehen, das Frühjahr zieht ins Land und das Sprichwort „Aus den Augen, aus dem Sinn" bewahrheitet sich auch in diesem Fall wieder. Die Erinnerungen an Andreas verblassen immer mehr, so dass es ihn auch für Dagmar bald schon nicht mehr gibt. Neuerdings trifft sie sich immer häufiger mit einem drei Jahre älteren Jungen, den sie in einem Jugendheim kennen gelernt hat. Sie selbst wird bald eine Ausbildung beginnen, während ihr neuer Freund Philipp seine schulische Laufbahn mit dem Abitur abschließen und im Anschluss ein Jurastudium in Münster beginnen wird. Für seine Ortswahl hat er allerdings zur Bedingung gemacht, dass Dagmar ihm nach Münster folgen soll, sobald sie ihre Ausbildung beendet hat.

**Buer – Donnerstag, 19. Juni 1980, 10.30 Uhr**
Es regnet unaufhörlich und dazu ist es viel zu kalt für die Jahreszeit. Besonders zum Heiraten ist es kein schöner Tag, aber wer kann schon bei den Hochzeitsplanungen absehen, welches Wetter vorherrschen wird? Vor dem Rathaus in Buer quält sich eine kleine Menschengruppe vom Polizeipräsidium kommend, wo sie ihre Autos parken konnten, über die verkehrsreiche und mehrspurige De-La-Chevallerie-Straße. Der kräftige Wind macht es den Frauen fast unmöglich, ihre Regenschirme zu halten und dafür zu sorgen, dass sie einigermaßen manierlich das Standesamt erreichen. Zu allem Überfluss müssen sie auch noch auf die Straßenbahnschienen achtgeben um nicht mit den Schuhabsätzen stecken zu bleiben.

Fröstelnd erreicht die Hochzeitsgesellschaft schließlich den schützenden Bereich des Gebäudes und hat sich wartend vor dem Trausaal versammelt. Ein Standesbeamter begrüßt sie freundlich und bittet sie, einzutreten.

„Wir haben uns hier versammelt, um …", Dagmar hört nur mit halbem Ohr die Worte des Standesbeamten. . „…den hier anwesenden Philipp… dann antworten Sie laut und deutlich mit einem JA."

Ein schwaches „Ja", bringt sie gerade noch über ihre Lippen. Doch der Rest der eigentlichen Trauung rauscht nur so an ihr vorbei, weil es ihr gar nicht gut geht. Um nicht zu sagen, ihr geht es richtig schlecht. Nach einem mehrwöchigen Krankenhausaufenthalt, bei dem ihr die Ärzte äußerste Bettruhe verordnet haben, ist sie immer noch sehr geschwächt. Beinahe hätte das zur Folge gehabt, dass die geplante Trauung im Hospital vollzogen worden wäre. Immer noch hat sie keinen Appetit und klagt häufig über Übelkeit.

Eigentlich sollte die standesamtliche Eheschließung an ihrem Wohnort in Münster stattfinden. Doch aus Rücksicht auf die Verwandtschaft hat man sich dann doch auf Buer geeinigt, wo Philipp und Dagmar schließlich auch aufgewachsen sind. Ihre Eltern waren schon lange der Meinung, dass es endlich Zeit für eine Vermählung wäre. Nach so vielen Jahren, in denen sie bereits in „wilder Ehe" zusammen gelebt haben. Besonders die Mutter von Philipp trägt es ihnen nach und hat sie immer wieder fühlen lassen, dass dieser Zustand nicht ihre Zustimmung gefunden hat. Aber so wirklich anerkennen kann sie die Trauung auch jetzt noch nicht. Nach ihrem Verständnis wird eine Ehe nicht auf einem Standesamt geschlossen, sondern vor Gott in einer Kirche.

**Gladbeck – Dienstag, 22. Mai 2012, 14.30 Uhr**

Dagmar ist mittlerweile vierundfünfzig Jahre und lebt in Gladbeck. Vor wenigen Wochen ist sie erst aus Waltrop, einer nördlich im Ruhrgebiet gelegenen kleinen Stadt, hierher gezogen. Bei einer organisierten Radtour des örtlichen Anbieters Heinrich Praß, der nicht nur Fahrten in der näheren Umgebung, sondern auch in Europa und sogar auf anderen Kontinenten anbietet, hat sie Marianne kennen gelernt und in ihr eine neue Freundin gefunden. Die beiden haben sich auf Anhieb verstanden. Heute haben sie sich zufällig in der Fußgängerzone getroffen und setzen den Stadtbummel gemeinsam fort. An einigen schön dekorierten Schaufensterauslagen unterbrechen sie ihren Gang. Leider blicken sie in viele leer stehende Geschäftslokale, in denen lediglich Hinweisschilder mit den Telefonnummern der Vermieter die Auslagen zieren. Wie schon in anderen Städten zu beklagen ist, zeichnet sich auch hier eine ähnliche Entwicklung ab. Immer mehr traditionelle Geschäfte schließen im Ruhrgebiet ihre Pforten, was einen inflationären Leerstand zur Folge hat. Wo einst mehrstöckige Kaufhäuser die Kundschaft anlockten, ragen nur noch zu Schrottimmobilien verkommende Gebäude in den Himmel. Gigantische, aus dem Boden gestampfte Einkaufscenter in Oberhausen und Essen locken dagegen die Kunden an und zwingen örtliche Händler in die Knie. Aber genau diese in die Nachbarstädte abgewanderten Kunden beklagen die zunehmende Verwaisung ihrer Städte. Auf der anderen Seite ist eine allgemein schwindende Kaufkraft zu verzeichnen. Bei den mittellos gewordenen Bürgern ist einfach nichts zu holen und so stehen selbst schon die ersten Ladenlokale in den neuen Centern leer und geben ein trauriges Bild ab. Die Menschen im Ruhrgebiet haben enorm unter dem Strukturwandel zu leiden. Ihr knapper werdendes Geld müssen sie mehr denn je zusammenhalten. Die einzigen, die von dieser Entwicklung zu profitieren scheinen, sind sogenannte Billigketten, die überall wie Pilze aus dem Boden schießen.

„Sollen wir uns in ein Eiscafé setzen? Ich habe heute meinen spendablen Tag und gebe dir etwas aus!" sagt Marianne mit Blick auf die vielen einladenden Tische. Im Schatten der großen Bäume lässt es sich herrlich ausspannen. Es ist der erste richtig warme Tag in diesem Jahr. Nach verheißungsvollen Tagen im März mit viel Sonnenschein war das Frühjahr viel zu kalt. Selbst zu Ostern hat das Wetter die Hoffnung der Biergartenbetreiber nicht erfüllen können. Dagmar hatte zwar andere Pläne für den heutigen Tag, aber was soll's? Warum soll sie nicht die Einladung annehmen und sich einfach mal eine Auszeit nehmen? Es wird ihr gut tun, ein paar Worte mit Marianne zu wechseln.

Die beiden Frauen kennen sich noch nicht lange, aber Dagmar weiß immerhin schon so viel von Marianne, dass sie eine pensionierte Lehrerin ist und in ihrer Freizeit gerne malt. Außerdem ist sie eine leidenschaftliche Joggerin und hat für ihr Alter von fast sechzig Jahren eine gute Figur. Ihr Mann, der bereits das Rentenalter erreicht hat, befindet sich in diesen Tagen mit Freunden auf einer Bootstour, die anscheinend Tradition hat. Marianne hat zwei erwachsene Kinder und konnte sich schon über ein Enkelkind freuen. Als sie Dagmar vor wenigen Tagen auf deren Familiensituation ansprach und von ihr wissen wollte, was sie beruflich macht, wollte diese vorerst nicht zu viel von sich preisgeben. Dagmar deutete lediglich eine erst kürzlich vollzogene Trennung von ihrem Mann an und auch, dass ihre Kinder sich mit der Situation nicht arrangieren können. Mittlerweile hat sie sich die Information entlocken lassen, dass es bereits einen anderen Mann in ihrem Leben gibt. Genau daran knüpft Marianne an, weil sie fühlt, dass Dagmar einmal mit jemandem darüber reden muss.

„Wie war das jetzt? Du warst verheiratet und hast Kinder? Ich will dich nicht bedrängen und wenn du nicht darüber reden willst, dann stelle ich keine weiteren Fragen mehr. Aber ich denke, dass es dir ganz gut tun würde, wenn du dich mal aussprichst."

„Ja, da magst du Recht haben", gibt Dagmar zu, „es ist nur nicht einfach und außerdem kennen wir uns kaum. Aber ich fühle, dass ich dir vertrauen kann. Ja, es ist richtig. Ich war über dreißig Jahre mit Philipp verheiratet und wir haben vier, mittlerweile erwachsene Kinder."

„Das ist ja eine ganz schön lange Zeit. Wieso hast du dich nach so vielen Jahren von deinem Mann getrennt? War der andere Mann, von dem du sprichst, der Grund dafür?"

„Tja, das ist eine gute Frage, aber auch eine lange Geschichte! Eine sehr lange. Vereinfacht ausgedrückt ..., nein, warte mal ... Ich will es einmal so sagen: Diesen anderen Mann kenne ich im Grunde schon eine Ewigkeit und auch wieder nicht. Wir sind über viele Jahre zusammen zur Schule gegangen. Dann habe ich Andreas, so ist sein Name, über vier Jahrzehnte aus den Augen verloren. Dumme Zufälle haben damals dazu geführt." Dagmar zuckt mit den Schultern: „Es sollte einfach nicht sein. Andreas erschien in der zehnten Klasse kaum noch zum Unterricht. Nur sporadisch hat man etwas von ihm gehört. Dass er schon während unserer Schulzeit etwas für mich empfunden hat, hätte ich zu der Zeit nicht geglaubt. Und immerhin war er nach einem Erlebnis auch nicht mehr gut auf mich zu sprechen: An seinem fünfzehnten Geburtstag war das, in einem Schrebergarten. Ich habe damals ziemlich barsch reagiert und ihn vor den Kopf gestoßen. Wenig später waren unglückliche Umstände dafür verantwortlich, dass wir nichts mehr voneinander hörten. Außerdem darfst du nicht vergessen, dass keiner von dem anderen auch nur ahnte, was der für ihn empfunden hat."

„Das verstehe ich alles nicht. Wenn dir damals schon etwas an ihm gelegen hat, wie konntest du dann einfach diesen, wie hieß er noch, Philipp heiraten?"

„Was soll ich dir da sagen? Andreas war für mich einfach nicht mehr da. Er existierte nicht mehr. Wie oder was sollte mir an jemandem gelegen sein, den es nicht mehr gibt? Ganz abgesehen davon wäre es nicht meine Art gewesen, einem Jungen hinterherzulaufen, der offensichtlich nichts von mir wissen will. Stell dir den

24

folgenden Vergleich vor: Wenn ein Ehemann früher im Krieg blieb und seine Frau davon ausgehen musste, dass er umgekommen ist, dann hat sie häufig auch wieder geheiratet. Sie musste sich mit dem Tod ihres Mannes abfinden, und dass es ihn nicht mehr gibt. Für mich war Andreas auch einfach nicht mehr da. Die Zeit lässt dich vergessen. Alles verblasst, auch die Erinnerungen. Vielleicht verdrängt man so etwas auch, ich weiß es nicht. Ich war jung und wollte das Leben in vollen Zügen genießen. Zu diesem Zeitpunkt ist dann Philipp aufgekreuzt. Anfangs mochte ich ihn gar nicht. Denn er hat sich nicht so verhalten, wie ich es von anderen Jungen gewohnt war. Wir haben uns nur ein paar Mal im Jugendheim getroffen, da hat er mich gefragt, ob ich mit ihm gehen will. So war das doch damals, das wirst du auch noch so kennen. Ich sagte einfach *ja* und dabei ist es geblieben."

„Was warst du damals für ein Mensch? Hast du Fotos von dir aus dieser Zeit? Wenn ich mich so zurück erinnere... Ich bin ja einige Jahre älter als du. Wir haben als Studenten an Demonstrationen teilgenommen und haben gegen alles aufbegehrt. Vor allem wollten wir nicht so werden wie unsere Eltern. Die Hippiebewegung schwappte von Amerika zu uns und wir haben uns für den Frieden auf der Welt eingesetzt. Dieter Kunzelmann, Rudi Dutschke, Benno Ohnesorg, Uschi Obermaier, sie waren unsere Vorbilder. In einer Kommune wollte ich leben, kannst du dir das vorstellen?" Marianne kann sich bei der Erinnerung an ihre Jugendträume das Lachen nicht verkneifen.

„So lustig ist das gar nicht. Ich habe auch immer davon geträumt, dass sich Woodstock wiederholt und ich dabei sein könnte. Es ist die ungezwungene Lebensart, die mich fasziniert hat."

Marianne sieht Dagmar mit großen Augen an: „Aber du willst jetzt nicht sagen, dass du auch gekifft hast, oder?"

„Doch, auch das gehört zu meiner Vergangenheit. Aber damit war dann Schluss, als ich mit Philipp zusammen kam. Er wollte das nicht. Damit sollte ich aufhören. Nur Zigaretten habe ich weiterhin geraucht. Die Qualmerei habe ich erst aufgegeben, als ich ein Kind wollte. Und tatsächlich habe ich dann auch schon vor meiner ersten Schwangerschaft mit dem Rauchen aufgehört. Das, so meinte ich, wäre ich meinem Ungeborenen schuldig."


**Buer – Samstag, 24. Januar 1976, 9.00 Uhr**

Dagmar ist schon ganz aufgeregt, denn sie wartet auf Philipp, der eigentlich längst bei ihr sein sollte. Heute wird er sie mit zu sich ins Studentenheim nehmen. Ihre Ausbildung zur Industriekauffrau bei einem Elektrogroßhandel konnte Dagmar um ein halbes Jahr verkürzen und hat dazu einen Antrag auf eine vorgezogene Prüfung bei der Industrie- und Handelskammer stellen müssen. Erst in der letzten Woche hat sie ihre Abschlussprüfung bestanden und sitzt nun mit ein paar gepackten Kisten in der elterlichen Wohnung, während sie auf Philipp wartet. Da sie noch keine eigenen Möbel besitzt, wird es nur ein kleiner Umzug werden. Sie hat lediglich ihre persönlichen Kleidungsstücke und einige Dinge, die sie während der Ausbildungszeit angeschafft hat, packen müssen. Dazu zählten drei Garnituren Bettwäsche, zwei Stapel Handtücher, Töpfe in unterschiedlichen Größen und eine Pfanne, Besteck und Geschirr – eben alles, was sie für nötig hielt. Ihr Ausbildungsverhältnis war mit dem Tag ihrer bestandenen Abschlussprüfung beendet, was ihrem Chef gar nicht gefiel. Denn sie sollte die Nachfolge einer ganztägig beschäftigten Kollegin antreten, die nur noch halbtags arbeiten wollte.


Dagmar ist nun schon seit über drei Jahren mit Philipp zusammen, mit dem sie seit letztem Dezember sogar verlobt ist. Sie haben die Hoffnung, als Verlobte in dem erzkonservativen Münster vielleicht eher eine Wohnung zu finden. Doch vorerst wollen sie noch im Studentenwohnheim[2] an der Bismarckallee in unmittelba-

---

2    Das heute nicht mehr existierende Aaseehauskolleg war ein langgestrecktes Gebäude links der Mensa und wurde bereits von den Nazis als Gauhaus genutzt.

rer Nähe zur Altstadt bleiben, in dem Philipp ein Zimmer mit direktem Blick auf den Aasee gemietet hat.

Endlich klingelt es an der Wohnungstür und Dagmar springt auf. „Da bist du ja endlich. Ich habe schon eine Ewigkeit auf dich gewartet. Warum hast du dich denn wieder so verspätet?"

„Was soll das denn jetzt? Es spielt doch keine Rolle, ob ich fünf Minuten früher oder später komme", sagt Philipp schon fast beleidigt. „Immer stehst du mit der Stoppuhr hinter mir!"

Das ist typisch für ihn, denkt Dagmar. Dass er andere warten lässt, die sich beeilt haben, um pünktlich zu sein, ist ihm egal. Und es waren auch nicht nur fünf Minuten, die er zu spät kam. Aber sie will zum Start in das gemeinsame Leben keinen Streit und schluckt deshalb lieber herunter, was sie denkt.

„Ist ja schon gut. Dann komm jetzt und lass uns losfahren!"

Jeder nimmt sich eine Kiste und trägt sie zum Auto. Der VW Käfer hat zwar nur einen kleinen Kofferraum, aber die wenigen Sachen von Dagmar sind schnell auf der Rückbank verstaut.

„So, ich glaube, wir haben alles. Es dürfte nichts mehr fehlen. Ich laufe schnell noch einmal hoch und verabschiede mich von meinen Eltern."

Bei Dagmar hinterlässt der Gedanke, die Treppen vorerst ein letztes Mal hochzusteigen, ein merkwürdiges Gefühl.

Sie legt den Wohnungsschlüssel, den sie seit ihrer Kindheit immer bei sich trägt, auf den Tisch: „Das wäre es dann erst einmal. Also dann, ich werde gelegentlich versuchen mich bei euch zu melden. Das Haustelefon ist zwar häufig von Studenten besetzt, aber irgendwann wird es schon klappen."

Ihr Vater reicht ihr zum Abschied die Hand und säuselt etwas Unverständliches. Von ihrer Mutter wird sie kurz in den Arm genommen: „Dann lass es dir gut gehen."

**Gladbeck – Dienstag, 22. Mai 2012, 15.15 Uhr**

Dagmar und Marianne werden langsam ungeduldig, denn sie warten immer noch auf ihre Eisbecher. Sie sehen zwar, dass die Bedienung alle Hände voll zu tun hat. Aber irgendwie haben beide das Gefühl, dass der Nachbartisch schon bedient wurde, obwohl die Gäste erst später gekommen sind.

„Jetzt lenk' mal nicht ab. Wir sind an dem Punkt stehen geblieben, als du bereits vor deiner ersten Schwangerschaft mit dem Rauchen aufgehört hast. Du wolltest also ganz bewusst das Kind und warst sogar bereit, dafür Opfer zu bringen."

„In meinem Fall", so entgegnet Dagmar, „war das nicht die einzige Hürde, die es zu überwinden galt. Meine größte Sorge galt einer Hepatitis."

„Wie bist du denn daran gekommen?", will Marianne wissen.

„Durch eine Blutübertragung nach einer Mandeloperation", gibt Dagmar zur Antwort.

„Nur weil dir die Mandeln heraus operiert werden mussten, hast du eine Blutübertragung bekommen? Das ist doch ein Routineeingriff, der kann doch nicht so gefährlich sein."

„Eigentlich ist das eine leichte Operation, da hast du schon Recht. Aber in meinem Fall hatte es mehrere Nachblutungen gegeben. Und das kam zumindest damals gar nicht so selten vor. Nach einigen Tagen wurde ich zunächst ganz regulär aus dem Krankenhaus entlassen, und ohne Vorankündigung ist die Narbe aufgeplatzt. Ich war zu dem Zeitpunkt alleine zu Hause und lag auf dem Sofa, um mich auszuruhen. Plötzlich habe ich Blut geschmeckt und bin eilig ins Bad gelaufen. Ich will dir die Einzelheiten ersparen. Es kam zu einem Blutsturz, und ich habe vergeblich versucht Nachbarn um Hilfe zu bitten. Selbst, wenn ein Telefonanschluss vorhanden gewesen wäre, hätte ich nicht mehr sprechen können. Ich hatte enormes Glück, dass mich ein Medizinstudent rechtzeitig aufgefunden hat, als ich über eine Brüstung am Laubengang gelehnt zusammengesackt bin. Er wusste sofort, was zu tun ist und hat den Notarzt alarmiert. Zu diesem Zeitpunkt war ich längst ohne Bewusstsein und kann mich an nichts mehr erinnern. Man hat mich wohl erneut operiert, aber trotzdem kam es in den Folgetagen zu weiteren Nachblutungen, die man im Krankenhaus nicht mehr zum Stillstand bringen konnte. So wurde ich mit dem Krankenwagen zwischen zwei Operationen in die Uniklinik verlegt. Während der Fahrt bekam ich dann die Blutübertragung, die mit den Viren kontaminiert war. Du musst wissen, dass man zu der Zeit, im Sommer 1979, noch nicht alle Hepatitis-Typen im Spenderblut nachweisen konnte. So ist es immer wieder passiert, dass sich Menschen bei einer Blutübertragung mit einem Hepatitis-Virus angesteckt haben. Unzählige Patienten teilen mein Schicksal einer Transfusionshepatitis, wie es im Ärztejargon heißt. Einige Wochen später habe ich immer mehr abgenommen, weil ich keinen Appetit mehr hatte und kaum noch etwas essen wollte. Da wusste ich, dass mit mir irgendetwas nicht stimmte und ich habe mich von einem Arzt durchchecken lassen."

An den Tisch von Dagmar und Marianne tritt ein junger Mann. Er ist den beiden Frauen schon eine Weile aufgefallen, weil er mehrere Passanten angesprochen hat und offensichtlich nicht so recht weiß, wohin er sich wenden soll. „Schuldigung, ham Sie vielleicht mal zwanzich oder dreißich Cent?"

Dagmar mustert ihn von oben bis unten und registriert, dass er ziemlich heruntergekommene Kleidung trägt und offensichtlich ein Anhänger von Piercings ist. Außerdem wirkt er sehr nervös, was sich an den fahrigen Bewegungen seiner Hände abzeichnet.

„Ich habe dich gerade kaum verstanden. Wozu brauchst du das Geld?"

„Es gab Probleme mit meinem Stiefvater. Da bin ich von zu Hause abgehauen."

„Und wo wohnst du jetzt? Wo kommst du her? Hast du dich beim Jugendamt gemeldet?"

Der Jugendliche von vielleicht siebzehn Jahren behauptet, in Essen eine Unterkunft für die Nächte zu haben. Er würde „schwarz" in die Nachbarstädte fahren und sich dort das Geld für eine Mahlzeit erbetteln.

„Pass einmal auf, ich biete dir meine Hilfe an, auch wenn es mir selbst im Moment nicht so gut geht. Ich schreibe dir meine Adresse auf diesen Zettel, meine Wohnung ist ganz in der Nähe. Wenn du möchtest...". Aber weiter kommt Dagmar nicht, denn so viel Hilfe ist dem jungen Mann nun doch zu viel.

„Was hättest du gemacht, wenn er tatsächlich auf dein Angebot eingegangen und zu dir gekommen wäre?", will Marianne wissen. „Du hättest ihn doch in deiner Wohnung nie aus den Augen lassen können! Ich habe von Fällen gehört, da haben sie dir hinterher die Bude ausgeräumt und du wurdest für deine Gutmütigkeit noch bestraft!"

„Das mag vorkommen, ja. Aber dafür kannst du doch nicht jedem anderen deine Hilfe verweigern. Es kann doch tatsächlich solche Fälle geben und ehrlich gesagt, hat mich das jetzt auch etwas an die Vergangenheit von Andreas erinnert. Wenn ihm damals jemand geholfen hätte, wäre manches anders gekommen. Ich wollte dem Typen jedenfalls gerade helfen. Wertgegenstände habe ich keine, auf die ich achten müsste und so hätte ich lediglich kein Bargeld in der Wohnung zurückgelassen. Aber das spielt jetzt keine Rolle. Er ist ja von selbst wieder verschwunden."

Marianne nimmt den Faden des Gesprächs wieder auf:

„Du hast dir also eine Hepatitis durch die Blutübertragung zugezogen und angedeutet, dass diese Erkrankung für dich bei einer Schwangerschaft zu einem Problem werden konnte."

„Das kann man wohl sagen. Eigentlich hätte ich gar keine Kinder bekommen dürfen, wenn es nach den Ärzten gegangen wäre. Aber ich war bei einem Gynäkologen aus dem Iran, und mein Internist kam ebenfalls von dort. Dieser glückliche Umstand hat dazu geführt, dass sich die beiden zusammengeschlossen haben und der Meinung waren, ich sollte es zumindest versuchen. Natürlich war das ein Risiko, denn die Ärzte der Uniklinik sagten mir ganz deutlich, dass ich niemals eine Schwangerschaft austragen könnte. Ich würde sie nicht überleben, und auch die Kinder wären nie lebensfähig. Aber dieses Risiko ging ich ein, weil ich mir Kinder gewünscht habe. Und wie du weißt, habe ich sogar vier gesunde Kinder!"

**Waltrop – Donnerstag, 18. Mai 1989, 21.05 Uhr**
In ihrem neu erbauten Haus haben sich Dagmar und Philipp mittlerweile gut eingelebt. Eigentlich sollte der Umzug noch vor der Geburt des vierten Kindes über die Bühne gehen. Doch da galt es noch kurz vor Weihnachten den Geburtstag ihres Mannes zu feiern, und die Weihnachtstage wollte man schließlich auch mit etwas Ruhe angehen. Eine heftige Grippewelle sorgte jedoch für das genaue Gegenteil. Bei Dagmar haben die Ärzte schon befürchtet, dass durch das hohe Fieber vorzeitige Geburtswehen ausgelöst werden könnten, und so wurde sie zur stationären Beobachtung einen Tag vor Heilig Abend im Krankenhaus aufgenommen. Nachdem aber die Herztöne des Kindes keinerlei Anlass zur Beanstandung gaben, hat sie das Krankenhaus auf eigene Verantwortung am darauf folgenden Tag verlassen. Schließlich wollte sie das Weihnachtsfest zu Hause bei ihrer Familie feiern.

Aus diesem Grund ist der Umzug in das neue Haus erst im Februar erfolgt, was mit dem Säugling und den anderen drei, noch kleinen Kindern nicht einfach war. Der Vater von Philipp konnte bereits im Januar die zum Haus gehörende Einliegerwohnung beziehen. Die junge Familie musste sich innerhalb weniger Tage von fünf auf sieben Personen umstellen, und überhaupt gab es einige neue Situationen zu meistern.

Endlich liegen die Kinder im Bett, und Dagmar brennt ein Thema unter den Nägeln, über das sie mit ihrem Mann unbedingt sprechen muss: „Philipp, ich möchte mit dir noch einmal über eine Sterilisation reden, denn bisher sind wir noch zu keinem Ergebnis gekommen. Thorsten ist bald fünf Monate und so lange er noch gestillt wird und ich keine Ovulation habe, ist noch alles im grünen Bereich. Aber das kann sich schnell ändern, und wir müssen eine Entscheidung treffen. Wenn wir aus dem Urlaub zurück sind, müssen Nägel mit Köpfen gemacht werden. Sonst werde ich erneut schwanger, was ich unbedingt vermeiden möchte. Meine Leberwerte sind zwar ganz zufriedenstellend, aber ich darf kein Risiko eingehen."

Dagmar führt dieses Gespräch nicht zum ersten Mal, aber irgendwie kann sich Philipp zu keiner Entscheidung durchringen. Seine Frau möchte er nicht zu einer Sterilisation drängen, andererseits will er den Eingriff keinesfalls an sich vornehmen lassen. Dagmar sieht jedoch kaum eine Alternative, wenn sie nicht immer mit Kondomen verhüten wollen. Und was die Pille angeht, ist die bei ihrer Krankheit ein Risiko.

„Also, wenn du eine Sterilisation für dich kategorisch ablehnst, werde ich sie an mir vornehmen lassen müssen. Ich sehe keine andere Möglichkeit. Die Arbeit wächst mir so schon über den Kopf, seitdem wir das Haus haben und ich auch noch deinen Vater pflegen muss. Eine weitere Schwangerschaft muss ich unbedingt vermeiden. Es wird zwar nicht leicht für mich, einen Arzt von der Notwendigkeit zu überzeugen. Aus dem einfachen Grund, weil eine Vollnarkose für mich in Verbindung mit meiner Krankheit ein erhöhtes Risiko darstellt. Aber ich habe mich bereits nach Alternativen erkundigt. Mit nur einer örtlichen Betäubung kann man eine Sterilisation bei Frauen nicht durchführen. Zumindest hat mir das der Arzt so erklärt. Es ist zwar kein Problem, mit einer Periduralanästhesie eine Sectio zu machen, nur das hier scheint viel komplizierter."

„Rede deutsch mit mir!", sagt Philipp einen Ton schärfer, als beabsichtigt. „Benutze nicht immer diese Fachausdrücke, die niemand versteht."

„Das spielt doch jetzt überhaupt keine Rolle und tut nichts zur Sache. Lenk nicht immer vom Thema ab, wenn es dir nicht passt. Im Übrigen verstehst du sehr wohl, was ich gemeint habe. Du weißt, dass ich gerade von einer im Volksmund genannten Rückenmarkspritze und einem Kaiserschnitt gesprochen habe. Aber du weißt nicht, was du mir antworten sollst und um überhaupt etwas zu sagen, kommst du mir mit so scheinheiligen Behauptungen daher, mich nicht verstanden zu haben", setzt Dagmar gereizt hinterher.

Ihr ist längst klar geworden, dass sie sich diesem Eingriff unterziehen muss, auch wenn sie damit nicht glücklich ist. So sehr sie sich jedes Kind auch gewünscht hat, so blieb immer die Angst, es nicht austragen zu können. Das Gespräch hat wieder einmal eine Frage aufgeworfen, die sie eigentlich nicht an sich heranlassen will: Was bedeutet sie ihrem Mann überhaupt? Welche Liebe empfindet er für sie? Zumindest ist ihr klar, dass sie in dieser Sache die Initiative ergreifen muss. Ihr Entschluss steht damit fest, dass sie sich einen Termin im Krankenhaus geben lassen wird. Und zwar so schnell wie möglich.

**Gladbeck – Dienstag, 22. Mai 2012, 15.30 Uhr**

„Na endlich, das wurde aber auch Zeit!", meint Dagmar, nachdem sich die Bedienung wieder entfernt hat. Marianne greift gedankenverloren zu einer Waffel mit Eis und geht nicht weiter auf den Kommentar ein. Stattdessen bleibt sie beim Thema: „Du sagtest, dass du vier Kinder hast. Wie alt sind die eigentlich heute und was machen sie?"

„Ich hätte damals schon viel früher Mutter werden wollen. Aber wie das so ist. Philipp sollte erst einmal sein Studium abschließen und in einer Kanzlei unterkommen. Das nur nebenbei. Also: Die Älteste, Janine, ist neunundzwanzig, hat ein Diplom in Biologie und promoviert derzeit im Bereich Hirnforschung. Sie war für mich immer wie eine Freundin! Dann folgte ein Junge, Carsten, der jetzt siebenundzwanzig ist und in Aachen Maschinenbau studiert. Stefanie ist fünfundzwanzig und ist als Flugbegleiterin in der ganzen Welt zu Hause. Mit ihr konnte ich nie so viel wie mit Janine unternehmen, weil sie schon während ihrer Ausbildung nicht mehr zu Hause gewohnt hat. Thorsten, der Jüngste, arbeitet sich mit seinen dreiundzwanzig Jahren gerade zum Verkaufsleiter bei einem Discounter hoch."

Beide Frauen naschen abwechselnd von den leckeren Früchten und dem sahnigen Eis.

„Und, vermisst du deine Kinder?"

„Natürlich! Du hast mich früher nicht gekannt. Ich war von Anfang an immer für meine Kinder da. Mein Mann und ich hatten nie die Möglichkeit, abends zusammen auszugehen. Philipp ist wohl schon gelegentlich alleine zu Einladungen und Treffen mit Bekannten gegangen, aber ich bin immer zu Hause geblieben. Meine Eltern waren selbst noch jung und haben ihr Leben genossen. Sie waren viel unterwegs und haben tolle Reisen unternommen. Die Mutter von Philipp ist ganz plötzlich verstorben und hat nur unser erstes Kind gekannt. Deshalb haben wir auch das Haus bauen müssen, um ihren Mann, der nicht alleine bleiben konnte, bei uns aufnehmen zu können."

Dagmar legt eine nachdenkliche Pause ein, rührt in ihrem Eisbecher und fährt fort:

„Na ja, bei uns aufnehmen *mussten* wir ihn ja nicht. Keiner konnte uns zwingen seinen Vater zu uns zu nehmen. Aber man fühlt sich doch irgendwie den Eltern gegenüber verpflichtet. Ich weiß nicht, ob du das kennst und dir das vorstellen kannst. Jedenfalls haben wir uns unter Druck gesetzt gefühlt und das gemeinsam so beschlossen. Wie das manchmal so ist, das Leben fragt nicht danach, was man möchte. Mir kam es so vor, als ob wir keine andere Wahl hatten und es musste sein, sonst hätte man sich ewig Vorwürfe gemacht."

Wieder ist Dagmar tief in alten Erinnerungen versunken und betrachtet das bereits schmelzende Eis, das eine seltsame Mischung mit der Sahne eingegangen ist. Marianne ist von der Geschichte geradezu gefesselt und hört einfach weiter zu.

„Weißt du, wenn ich mir alles noch einmal vergegenwärtige, fallen mir immer wieder neue Dinge ein und ich finde kein Ende. Aber zurück zu deiner eigentlichen Frage, ob ich meine Kinder vermisse. Ja, ich vermisse sie. Denn ich war auch noch mit Leib und Seele Mutter, als sie schon längst aus dem Gröbsten raus waren. Nachts habe ich mir den Wecker gestellt, um sie von einer Feier abzuholen. Meist haben sich schnell Eltern gefunden, die sich bereit erklärt haben, die Kinder irgendwohin zu bringen. Nur abholen konnte sie dann immer keiner. Um meinen Kindern aber den Gefallen zu tun, habe ich das alles auf mich genommen. Vielleicht habe ich sie zu sehr verwöhnt, mag sein, aber ich habe es gerne getan."

Nach einer kurzen Unterbrechung spricht sie weiter: „Seit der Trennung von meinem Mann habe ich kaum Kontakt zu ihnen. Mit Janine führe ich gelegentlich Telefonate und sie hat mich immerhin auch schon einmal besucht. Allerdings nicht in meiner neuen Wohnung hier in Gladbeck. Wir haben uns auf einem Parkplatz getroffen und einen Spaziergang gemacht. Von meinen beiden Söhnen habe ich allerdings bis heute noch gar nichts gehört. Na ja, und Stefanie schickt mir gelegentlich eine SMS oder schreibt eine Mail. Wie sich das mit ihr entwickelt, bleibt noch abzuwarten. Es tut mir schon weh, so plötzlich von ihrem Leben ausgeschlossen zu sein und sie nicht mehr zu sehen. Dass ausgerechnet mir so etwas passiert, hätte ich mir in meinen kühnsten Träumen nicht ausgemalt. Ganz im Gegenteil: Wenn ich von anderen Familien gehört habe, dass es zu einem Bruch mit ihren Kindern kam, was beispielsweise einem meiner Brüder passiert ist, habe ich immer voller Überzeugung behauptet, dass ich das nicht aushalten würde. Auf der anderen Seite konnte ich mir aber auch nicht vorstellen, dass meine Kinder so konsequent die Beziehung zu ihrer Mutter aufgeben."

Dagmar schaut in ihren Eisbecher und stellt enttäuscht fest, dass ihr Eis völlig geschmolzen ist. Die Soße auslöffelnd fährt sie schmatzend fort: „Ich habe mir immer Enkelkinder gewünscht, die ich besuchen kann und die bei mir am Wochenende übernachten. Meinen Kindern wollte ich die Möglichkeit geben, gemeinsam auszugehen und sie sollten sich keine Sorgen machen müssen, ob es ihren Kleinen bei der Oma gut geht. Ich wollte mit meinen Enkeln in einen Zoo gehen, auf Spielplätze, mit ihnen puzzeln, ihnen Geschichten vorlesen, all das machen, was ich mit meinen Kindern auch unternommen habe. So, wie ich mir damals als junger Mensch eigene Kinder gewünscht habe, wollte ich im Alter …"

Wieder stockt Dagmar und sieht einen Film vor ihrem geistigen Auge ablaufen. Da Marianne sie fragend ansieht, setzt sie gleich zu einer Erklärung an: „In diesem Zusammenhang, also mit meinem Kinderwunsch, fällt mir noch eine Episode meiner Hochzeit ein. Da wurde so ein Spiel inszeniert, das mir nicht gefiel, und deshalb gab es jede Menge Ärger."

„Ein Spiel zur Hochzeit? Habt ihr denn auch noch kirchlich geheiratet?", will Marianne wissen.

„Ach so, das weißt du gar nicht. Ja, im Sommer haben wir erst einmal nur standesamtlich geheiratet. Philipp war mit dem Studium fertig, und für uns war es steuerlich von Vorteil, wenn wir verheiratet wären. Deshalb hätten wir auch schon fast den Standesbeamten ins Krankenhaus gebeten. Aber die Eltern drängten natürlich darauf, dass noch eine ‚richtige' Hochzeit folgen sollte."

„So mit weißem Kleid und Schleier, meinst du?"

„Ach hör mir bloß mit dem Kleid auf! Das war auch schon so ein Elend. Ich hatte mich ja noch recht krank gefühlt und war total schwach auf den Beinen. Wenn ich nicht noch vorher auf einem Urlaub bestanden hätte, von dem mir alle Ärzte allerdings dringend abgeraten hatten, wäre es mir noch schlechter gegangen. Denn in dem Urlaub konnte ich wenigstens etwas Ruhe finden und Kraft tanken. Die zwei Wochen Erholung taten mir sehr gut, und ich habe mich zum Schluss wesentlich besser gefühlt, als in den ersten Tagen. Zu Hause ging dann aber der Stress gleich wieder los und als ich in einem Brautgeschäft Kleider anprobieren sollte, war ich so schwach, dass ich nur noch in der Umkleidekabine gesessen und geheult habe. Ich entschied mich einfach für das zweite Kleid, das mir die Verkäuferin reichte. Als erstes zeigte sie mir ein Kleid aus einer Art Wollstoff, das wohl für kalte Tage gedacht war. Zum Glück habe ich das nicht genommen, denn am Hochzeitstag war es total heiß, obwohl es schon Mitte September war. Ob mir das Kleid, was ich gekauft habe, gefiel oder nicht, kann ich dir nicht einmal sagen. Mir war einfach alles egal."

„Was du erlebt hast, ist schon recht merkwürdig. Normalerweise will man doch mit allem Pomp heiraten und freut sich auf die Hochzeit. Ich muss gestehen, dass wir nicht kirchlich geheiratet haben. Wir haben aber trotzdem eine ganz romantische Feier gehabt und alles groß aufgezogen. Aber wenn ich in einem richtigen Brautkleid geheiratet hätte, dann wäre schon die Suche danach für mich ein Fest gewesen. Dass es bei dir etwas anderes war, weil es dir so schlecht ging, kann ich natürlich verstehen."

„Der Hammer kam dann am Hochzeitstag. Irgendwann so um zwei Uhr war die Messe in der St. Urbanus Kirche, die ich auch noch ganz gut verkraften konnte. Anschließend sind die Gäste zu einem Lokal gefahren, und wir mussten mit den Trauzeugen erst einmal zum Fotografen. Der kurze Weg von der Kirche bis zum Auto und anschließend vom Parkplatz zum Fotografen, das hat mich schon überfordert. Als wir dann endlich auch am Lokal eintrafen, wollte ich nichts mehr sehen und nichts mehr hören. Am liebsten hätte ich mich auf ein Bett gelegt und ausgeruht. Ich war zwar nicht müde, aber einfach körperlich erschöpft – es war zu viel. Aber auf meinen Gesundheitszustand hat niemand Rücksicht genommen, und ich sollte sofort nach unserer Ankunft die Hochzeitstorte anschneiden, was wieder so ein blödes Ritual ist. Den Gefallen habe ich unseren Gästen auch noch getan, aber ich selbst habe nicht einmal ein Stück davon probiert. Bis zum Abend ging die Zeit irgendwie um. Als fürs Abendessen eingedeckt wurde und die ersten Speisen auf dem Tisch standen, ist mir schon allein vom Geruch schlecht geworden. Jetzt hielt ich es endgültig nicht mehr aus und mir blieb nichts anderes übrig, als mich von den Gästen vorübergehend zu verabschieden. Ich bin zur Wohnung meiner Eltern gefahren und habe mich ausgeruht. Irgendwann, ich kann nicht sagen, wie viel Zeit vergangen ist, weil ich gar nicht auf die Uhr gesehen habe, bin ich wieder zurück zu meiner eigenen Hochzeitsfeier, wo sich bei meinem Eintreffen alle Gäste köstlich amüsierten. Die von meinen Eltern engagierte Zwei-Mann-Kapelle spielte bereits, und es wurde fleißig getanzt und gelacht. Ganz im Gegensatz zu mir hat den Leuten die Musik anscheinend gefallen. Da die meisten Gäste wohl auch schon reichlich dem Alkohol zugesprochen hatten, kam das, was kommen musste, als sie mich sahen: Der Ruf nach einem Brauttanz wurde laut! Das kannst du ganz wörtlich nehmen. Alle kreischten plötzlich, vom Alkohol enthemmt, wie wild durcheinander und ich war die Einzige, die völlig nüchtern war und es auch bleiben würde.

Was das Thema Tanzen anbelangt, musst du wissen, dass Philipp überhaupt nicht tanzen kann. Aber auch das war den Gästen völlig egal und es schien nicht darauf anzukommen. Für die johlende Meute zählte nur der Spaß. Es sollte jetzt etwas Besonderes folgen, quasi der Höhepunkt des Abends, und so liefen einige schnell zu ihren Plätzen und holten die Kameras hervor. Alle bildeten um Philipp und mich einen Kreis, und wir mussten auf einem Stuhl Platz nehmen, wobei mir eine Puppe in die Arme gedrückt wurde. Frag mich nicht, welche Sprüche dazu aufgesagt wurden. Einige schienen davon auszugehen, dass mir das Spiel bekannt war und wurden schon ungeduldig. Es wurde mir erklärt, dass wir uns erheben und mit der Puppe in meinen Armen tanzen sollten. Mir ging das ganze Spiel auf den Keks, dazu noch die Anspielung mit der Puppe, die wohl symbolisch für Nachwuchs stand. Am liebsten wäre ich weggelaufen. Stattdessen ließ ich die Puppe aus Unachtsamkeit fallen, vielleicht auch aus Gleichgültigkeit, was dann jede Menge Ärger gab. Denn es handelte sich wohl um eine wertvolle Porzellanpuppe, die nun zerbrochen auf dem Boden lag. So viel zu meiner Hochzeit!"

„Dann hat also deine Hochzeit mehr oder weniger ohne dich stattgefunden", fasst Marianne zusammen.

„So kann man es sehen, ja."

**Waltrop – Mittwoch, 5. Mai 2010, 14.30 Uhr**

Dagmar sitzt zu Hause an ihrem Computer und schreibt in ihrer Eigenschaft als Vereinsvorsitzende einige Briefe. Sie druckt die Schriftstücke aus, unterschreibt sie, kuvertiert sie ein und legt sie im Korridor auf die Ablage der Flurgarderobe. Das macht sie schon seit langer Zeit aus bewährter Gewohnheit, weil so keine Post vergessen wird.

Sie sieht auf die Uhr: Wie die Zeit schon wieder vergangen ist. Gleich ist es 15.45 Uhr, aber etwas Zeit bleibt noch. Sie sucht ein paar Begriffe im Internet, überfliegt einige Artikel und klickt einige Links an. Da entdeckt sie durch Zufall wieder dieses Werbebanner, das mit der Suche nach alten Schulfreunden wirbt. Sie erinnert sich, so etwas schon öfter gesehen zu haben, aber hat es nie weiter beachtet. Was ist das für eine Anzeige?, denkt sie sich. Wie soll man auf diese Weise alte Schulfreunde finden? Aber neugierig ist sie schon. Vielleicht könnte sie über diese Plattform Kontakt zu ihren früheren Klassenkameraden aufnehmen?

Seit Jahrzehnten hat sie von ihren ehemaligen Mitschülern nichts mehr gehört. Denn als sie damals, mit gerade einmal achtzehn Jahren, nach Münster verzogen ist, sind alle Kontakte von heute auf morgen abgebrochen. Es gab kaum Familien, die zu dieser Zeit schon über ein Telefon verfügten. Für meine Kinder, denkt sie, sind solche Vorstellungen undenkbar! Wo heute schon jeder Jugendliche ein Handy besitzt, und jeder Haushalt oftmals sogar über mehrere Telefonanschlüsse verfügt. Wenn sie ihren Kindern manchmal von ihrer Kindheit berichtet, wird sie nur schief angesehen, und sie selbst hat dann das Gefühl, als würde sie von ihren Großeltern aus einem vergangenen Jahrhundert berichten. Dabei ist das alles noch gar nicht so lange her.

Auch wenn es in ihrer Jugend noch kein Telefon im eigenen Haushalt gab, hätte man sich natürlich schreiben und so die Kontakte aufrechterhalten können. Aber der Alltag ließ Dagmar nach dem Umzug zu ihrem Verlobten nach Münster für solche Dinge gar keine Zeit. Sie suchte sich sofort eine Arbeitsstelle, die sie glücklicherweise auch schon nach wenigen Tagen antreten konnte. Den ganzen Tag über war sie unterwegs. Da sie noch keinen Führerschein besaß, für den sie nicht das Geld hatte, musste sie für den Weg zu ihrer Arbeitsstätte öffentliche Verkehrsmittel benutzen. Für den Hin- und Rückweg waren drei bis vier Stunden einzuplanen, da sie einen längeren Fußweg bis zur Haltestelle zurückzulegen hatte. Darüber hinaus musste sie auch noch zwei oder drei Mal umsteigen. Insgesamt war sie oft mit einem Einkauf auf dem Nachhauseweg bis zu zwölf Stunden unterwegs, und dann warteten noch die üblichen Hausarbeiten auf sie, die zu erledigen waren. An die Kontaktaufnahme zu ihren Schulkollegen hat sie dabei nie einen Gedanken verschwendet.

Aber jetzt, hier und heute, mit Blick auf die Werbeanzeige, fragt sie sich natürlich, was aus den alten Freunden geworden ist, die mit ihr die Schulbank gedrückt haben. Die spannende Frage ist, ob sich ehemalige Klassenkameraden von ihr ebenfalls in dieses Netzwerk eingetragen haben. Denn nur so kann sie jemanden auffinden, und nur dann würde ihr eine Mitgliedschaft etwas nutzen. Immerhin ist auch ein Jahresbeitrag zu zahlen. 24,00 Euro, so liest sie, kostet die Mitgliedschaft für ein Jahr, womit auch die Daten etwaiger Freunde sichtbar würden. Kurz entschlossen meldet sie sich umgehend an und trägt ihren Namen mit weiteren Angaben ein. Direkt nach der Anmeldung kommt sie aus dem Staunen nicht mehr heraus. Nach Eingabe des entsprechenden Jahrgangs und der besuchten Schule werden Namen angezeigt, an die sie sich zum Teil gar nicht mehr erinnern kann. Wie gebannt sieht sie auf die von ihren ehemaligen Mitschülern eingestellten Klassenfotos. So langsam kann sie die aufgelisteten Namen den entsprechenden Gesichtern zuordnen. Erst nach einer Weile entdeckt sie, dass jeder Schüler eine Nummer trägt. Wenn man mit dem Mauspfeil darüber fährt, wird der entsprechende Name angezeigt. Allmählich werden alte Erinnerungen wach, die ganz tief in ihrem Gedächtnis geschlummert haben. Dagmar hat das Gefühl, sich auf eine Zeitreise in die Vergangenheit zu begeben. An immer mehr Schüler, lustige und ärgerliche Anekdoten aus der Schulzeit, kann sie sich erinnern.

Eines der eingestellten Fotos zeigt eine Aufnahme während eines einwöchigen Ausflugs in der neunten Schulklasse. Ja, sie erinnert sich: Es ging damals in die Gegend von Osnabrück, und es sollte von Jugendherberge zu Jugendherberge gewandert werden. Sie erinnert sich, dass sie einen bunten Regenhut besaß, den sie sich extra für diesen Ausflug gekauft hatte. Bei dem Gedanken, dass sie mit ihren Klassenkameraden manchmal einfach per Anhalter gefahren ist, zeigt sich ein Lächeln auf ihrem Gesicht. Ob die Lehrer überhaupt erlauben durften, dass sich einzelne Gruppen vom Klassenverband absetzten und sich alleine auf den Weg machten? Zum Glück ging ja alles gut und alle kamen immer heile am nächsten Treffpunkt an. Besonders spannend waren natürlich die gemeinsamen Abende.

Wie nicht anders zu erwarten war, galt in den Jugendherbergen Geschlechtertrennung, so dass Mädchen und Jungen auf verschiedenen Etagen untergebracht wurden. Nur haben sich nicht alle daran gehalten. Dagmar gehörte zu den Mädchen, die Ärger dafür in Kauf nahmen, weil sie sich zu den Zimmern der Jungen schlichen. Mensch, was waren das für Zeiten!

Wieder lässt Dagmar ihren Blick über das Foto auf dem Bildschirm schweifen und muss vor allem immer wieder auf einen Jungen sehen, der sich mehr im Hintergrund hält. Er steht auf einer der oberen Stufen des Portals einer Jugendherberge. Sie nimmt sich vor gleich morgen an einige der ehemaligen Klassenkameraden zu schreiben. Als erstes muss sie ihnen mitteilen, wohin es sie damals nach der Schulzeit verschlagen hat und wie sie die ganzen Jahre über verbrachte. Wieso sie sich nicht gemeldet hat. Wo sie heute lebt, dass sie eine große Familie hat und gerne einige von ihnen treffen würde.

**Gladbeck – Dienstag, 22. Mai 2012, 16.45 Uhr**

„Wollen wir zahlen?", fragt Marianne. „Wir könnten noch etwas in den Wittringer Wald gehen. Den kennst du doch sicher auch schon, oder?"

„Na klar, wir haben in den ersten Tagen in Gladbeck viel zu Fuß abgegrast und mussten erst einmal die nähere Umgebung nach Einkaufsmöglichkeiten auskundschaften. Da wir kein Auto besitzen und zurzeit noch nicht mal Fahrräder haben, finden alle Spaziergänge in einem Radius um unsere Wohnung statt, wo wir fast jeden Strauch kennen. Zum Schloss Wittringen mit den weiträumigen Waldpfaden gehen wir jede Woche und haben dort schon einige schöne, ruhige Ecken entdeckt. An den Brillenteichen ist es auch schön, aber zum Lesen wegen der verkehrsreichen Straße direkt dahinter leider zu laut. Den Schlosspark kannte ich schon von früheren Ausflügen. In entgegengesetzter Richtung ist es zum Nordpark noch näher, den ich aber auch schon vom Vorbeifahren kannte, bevor ich nach Gladbeck zog."

„Sicher weißt du nicht, dass der Nordpark, und auch beispielsweise die ersten Autobahnen, im Zuge der so genannten Notstandsarbeiten in Angriff genommen wurden. Einigen Familien konnte so finanziell unter die Arme gegriffen werden."

„Nein, so viel kenne ich von der Gladbecker Geschichte noch nicht", gibt Dagmar zu.

„Dann kann ich dir eine wirklich einmalige Geschichte erzählen, die sich während des Zweiten Weltkrieges hier in Gladbeck zugetragen hat. Das einzige Krankenhaus, das St. Barbara-Hospital, stand auch damals schon direkt in der Innenstadt und wurde im Jahr 1944 während eines Angriffs stark bombardiert. Es war so schwer getroffen, dass sich der damalige Bergwerksdirektor Schennen gemeinsam mit dem Krankenhausdirektor Wenning zu einem einmaligen Projekt entschloss. Im Inneren einer aufgeschütteten Bergehalde hatte man einen Bunker fertiggestellt, in dem Bergleute, aber auch die Bevölkerung, Schutz vor dem Bombenhagel suchten. Einen Teil dieses Bunkers hat man zu einem Hospitalstollen umgebaut, der kurz vor Ende des Krieges im Januar 1945 bezogen werden konnte."

„Das ist jetzt ein Scherz, oder?", fragt Dagmar ungläubig.

„Nein, nein", antwortet Marianne fast schon entsetzt, „das stimmt, du kannst es in alten Chroniken nachlesen. Aber wahrscheinlich wissen nicht einmal alle Gladbecker davon. Ich habe erst kürzlich an einem Informationsabend teilgenommen, an dem Herr Samen darüber berichtet hat. Er ist ein ehemaliger Kollege von mir und beschäftigt sich seit seiner Pensionierung mit der Geschichte Gladbecks. Dieses Notkrankenhaus ersetzte über eineinhalb Jahre das zerstörte St. Barbara-Hospital und war für zweihundertfünfzig Kranke konzipiert worden. Doch vor Ostern 1945 gab es einen weiteren verheerenden Bombenangriff auf die Innenstadt mit vielen Toten und Verletzten, so dass es zu einer teilweisen Doppelbelegung der Betten kam. In dem Stollenkrankenhaus konnten sogar Operationen durchgeführt werden, denn es verfügte zumindest für die damaligen Verhältnisse über einen modern ausgestatteten Operationssaal. Nur Kinder sind dort nicht zur Welt gekommen. Der Bergwerksdirektor hatte für diesen Zweck seine Villa in eine Wöchnerinnenstation umfunktionieren lassen. Die steht übrigens noch heute an der Horster Straße hinter dem Festplatz und dem Gelände, auf dem früher die Zeche Graf Moltke stand."

„Und? Kann man dieses Not- oder Stollenkrankenhaus besichtigen?"

„Nein, leider nicht, denn es besteht akute Einsturzgefahr. Die alten Stempel, die das Gebirge tragen sollen, sind aus Holz und über die Jahre verwittert. Da hätte man schon zeitiger restaurieren müssen. Jetzt ist es zu gefährlich, und man hat deshalb aus Sicherheitsgründen den Eingang zugemauert. Das ganze Gelände ist eingezäunt, weil es wegen der Einsturzgefahr auch nicht betreten werden darf."

Dagmar winkt die Bedienung herbei und sagt zu Marianne: „Jetzt haben wir schon wieder ein neues Thema aufgegriffen. Ich glaube, wir könnten Tage mit Gesprächen verbringen und würden von Höcksschen auf Stöcksschen kommen. Um auf deine Frage zurückzukommen: Wir können gerne noch einen Spaziergang machen, aber nicht *wir* zahlen, sondern ich", stellt sie klar.

„Soweit kommt das noch", protestiert Marianne, „ich habe dich auf ein Eis eingeladen, und dann zahle ich auch!"

„Aber du hast mir schon so oft einen Gefallen getan, wodurch ich den einen oder anderen Euro einsparen konnte. Da möchte ich mich gerne revanchieren!"

„Dazu hast du bestimmt noch einmal die Gelegenheit, keine Sorge."

Marianne und Dagmar sehen sich ein letztes Mal um, ob sie auch nichts vergessen haben und setzen ihren Weg fort, vorbei an einem kleinen Wasserspiel, das bei diesem Wetter eine willkommene Abwechslung für die Kinder ist. Die Kleinen zieht es wohl deshalb immer wieder in die City, weil sie hier nach Herzenslust herum plantschen können. Sie stampfen in der nur flach mit Wasser bedeckten Ebene zum Teil mit nackten Füßen, einige lassen einfach ihre längst durchnässten

Schuhe an. Auf jeden Fall haben sie eine Menge Spaß und quietschen vor Vergnügen, während sich ihre Mütter derweil eine Ruhepause gönnen.

Die beiden Frauen haben bereits die Stadtbücherei und Matthias-Jacobs-Halle hinter sich gelassen. Weiter geht es am Amtsgericht und der Polizeidienststelle vorbei, und bereits nach wenigen Minuten erreichen sie den Wittringer Wald, der von einer Marathonbahn umsäumt wird.

„Und?", nimmt Marianne den Faden wieder auf, „wie ging das dann mit diesem Andreas weiter? Du hast ihn also wie alle anderen aus deiner Schulklasse angeschrieben, nehme ich mal an. Und er hat sich darauf bei dir zurück gemeldet."

„Ja natürlich hat er das! Erst einmal habe ich von anderen ehemaligen Klassenkameraden erfahren, die sich umgehend mit mir in Verbindung gesetzt haben, dass sogar schon zwei Klassentreffen stattgefunden haben, von denen ich natürlich nichts wissen konnte. Man hätte mich auch gerne dazu eingeladen, wie mir berichtet wurde, aber es wusste ja niemand von ihnen, wo ich abgeblieben bin und wohin es mich verschlagen hat. Meine Eltern sind ebenfalls damals umgezogen, und somit existierte auch diese Anlaufstelle nicht mehr. Irgendwann haben sie die Suche nach mir und einigen anderen aus unserer Klasse aufgegeben, wobei es bei den Mädchen sowieso schwieriger war sie zu finden, wenn sie durch eine Heirat einen anderen Namen angenommen hatten. Andreas galt übrigens für unsere Schulkollegen, genau wie ich, als verschollen, und er hat somit auch an keinem der Treffen teilgenommen. Bis zu dem Zeitpunkt, als ich mich in die Freunde-Suchmaschine eingetragen habe, war er selbst noch nicht dort gemeldet. Erst, nachdem er mich auf einem von mir eingestellten Foto erkannte, hat er eine Mitgliedschaft beantragt. Im Gegensatz zu mir, die ich nie nach ihm gesucht habe und auch gar nicht gewusst hätte, wo ich damit beginnen sollte, hatte er schon Jahre nach mir gesucht."

Fast schon wehmütig hören sich Dagmars Worte an, denen sie noch hinzufügt: „Ja, so war das. Jetzt weißt du Bescheid."

„Was heißt, ja so war das? Das kann doch nicht alles gewesen sein. Wie ging es weiter mit euch? Jetzt lass dir doch nicht alles aus der Nase ziehen. Was kam danach?", drängt Marianne und kann es vor Ungeduld kaum noch abwarten.

Einen Moment zögert Dagmar, dann gibt sie sich einen Ruck: „Wir haben uns geschrieben. Zunächst so das Übliche, was man sich halt so zu erzählen hat. Anfangs nur Oberflächlichkeiten. Dann haben wir Themen aus den aktuellen Nachrichten aufgegriffen und uns beide über die gleichen Ungerechtigkeiten aufgeregt. Ich habe geschrieben, dass ich schon gegen frühere Arbeitgeber vor dem Arbeitsgericht geklagt und gewonnen habe, wobei ich nicht einmal die Hilfe meines Mannes in Anspruch nehmen musste. Im Laufe der Jahre hatte ich natürlich einiges von dem, was in seiner Kanzlei lief, mitbekommen, so dass ich meine Klage alleine verfassen konnte. Und natürlich habe ich mich auch vor Gericht selbst vertreten, was bei einer Klage vor dem Arbeitsgericht jeder darf.

In unseren Mails habe ich von meiner Krankheit berichtet und wie es dazu gekommen ist, von meinem Tagesablauf, von meiner ehrenamtlichen Vorstandsarbeit in Vereinen und dem guten Verhältnis, das ich zu meinen Kindern hatte. Wir haben sogar Kochrezepte ausgetauscht, was sicher ungewöhnlich ist, und wir haben darüber geschrieben, wie wir mit unseren Familien das Weihnachtsfest feiern. Welche Geschenke gemacht werden, wie teuer die sein dürfen und ob man Besuch bekommt. Sogar über den Weihnachtsbaumkauf haben wir uns in epischer Breite ausgelassen und wer ihn wann schmücken wird. Natürlich habe ich auch von meinem Lebensstil berichtet, dass ich in einem großzügigen Haus mit einem großen Garten wohne. Nicht, dass ich mit meiner überdachten Terrasse, dem Gartenteich und einer schnuckeligen Gartenlaube angeben wollte, aber ich habe meinen Garten mit den vielen mediterranen Kübelpflanzen wirklich sehr geliebt und gerne jedem davon vorgeschwärmt. Deshalb musste mein Mann ja auch extra eine gut isolierte Hütte im Garten bauen, die wir im Sommer für Gartenpartys genutzt haben und in der im Winter die Blumen mit einer bei Frost zuschaltbaren Heizung überwintern konnten. Finanziell gesehen ging es Philipp und mir mittlerweile sehr gut, und wir konnten uns mehr als einen Urlaub pro Jahr leisten.

Andreas hat mir im Gegenzug mitgeteilt, was er all die Jahre erlebt hat. Er hat mir von seinen Bemühungen geschrieben, derzeit einen Job zu finden und auch davon, wie Arbeitnehmerüberlassungen ihre Arbeiter regelrecht ausbeuten. Wir haben über die unterschiedlichsten Themen geschrieben, einfach über alles, was uns gerade bewegt hat. Einer hat ein Stichwort gegeben, und schon hatten wir ein neues Thema, über das wir uns auslassen konnten."

**Waltrop – Sonntag, 12. Dezember 2010, 9.10 Uhr**

Dagmar hat ihr Frühstück bereits vor drei Stunden eingenommen, die ersten Vorbereitungen für das Mittagessen getroffen und sitzt nun, in einen Roman vertieft, im Wohnzimmer auf der Couch. Sie hat schon auf ihren Mann gewartet, denn sie will mit ihm über ein Thema sprechen, das ihr unter den Nägeln brennt. Ihr Mann wird davon wenig begeistert sein, aber es lässt sich nicht vermeiden. Sie hört die ersten Geräusche, die vom Bad im Obergeschoss zu ihr dringen, gefolgt von Schritten auf der Treppe. Philipp kommt ins Wohnzimmer, wünscht ihr einen guten Morgen und begibt sich direkt in die Küche. Der Kaffee steht fertig für ihn bereit, er muss ihn sich nur noch in eine Tasse geben. Er setzt sich an den gedeckten Tisch und belegt sich eine erste Scheibe Brot, während Dagmar ihr Buch zur Seite gelegt hat und sich zu ihrem Mann an den Tisch setzt.

Noch ahnt sie nichts von den weitreichenden Folgen, die sie mit einem nur beifällig geäußerten Satz auslöst: „Ich habe dir doch von meinem früheren Schulkollegen, von Andreas, erzählt. Der mir auch schon ein paar Mal geschrieben hat. Er wohnt nicht mehr hier in der Nähe und lebt heute in Rinteln. Der Ort liegt ein ganzes Stück weit von hier entfernt."

Barsch wird Dagmar von ihrem Mann unterbrochen, der sie böse ansieht: „Was soll das jetzt? Worauf willst du hinaus?"

„Du musst mich schon ausreden lassen! Also, verheiratet ist er zwar nicht, aber er ist auch fest gebunden und lebt mit seiner Lebensgefährtin und zwei gemeinsamen Kindern zusammen. In meiner nächsten Mail möchte ich ihn mal fragen, ob wir uns treffen können..."

Weiter kommt Dagmar mit ihren Ausführungen nicht, denn die Blicke ihres Mannes sprechen Bände! Das Frühstücksmesser, mit dem er sich gerade noch die Marmelade auf sein Brot geschmiert hat, lässt er jetzt demonstrativ laut auf seinen Teller fallen. Für den ersten Moment ist Philipp sprachlos. Dann sprudelt es nur so aus ihm heraus: „Das ist jetzt nicht wahr! Du willst dich nicht auch noch mit diesem Kerl treffen!"

„Doch sicher, warum nicht? Und überhaupt – wieso sprichst du so abschätzig über ihn. Er ist nicht irgendein *Kerl*. Du kennst ihn doch gar nicht!"

„Auf gar keinen Fall lasse ich zu, dass du dich mit *dem* triffst! Das wäre ja noch schöner! Dann lasse ihn schon eher hier zu uns kommen, meinetwegen. Dann ist mir das noch lieber! Obwohl mir auch bei dem Gedanken schon die Nackenhaare zu Berge stehen."

„Aber genau so etwas wolltest du doch nicht, als ich kürzlich diesen Vorschlag machte!" Dagmar wird jetzt langsam ungehalten, denn über einen Besuch von Andreas mit seiner Lebensgefährtin Sabine hatte sie schon mit ihrem Mann gesprochen. Abgesehen davon, dass das aufgrund einer Krankheit von Sabine zu dem Zeitpunkt gar nicht in Frage gekommen wäre, so hatte Philipp damals sofort signalisiert, dass er auf ein solches Treffen keinen Wert legt.

„Du hast ganz klar gesagt, dass du nicht das geringste Interesse daran hast, die beiden bei uns im Haus zu sehen. Da ich ihn aber gerne einmal wiedersehen möchte, habe ich mir jetzt überlegt, dass ich mich mit ihm irgendwo treffen werde. Ich weiß zwar noch nicht, ob *er* das überhaupt will. Aber ich werde es ihm in meiner nächsten Mail vorschlagen", macht Dagmar klar und ist fest entschlossen, das auch in die Tat umzusetzen.

„Das wirst du nicht tun! Das werde ich nicht zulassen!" Philipp ist mittlerweile dermaßen wütend geworden, dass er an einer Fortsetzung seines Frühstücks kein Interesse mehr zeigt. Er droht seiner Frau: „Wenn du das machst, gehe ich davon aus, dass dir an unserer Ehe nichts mehr liegt, und du billigend in Kauf nimmst…"

„Was soll der Quatsch jetzt? Was hat das eine mit dem anderen zu tun? Ich will mich doch nur mit ihm treffen. An einem öffentlichen Platz! Und ich werde das tun, weil es mir wichtig ist. Ob es dir nun passt oder nicht! Was soll da diese Drohung im Zusammenhang mit unserer Ehe? Das ist ja krank!"

„Pass auf, was du jetzt sagst! Jeder andere Mann würde sich in meiner Situation genau so verhalten. Und wieso liegt dir so viel daran, ihn wieder zu sehen? Ist er wichtiger als ich? Zähle ich nichts? Du wirfst über dreißig Ehejahre einfach so weg? Was bedeute ich dir eigentlich noch?"

Dagmar ist schon jetzt klar, dass für den Rest des Tages der Haussegen schief hängt. Aber sie will auf keinen Fall darauf verzichten Andreas zu treffen. Es ist immer das Gleiche. Wie mit Kindern, denkt sie. Die machen auch so lange Theater, bis sie ihren Willen bekommen und sich durchsetzen können. Aber dieses Mal wird sie nicht klein beigeben. Zu lange hat sie in ihrer Ehe alles hingenommen, sich immer dem Willen ihres Mannes gebeugt. Nie ist sie, wie viele andere Frauen, eigenen Interessen nachgegangen, während sie ihrem Mann ermöglichte, mit seinen Freunden zu gemeinsamen Bergtouren in die Alpen aufzubrechen.

In ruhigem Ton versucht sie zu besänftigen: „Natürlich bedeutest du mir etwas, und ich will auch nicht unsere Ehe aufs Spiel setzen. Mit dieser Drohung willst du mich nur unter Druck setzen. Ich sehe aber nicht ein, dass ich mich nicht einmal mit einem Mann treffen darf, nur weil du da etwas hineininterpretierst, was gar nicht existiert. Das hat mit uns beiden gar nichts zu tun, und alles wird hinterher so sein wie immer."

„Wenn dir weiter an unserer Ehe liegt, und du bei mir bleiben willst, dann lass das und treffe dich nicht mit dem Kerl. Ich hatte schon von Anfang an so ein komisches Gefühl und befürchtet, dass so etwas kommt. Wahrscheinlich hat er es darauf abgesehen und dich eingelullt. Ich traue dem alles zu, damit er sein Ziel erreicht. Und du bist so dumm und merkst das nicht."

An eine Fortsetzung des Frühstücks ist bei Philipp nicht mehr zu denken. Der Appetit ist ihm gründlich vergangen.

„Das stimmt ja alles gar nicht, was du da behauptest. Der Vorschlag, uns einmal zu treffen, kam doch nicht von ihm. Sondern mir ist der Gedanke gekommen, wie schön das wäre. Er weiß noch gar nichts davon, und ich wollte erst mit dir darüber reden, bevor ich ihn frage. Vielleicht ist deine ganze Aufregung umsonst, und er möchte sich gar nicht mit mir treffen."

Unvermittelt stellt Philipp Fragen, die auf Dagmar wie ein Schlag ins Gesicht wirken: „Hattet ihr was zusammen? Damals in der Schule? Lief da was zwischen euch?"

„Spinnst du jetzt total? Bist du jetzt ganz übergeschnappt? Was sollen diese Fragen? Zwischen uns war nie etwas! Wir haben uns nie geküsst, nicht mal umarmt. Was soll der Scheiß denn jetzt?"

Dass die Sache dermaßen aus dem Ruder läuft, hatte Dagmar nicht vorhergesehen. Nun sitzt sie wie ein Häufchen Elend da, und die Tränen laufen über ihre Wangen. Bevor Philipp das Zimmer wütend verlässt, wirft er ihr noch an den Kopf, dass sie ihm diesen Sonntag gründlich versaut hat.

**Gladbeck – Dienstag, 22. Mai 2012, 18.10 Uhr**

Dagmar und Marianne genießen die Stille im Wittringer Wald. Wochentags ist um das Schloss herum nicht so viel los wie an Sonn- und Feiertagen, und es finden sich immer freie Bänke, auf denen man die Ruhe genießen kann. So blicken sie jetzt auf einen kleinen Teich mit einer Wasserfontäne, hinter dem das Ehrenmal zu sehen ist.

Marianne setzt das Gespräch fort: „Ihr habt euch also per Mail über alles Mögliche ausgetauscht und das, kann ich mir denken, wird deinem Mann nicht gepasst haben."

„Nein, das hat ihm ganz und gar nicht gepasst. Dazu kam eine Eifersucht, die völlig unbegründet war und sich nicht nur gegen Andreas gerichtet hat. Ich habe damals stundenweise in einem Sachverständigenbüro gearbeitet und Gutachten geschrieben. Mein Arbeitskollege hat mir gerne Komplimente gemacht, die ich viel lieber von meinem Mann gehört hätte. Ich habe Philipp, ohne mir weiter darüber Gedanken zu machen, davon erzählt und es schien ihn anfangs nicht sonderlich zu interessieren. Doch plötzlich hätte er mich am liebsten auf Schritt und Tritt kontrolliert und die Vorstellung, dass mich ein anderer Mann ansieht, war ihm ein Dorn im Auge. Hatte meine Bluse einen für seine Begriffe zu großen Ausschnitt, hat er dazu eine ketzerische Bemerkung gemacht. So nach dem Motto, ob ich meinen Arbeitskollegen damit reizen will. Eine Leggins fand er zu aufreizend, einen kurzen Rock sowieso. Um weiterem Ärger aus dem Weg zu gehen, fing ich an zu lügen. Du musst wissen, dass es während der Bürozeiten kaum möglich war, ein privates Wort miteinander auszutauschen. So kam es in der bevorstehenden Weihnachtszeit dazu, dass mich mein Kollege nach Feierabend in ein Restaurant eingeladen hat. Mein Mann hätte das nie im Leben zugelassen. Deshalb habe ich eine betriebliche Weihnachtsfeier als Vorwand vorgeschoben."

„Das ist schon traurig genug, wenn man keinen anderen Ausweg mehr sieht, als zu lügen", nickt Marianne verständnisvoll.

„Die Härte war dann aber: Als ich eines Tages meinen Kollegen im Büro begrüßen wollte, war jegliche Farbe aus seinem Gesicht verschwunden, und er gestand
mir völlig verstört, dass er zuvor einen Anruf meines Mannes entgegengenommen
hatte. Philipp hätte ihm gedroht und gesagt, dass ihm klar wäre, wie sehr er, also
mein Kollege, hinter mir her wäre. Du kannst dir gar nicht vorstellen, wie fertig er
war, und wie mich das umgehauen hat."

„Das ist schon harter Tobak!"

Dagmar fährt weiter fort: „Die Situation hat sich von diesem Zeitpunkt an mehr
und mehr zugespitzt. Aber ich muss dir die Entwicklung von Anfang an erzählen,
also alles schön der Reihe nach: In der Anfangsphase, als ich die ersten Kontakte
zu Andreas geknüpft hatte, hielt sich seine Eifersucht noch in Grenzen. Für meinen Mann war Andreas lediglich einer unter weiteren Klassenkameraden, zu denen ich Kontakt hatte, und denen ich geschrieben habe. Dann fuhren Philipp und
ich alleine in den Urlaub, ohne unsere Kinder. Das war im Herbst vorletztes Jahr,
und die Reise führte uns nach Rhodos. Zwischen uns hatte es zu dem Zeitpunkt allerdings auch schon gekriselt, weil ihm nicht gefiel, dass ich mir ein eigenes
Email-Konto zugelegt habe."

Marianne unterbricht an dieser Stelle kurz: „Wieso? Das hat doch heute jeder. Ich
habe auch ein eigenes Mailkonto. Schließlich öffnet auch kein anderer die an mich
gerichtete Post. Es ist also nur verständlich, dass ich ein eigenes Mailkonto besit-
ze, auf das auch nur ich Zugriff habe."

„Ja, nur hatte ich bis zu diesem Zeitpunkt keinen eigenen Account. Einfach, weil
ich keine Veranlassung sah und das auch gar nicht für nötig hielt. Das änderte sich
aber jetzt, weil mir Andreas mehr und mehr von seiner Vergangenheit geschrieben
hat. Damals, als er plötzlich nicht mehr zur Schule kam, wurde er in ein katholisches Heim gesteckt. Du hast sicher schon mitbekommen, dass in letzter Zeit viele
schreckliche Dinge aufgedeckt wurden. Die Kirche hat jahrelang den sexuellen
Missbrauch durch ihre Priester gedeckt und vertuscht, um nicht in Misskredit zu

52

fallen. Andreas hat mir in diesem Zusammenhang etliches von dem geschrieben, was bei ihm schon fast in Vergessenheit geraten war. Vieles hat er verdrängt, was ihn, aber auch andere Heimkinder betraf. Als er dann endlich, nach einigen schlimmen Jahren in verschiedenen Heimen, wieder ein freier Mensch war, ist sein Leben mit ihm Achterbahn gefahren. So hatte er das ausgedrückt. Sämtliche Höhen und Tiefen hat er durchlebt. Zu seinem Lebenslauf gehören auch einige Begebenheiten, die er nicht mal seiner Lebensgefährtin erzählt hat.

**Es war Anfang 1974**

„Ich halte das hier nicht länger aus und hau morgen ab", hört Andreas seinen Zellennachbarn Robert flüstern. Es ist schon spät am Abend und die Jugendlichen auf der geschlossenen Abteilung in dem katholischen Erziehungsheim sind in ihren Zellen eingesperrt. Sie liegen auf ihren Holzpritschen, und einige lesen noch im Schein der spärlichen Notbeleuchtung, andere starren einfach nur gedankenverloren an die Decke.

Andreas ist sofort alarmiert, als er Roberts Ankündigung hört, denn er weiß, dass morgen eine Gruppe von vier Jugendlichen einen von langer Hand geplanten Fluchtversuch unternehmen will. Einen schlechteren Zeitpunkt hätte Robert für seine Flucht nicht wählen können. Nicht auszudenken, wenn durch eine derart unüberlegte Handlung eines Einzelnen der Erfolg der ganzen Gruppe zum Scheitern verurteilt wäre.

„Ich kann dich ja verstehen, aber willst du damit nicht lieber bis zum Frühjahr warten? Jetzt ist es doch viel zu kalt, und du musst zumindest für die Nacht einen Unterschlupf finden", versucht Andreas seinen Zellennachbarn von seinem Vorhaben abzubringen. Doch der scheint fest entschlossen, und so trifft Andreas die schwere Entscheidung, dass er am nächsten Morgen Robert „verpfeifen" muss, auch wenn das für diesen mit schlimmen Konsequenzen verbunden sein wird.

Wie zu erwarten, wird Robert zur Strafe sofort in den „Bau" gesperrt. So nennen sie alle den fensterlosen Raum im ohnehin düsteren Keller, der jeglichen Kontakt zu den anderen unmöglich macht. Wenn man Glück hat, kommt man dort nach zwei oder drei Tagen wieder heraus. Aber nicht selten werden die Jungen dort auch für eine ganze Woche oder länger festgehalten, um sie pädagogisch auf den „rechten Weg" zu bringen. Doch in Wahrheit ist natürlich das Ziel ihren Willen zu brechen. Einige sind tatsächlich durch die Isolation, die sie mürbe gemacht hat, nie mehr aufsässig geworden. Aber für Andreas steht fest, dass der sensible Robert den „Bau" nicht durchstehen kann. Er wird wahrscheinlich der nächste sein, der sich das Leben nimmt.

„Ich wünsche euch alles Gute und hoffe, dass es klappt. Nutzt den Schutz der Dunkelheit zu dieser Jahreszeit, um möglichst weit von hier wegzukommen. Wenn es hell wird und ihr noch nicht über alle Berge seid, wird man euch schnell schnappen. Und teilt euch auf - bleibt nicht zusammen!"

Nach einem kurzen, betretenen Schweigen verabschieden sie sich: „Danke Andreas, für alles."

„Wer weiß, vielleicht sieht man sich. Halt die Ohren steif, Alter!"

„Lass dich nicht klein kriegen!"

„Mach's gut!"

Das sind die letzten Worte, die Andreas von Peter, Wolfgang, Klaus und Martin hört, die sich kurz vor Mitternacht auf und davon machen.

Am nächsten Morgen ist die Aufregung groß, als das Verschwinden der vier Jungen bemerkt wird. Die Leitung der geschlossenen Abteilung droht mit dem Entzug aller Vergünstigungen - die lediglich aus einem wöchentlich zugeteilten Päckchen Tabak, einer ausgewählten Sendung im Fernsehen, oder dem Ausleihen eines Buches bestehen -, falls nicht jemand eine Aussage darüber macht, welches Ziel die Ausreißer ins Auge gefasst haben. Alle sehen nur betreten auf den Boden und beteuern, nichts von dem Plan gewusst zu haben. Die Drohung kann die meisten der Jungen sowieso nicht treffen, da sie nicht in den Genuss dieser Vergünstigungen für Wohlverhalten kommen. Die Aufregung legt sich, nachdem nur noch einer der Jungen flüchtig ist. Drei wurden bereits nach kurzer Zeit aufgegriffen und sehen der gefürchteten Strafe, dem „Bau", entgegen. So hält der Alltag wieder Einzug, und alles läuft im ewig gleichen Trott. Woche für Woche und Monat für Monat werden die jugendlichen Bewohner zur Arbeit herangezogen und bekommen für die Schufterei nicht einmal ein Taschengeld. Die gesetzliche Berufsschulpflicht wird nicht eingehalten, und es werden keine Beiträge in die Rentenversicherung eingezahlt. Sie werden zu acht Stunden täglicher Arbeit in einer Weberei oder Drechslerei unter gesundheitsschädigenden Bedingungen gezwungen.

Doch das ist nicht das Schlimmste für die von der Gesellschaft ausgegrenzten jungen Leute. Gefürchtet sind die Besuche von einigen Geistlichen, die besonders sehr junge, noch kindlich wirkende Jugendliche betreffen. Nachdem Andreas von seinem Stiefvater wiederholt grün und blau geschlagen worden war, und seine Mutter dem behandelnden Arzt keine plausible Erklärung für die immer neuen Blutergüsse liefern konnte, wurde er deshalb vom Jugendamt in ein katholisches Erziehungsheim eingewiesen. Anfangs konnte er nicht glauben, was sich hinter diesen Mauern für Dramen abspielen. Er verstand nicht, konnte noch nicht verstehen, warum einige Jungen zitterten, wenn ein Pater mit freundlicher Stimme einen der Schützlinge zu sich „eingeladen" hat. Doch dann hörte er, wie einer der Jungen jede Nacht in seiner Zelle weinte und nach seiner Mama rief."

Mit Tränen in den Augen und fassungslos hört Marianne zu: „Und das alles ist in einem katholischen Heim geschehen, wo sich die Kinder sicher und geborgen fühlen sollen."

„Das ist ja das Schlimme!", bestätigt Dagmar. „Für Andreas stand fest, dass er dagegen etwas unternehmen würde, und genau das tat er auch. Als ein Pater wieder einmal einen der Jungen in sein Zimmer holen wollte, stürzte er sich auf ihn und schlug sofort voller Wut und Hass mit einem Stuhlbein auf den Geistlichen ein, der von dem Übergriff völlig überrascht wurde. Mit aufgeplatzter Stirn floh der ängstlich um Hilfe rufend.

„Das darf doch nicht wahr sein", unterbricht Marianne den Redefluss. „Ich habe natürlich schon von sexuellen Übergriffen gehört. Gelegentlich wird in Zeitungen darüber berichtet. Aber so drastisch, wie du das schilderst..."

„Ja, so sieht das in der Realität aus. Darüber hat Peter Wensierski ein Buch geschrieben: ‚Schläge im Namen des Herrn'. Aber lass mich weitererzählen", bittet Dagmar.

„Dieser Vorfall, wie Andreas den Pater angegriffen hat, blieb selbstverständlich für ihn nicht ohne Folgen. Neben einem Eintrag in seiner Akte, nach der er als gefährlich einzustufen ist, hatte ihm das einen ersten mehrtägigen Aufenthalt im ‚Bau' eingebracht. Obwohl er dort immer wieder in ein seelisches Loch gefallen ist und der Verzweiflung nahe war, ließ er sich nicht unterkriegen und hat sich weiterhin gegen vieles gewehrt. Er galt als aufsässig und unerziehbar, so dass weitere gegen ihn verhängte Strafen nicht ausblieben. Zwei missglückte Ausbruchsversuche hat er zwischenzeitlich unternommen, und beim letzten Mal ist er sogar bis nach Dortmund gekommen. Doch da hat er den dummen Fehler begangen und sich ausgerechnet am Bahnhof aufgehalten, wo man ihn schnell wieder aufgegriffen hat. Aus dieser Erfahrung hat er gelernt und wusste, wie er es beim nächsten Mal besser anstellen muss. Er wollte endlich aus diesem Gefängnis raus, leben und frei sein! Noch hatte er sich nicht unterkriegen lassen und glaubte fest daran, dass er es schaffen wird.


## Im Sommer 1976

Udo wartet bereits nach seiner Nachtschicht an der Stempeluhr, obwohl es noch eine Viertelstunde vor der Zeit bis zur Ablösung ist. Aber er weiß, dass er sich auf seinen Kollegen verlassen kann. Da sieht er ihn auch schon, wie er mit strammen Schritten auf das Zechentor zusteuert und hält ihm die Hand zur Begrüßung hin: „Toffte, dat is lieb von dich, datte so pünktlich nache Abeit kommen tus. Weiße, ich will gezz schnell nach Haus und nochn bisken schlafen tun. Unser Marion hat heut Geburtstach und da…"

„Ja, ja, das geht schon in Ordnung", unterbricht ihn Andreas, „geh nur, hau dich aufs Ohr und dann feiert mal schön. Glückauf!"

„Glückauf!"


Für Andreas, der nun schon ein Jahr auf der Zeche für die Bereitstellung des warmen Wassers zuständig ist, mit dem sich die Bergleute nach der Schicht den Kohlenstaub vom Körper schrubben, wird es auch heute erwartungsgemäß wieder ein ruhiger Arbeitstag werden. Die meiste Zeit kann er alles in Ruhe angehen und sitzt in der kleinen Werkstatt, wo er eine Zeitung durchblättert. Mit seinen Kollegen ist er im Schichtdienst eingeteilt, was auch bedeutet, dass sie an Sonn- und Fei-

58

ertagen arbeiten müssen. Doch zumindest Andreas macht das nichts aus. Im Gegenteil ist er froh, durch Beziehungen an diesen Job gekommen zu sein. Nachdem ihm vor über zwei Jahren endlich eine spektakuläre Flucht aus dem Heim geglückt ist, hat er sich sofort nach Amsterdam abgesetzt. Nur weg aus Deutschland, war sein einziger Gedanke. Doch hatte er bis dahin noch keinen Plan, wie es danach weitergehen sollte. In seinen Träumen hatte er wohl geglaubt, von einer Gruppe junger Leute mit offenen Armen empfangen und aufgenommen zu werden. Die Realität sah dann aber ganz anders aus. Ohne einen Pfennig in der Tasche, musste er sich die ersten Mahlzeiten erbetteln, und ehe er sich dessen richtig bewusst wurde, schlitterte er ins Dealer-Milieu, womit auch seine eigene „Drogenkarriere" ihren Lauf nahm. In der Anfangsphase reichten die Einnahmen gerade einmal für ein kleines möbliertes Zimmer. Erst mit der Zeit lernte er ein paar Tricks, und das Geschäft florierte. Nach all den kaputten Jahren im Erziehungsheim wollte er mit siebzehn Jahren endlich das Leben genießen und auch einmal wieder mit einer Frau zusammen sein. Zwar hatte er schon vor dem Heimaufenthalt erste sexuelle Erfahrungen mit einigen Mädchen gesammelt und zu seiner Verwirrtheit sogar Gefallen am gleichen Geschlecht gefunden, doch während seines Heimaufenthalts gab es keine Möglichkeiten Kontakte zu Mädchen zu knüpfen. Ganz im Gegensatz dazu stand das Amsterdamer Rotlichtviertel mit seinen zahlreichen einschlägigen Etablissements, die er aufsuchte, so oft er es sich leisten konnte. In den ersten Wochen fühlte er sich wie in einem Traum, in dem alle sexuellen Wünsche in Erfüllung gehen. Doch sehnte er sich zusehends nach Geborgenheit, Wärme und Liebe, die er nirgendwo finden konnte. Wieder wurde er das Gefühl nicht los, lediglich herumgereicht zu werden und flüchtete immer öfter in den Drogenrausch.

An seinem achtzehnten Geburtstag kehrte er Amsterdam den Rücken und hoffte in seiner Heimatstadt Buer auf einen Neuanfang. Aber ohne einen erlernten Beruf und Beziehungen war es ihm auch hier nicht möglich, seinen Lebensunterhalt auf anständige Weise zu bestreiten. Die neuerliche Enttäuschung führte dazu, dass Andreas mittlerweile so ziemlich alles egal geworden war. Seine einzige Einnahmequelle blieb der Handel mit illegalen Drogen. Da er selbst auch reichlichen Gebrauch von allem machte, was ihm in die Finger kam, und er sich andererseits nur sehr unregelmäßig und schlecht ernährte, magerte er zusehends ab.

Wenn er heute, an seinem Arbeitsplatz, an diese Zeit zurückdenkt, so ist er heilfroh, dass er noch rechtzeitig die Kurve gekriegt hat. Denn um ein Haar wäre er von einem Hochhaus in Buer gesprungen: Es war an einem grauen und trüben Tag. Alles schien sich gegen ihn verschworen zu haben. In einem Anflug von Depression stieg er todesmutig auf das Dach des bei Ortskundigen als U-Hochhaus bekannten Wohnhauses. Erst in letzter Minute, als der Wind schon um seine Ohren fegte, und er am Abgrund stand, stellte er sich die Frage, warum er seinem Leben ein so jähes Ende setzen will. In diesem Moment sah er plötzlich klar und fasste den Entschluss, seinem Leben eine neue Richtung zu geben. Er war an einem Wendepunkt angelangt und würde es schaffen!

Hoffnungsvoll blickte er in die Zukunft, als er lächelnd mit dem Fahrstuhl bis ins Erdgeschoss hinab fuhr. Und wie zur Bestätigung traf er tatsächlich wenige Tage später einen Bruder seines viel zu früh verstorbenen Vaters, der ihm den Job auf der Zeche besorgt hatte. Von nun an lief sein Leben wieder in geregelten Bahnen. Anfangs musste er sich noch mit einem Kumpel eine Bude teilen, weil es an vielen alltäglichen Dingen mangelte. Heute hat er sich sogar mit Annette eine hübsche, kleine Wohnung einrichten können und fühlt sich geborgen, wie schon seit langem nicht mehr.

Abrupt wird Andreas aus seinen Gedanken gerissen. Denn für die Kumpel, die gerade nach einer anstrengenden Schicht von unter Tage gekommen sind, muss er warmes Wasser bereitstellen. Er wirft ihnen den bergmännischen Gruß „Glückauf" zu, löst sich aus seinen Gedanken und macht sich an die Arbeit.


**Einige Jahre später, im Januar 1983**
Eine Gruppe junger Männer sitzt braungebrannt auf der Terrasse einer Bar, und wie alle anderen Gäste sind sie

leger gekleidet und in bester Laune. Eine mehrspurige Straße trennt die Promenade von einer sich endlos erstreckenden Skyline, während sich zu ihren Füßen der vier Kilometer lange Sandstrand der Copacabana erstreckt. Sie genießen diesen fantastischen Blick und fühlen sich wie im Paradies. Von überall her dröhnt Musik aus den Lautsprechern, die das Hupen der Autos völlig übertönen. Heiners Aufmerksamkeit gilt der von Palmen unterbrochenen und in sämtlichen Farben schillernden Flaniermeile, auf der sich zu dieser Abendstunde dunkelhäutige Schönheiten in hochhackigen Schuhen zeigen und die, in der Hoffnung, ihrem ärmlichen Dasein entfliehen zu können, anzüglich zu den Europäern hinaufsehen: „Seht euch diese Möpse an! Und diese Ärsche! Die Weiber sind hier so was von geil, sag ich euch…"

„Jetzt hör endlich auf mit deinen Weibern. Wenn du weiterhin so viel vögelst, fickst du dir noch mal den Rest deines Hirns raus", regt sich Achim auf. Zu seinem Glas greifend fügt er hinzu: „Kommt Jungs! Lasst uns auf unseren Erfolg anstoßen und weiterhin auf eine gute Zusammenarbeit. ,Zum Wohle' oder wie man hier zu sagen pflegt, ,salud'!"

Alle greifen zu ihrem Glas Cachaca Armazem Vieira, einem Zuckerrohrschnaps der teuersten Sorte, der ihnen auf Eis serviert wird und prosten ihrem Chef zu. Der hat sich auch in diesem Jahr wieder nicht lumpen lassen und seine Organisationsleiter auf einen einwöchigen Urlaub nach Rio de Janeiro eingeladen. In einem der feinsten Hotels an der Copacabana lassen sie sich verwöhnen und fühlen sich wie Gott in Frankreich.

Einer von ihnen ist Andreas, der nun schon seit fünf Jahren in der Firma von Achim beschäftigt ist und sich zum Organisationsleiter hocharbeiten konnte. Irgendwann wurde er den Job auf der Zeche auch wieder leid. Er hatte dort zwar ein geregeltes Einkommen und konnte sich mit einigen Kumpeln anfreunden, aber er brauchte eine neue Herausforderung und wollte etwas Neues anfangen. Im richtigen Moment wurde er dann mehr oder weniger durch Zufall von Achim angesprochen, ob er nicht Lust hätte, bei ihm als Anzeigenvertreter einzusteigen, woraufhin er eine spontane Zusage machte. Als Annette davon erfuhr, gab es einen Streit, und sie drohte damit, ihn auf der Stelle zu verlassen. Für Andreas stand die Beziehung, wie sie sich entwickelte, sowieso nicht mehr unter einem guten Stern. Die Liebe schien nicht nur von seiner Seite abgekühlt zu sein, und so zog er die Konsequenzen. Annette packte kurz entschlossen ihre Sachen und verschwand auf nimmer Wiedersehen aus seinem Leben. Andreas gab nach Absprache mit seinem Vermieter ein Inserat in der Buerschen Zeitung[3] auf, um möglichst rasch einen Nachmieter stellen zu können. Er hatte enormes Glück, denn es fand sich nicht nur ein junges Paar bereit, die Wohnung sofort zu mieten, sondern sie waren auch mit der Übernahme seiner Einrichtung einver-

---

3   Der Druck der Buerschen Zeitung wurde im September 2006 eingestellt

standen. So musste sich Andreas einerseits nicht mehr darum kümmern, was mit den Möbeln passieren sollte, und andererseits war er froh, noch ein paar Mark zusätzlich in der Tasche zu haben.

Dass sein neues Leben komplett anders verlaufen würde, war ihm von Anfang an klar. Ihn hielt nichts an einem Ort, und so machte es ihm nichts aus, von Stadt zu Stadt, von Hotel zu Hotel zu ziehen. Überall dort, wo sein Teamleiter neue Kunden und gute Umsätze witterte, setzte er ihn ein. Schnell entdeckte er Andreas Talent, den potenziellen Kunden eine Anzeige aufzuschwatzen. So arbeitete sich Andreas selbst innerhalb eines Jahres zum Teamleiter hoch, der sich darüber hinaus auch noch bei seinen Mitarbeitern großer Beliebtheit erfreute. Bereits zwei Jahre später war er Organisationsleiter mit über dreißig Mitarbeitern. Bei der Auswahl neuer Bewerber besaß er ein unglaubliches Gespür für ihre späteren Fähigkeiten, was für seinen Erfolg ausschlaggebend war. Obwohl er wegen des steten Ortswechsels quer durch Deutschland ein unruhiges Leben führte, befriedigte ihn seine neue Aufgabe sehr. Endlich wurde er für voll genommen, zählte zu den Erfolgreichen und war an der Sonnenseite des Lebens angelangt. Von der Werbeagentur bekam er ein dickes Auto als Firmenwagen, er trug nur noch teure, handgearbeitete Schuhe und zeigte sich gerne bei entsprechenden Anlässen im eleganten Smoking. Über Geld sprach er nicht, er hatte es einfach. Wenn er ausging, dann hat ihn das schnell ein paar Tausender an einem Abend gekostet. Wie Geld doch das Leben verändern kann?, dachte er manches Mal amüsiert. Die Frauen lagen ihm zu Füßen, denn sie hängten sich wie die Kletten an Männer mit einem entsprechenden Bankkonto. Es verging kaum ein Wochenende, an dem er nicht eine von ihnen abschleppen konnte. Er genoss ausschweifende Liebesnächte auch mit zwei Frauen an seiner Seite, und obwohl er von ihnen verwöhnt wurde, war er sich nicht immer sicher, wer von wem benutzt wird. Aber so lange seine sexuelle Lust befriedigt wurde, verdrängte er diese Gedanken. Wichtiger waren die weiteren Planungen und Überlegungen, wie er sein Einkommen noch weiter verbessern kann. Er entwickelte sich zu einem Arbeitstier, dessen ausgefüllter Terminkalender ihm nur ganz selten die Möglichkeit bot, in seinem neu erworbenen, großzügigen Haus zu wohnen.

## Im Sommer 1989

Andreas und Sabine haben in einem einfachen, aber gemütlichen Lokal in Rinteln zu Abend gegessen, und der Kellner reicht ihnen gerade die Rechnung. Nachdem Andreas den geforderten Betrag mit einem Trinkgeld aufgerundet und sich der Kellner wieder entfernt hat, ergreift Sabine das Wort: „Soll ich mich nicht doch mit der Hälfte an den Kosten des heutigen abends beteiligen oder wenigstens die Getränke übernehmen?"

„Nein, ist schon in Ordnung", wiegelt Andreas ab.

„Aber du musst doch auch dein Geld zusammenhalten", versucht sie es noch einmal.

„Ich komm schon über die Runden. Betrachte das hier als Einladung. Mir hat es gut getan, mal mit jemandem ein vernünftiges Gespräch zu führen." Und nach einer kurzen Pause fährt er fort: „Komm, es ist so ein herrlicher Abend. Lass uns noch ein wenig am Helenensee spazieren gehen. Den ganzen Tag in der stickigen Fabrikhalle – da bin ich froh, wenn ich mal an die frische Luft komme."

„Einverstanden, aber nur noch ein kurzes Stückchen und nicht mehr zu lange." Sabine druckst ein wenig herum. Sie mag Andreas und würde sich freuen, wenn mehr aus dieser Bekanntschaft wird, aber bisher hat sie sich nicht getraut, ihm viel von sich preiszugeben: „Es ist so, also, wie soll ich sagen…"

„Komm", will er ihr Mut machen, „raus mit der Sprache. Wir haben alle unsere Vergangenheit."

„Du musst wissen, dass ich schon eine kleine Tochter habe. Ich bin also nicht mehr ganz ungebunden, wenn man es richtig betrachtet. Aber ich kann noch von Glück reden, dass mich meine Eltern nicht aus dem Haus geworfen haben und zu mir stehen. Ich lebe noch bei ihnen und könnte mir so etwas wie heute Abend gar nicht erlauben, wenn sie nicht auf die Kleine aufpassen würden."

Andreas reicht ihr die Schachtel mit den Zigaretten und steckt sich selbst eine an. Gedankenverloren sagt er: „Das konnte ich natürlich nicht wissen. Aber eine Katastrophe ist das nun auch wieder nicht. Wie heißt denn deine Tochter?"

„Nicola. Sie ist gerade zwei Jahre alt geworden." Etwas verlegen fügt sie hinzu: „Es gibt keinen Papa, wenn du verstehst."

Andreas verstand nur zu gut. Denn in seiner Zeit als erfolgreicher Organisationsleiter ist es ihm nicht nur einmal passiert, dass eine seiner Bekanntschaften ihn plötzlich mit der Nachricht, von ihm schwanger zu sein, überraschte. Welche Gründe auch immer sie vorschoben, weshalb die Pille angeblich versagt haben soll und ganz zu schweigen davon, ob das Kind überhaupt von ihm sein könnte. Auf lange Diskussionen wollte er sich in keinem Fall einlassen, und falls es tatsächlich zu einer Schwangerschaft gekommen sein sollte, für die er verantwortlich war, wusste er nur zu genau, dass eine Vaterschaft für ihn nicht in Frage kam. Nicht zu diesem Zeitpunkt. Da er sich niemals nachsagen lassen wollte, dass er sich seiner Verantwortung entziehen würde, gab es nur eine Möglichkeit, zumal die liberalen Gesetze in Holland ihm in diesem Punkt sehr entgegen kamen.

Während des Spaziergangs sind Andreas und Sabine in ihren Gedanken versunken, so dass sie den ganzen Weg kaum ein Wort miteinander reden. Vor dem Haus ihrer Eltern verabschiedet er sich von ihr mit einem zärtlichen Kuss, den sie leidenschaftlich erwidert.

„Es war schön heute Abend. Wir sehen uns morgen bei der Arbeit", sagt sie zum Abschied, während sie schon halb im Hausflur steht.

„Ja, es war schön und ich hoffe, dass wir das wiederholen."

Andreas schlägt die Richtung zu seiner kleinen Wohnung ein. Auf dem Weg verweilt er noch auf einer Bank und lässt die letzten Jahre seines Lebens vor seinem geistigen Auge Revue passieren. Tief inhaliert er den Rauch seiner Zigarette und fragt sich, wohin ihn die Reise noch führen wird. Mit seinen zweiunddreißig Jahren wird es langsam Zeit endlich einmal zur Ruhe zu kommen. Soll er hier in Rinteln, einer kleinen, aber schmucken Ortschaft im Weserbergland, sesshaft werden? Welche Höhen und Tiefen hat es nicht schon in seinem Leben gegeben? Er sehnt sich nach einem Zuhause. Wie früher, als er klein war. Nach einer mehr oder weniger sorgenfreien Kindheit endete diese plötzlich mit dem viel zu frühen Tod seines Vaters, und sein Leben nahm mit der neuerlichen Heirat seiner Mutter eine ungeahnte Wendung. Ihr zweiter Mann war ein Gewohnheitstrinker, der ihn mitten in der Nacht aus dem Schlaf riss und verprügelte, wenn er wieder einmal sternhagelvoll war. Die immer neuen Verletzungen konnte seine Mutter dem behandelnden Arzt nicht mehr plausibel machen, womit schließlich die nächtlichen Prügeleien mit der Einweisung in ein Erziehungsheim ein Ende nahmen. Nach einer wenig ruhmreichen Zeit in Amsterdam und der Rückkehr an den Ort seiner Kindheit suchte er vergeblich nach alten Wurzeln und vor allem nach dem einen Mädchen. Dagmar war wie vom Erdboden verschwunden, und er konnte keine alten Schul-

kameraden auftreiben, die etwas über ihren Verbleib gewusst hätten. Wie anders wäre doch sein Leben verlaufen, wenn es damals zu seinem fünfzehnten Geburtstag im
Schrebergarten...

Das Bild von Dagmar verschwimmt vor seinen Augen und
wird gegen das Gesicht von Sabine ausgetauscht, die er
auf seiner neuen Arbeitsstelle kennengelernt hat. Er
zwingt sich zur Vernunft, muss der Realität ins Auge
sehen und nicht einer Vergangenheit nachtrauern, die es
nur noch in seinen Träumen gibt. Unvermittelt muss er
grinsen. Wie sich doch alles gewandelt hat. Er, für den
Geld keine Rolle spielte und der glaubte, sein Einkommen würde immerzu steigen und seine Einnahmen sich
ständig vermehren, landete eines Tages als Obdachloser
auf der Straße. Wie es genau dazu kam, kann er bis heute nicht sagen. In seiner Erinnerung sieht er sich vor
seinem Nervenzusammenbruch von Termin zu Termin hetzen,
doch die Geschäfte laufen immer schlechter. Er arbeitet
bis zu sechzehn Stunden am Tag und um sich über die
vielen Arbeitsstunden wach halten zu können, hat er Un-
mengen an Pillen geschluckt. Als er einen Nervenzusammenbruch erleidet, bleiben die Einnahmen ganz aus, und
er verliert alles, was er sich in den letzten Jahren
aufgebaut hat. Mit einem Schlag wird er von heute auf
morgen völlig mittellos und endet als Obdachloser. Doch
irgendwie hat er zum wiederholten Mal die Kurve gekriegt und bekommt von der Stadt eine ABM-Stelle, durch

die er eine neue Aufgabe hat und die unterschiedlichsten Leute kennenlernt.

„Ist er dann in Rin..., wie hieß der Ort noch, geblieben?", will Marianne wissen.
„Ja. Er ist in Rinteln geblieben. Von dem Örtchen hatte ich auch noch nie gehört.
Bad Oeynhausen und Porta Westfalica liegen nicht weit davon entfernt. Andreas
zog also mit Sabine zusammen und war für die kleine Nicola ein liebevoller Vater. Ihnen ging es finanziell ganz gut. Dann wurde Sabine schwanger und für Andreas stand damit fest, dass Rinteln seine neue Heimat wird. In den Folgejahren
hat sich noch vieles ereignet. Das Unternehmen, bei dem beide beschäftigt waren,
hatte Konkurs angemeldet. Andreas machte eine Umschulung zum technischen
Zeichner. Allerdings hat das Arbeitsamt damals mehr Leute in dem Beruf ausbil-
den lassen, als überhaupt benötigt wurden, womit eine erneute Arbeitslosigkeit
vorprogrammiert war. Mit einem Laden für Computerzubehör hat er sich schließlich selbstständig gemacht, und der jungen Familie ging es wohl ganz gut."
„Ach", will Marianne wissen, „hat er Sabine geheiratet?"
„Nein, das hat er nicht. Aber sie lebten ja wie ein verheiratetes Paar mit den beiden kleinen Kindern zusammen. Nach einigen Jahren hat es wohl eine Flaute in
seinem Geschäft gegeben. Wenn ich mich recht erinnere, hing das mit der Umstel-
lung auf den Euro zusammen. Es gab Probleme mit der Bank, von der er einen
Kredit bekommen hatte. Durch eigene Fehler, wie er eingesteht, musste er
schließlich Konkurs anmelden.
Aber das war nicht die einzige Krise, die er in seinem Leben überstehen musste.
Zu der Zeit, als es Andreas finanziell gut ging, hatte er einen Steuerberater, der für
ihn alles regelte. Nur, was die meisten Menschen gar nicht wissen: Für die beim
Finanzamt eingereichten Steuererklärungen haftet man immer noch selbst! Der
Steuerberater, der sich seine Arbeit nicht schlecht bezahlen lässt, ist dabei außen
vor. Für Andreas hatte das zur Konsequenz, dass er eine gehörige Nachzahlung

wegen einer Steuerhinterziehung – denn die war es in den Augen des Fiskus – aufbringen musste, wobei ihm sogar eine Haftstrafe drohte."

„Tatsächlich? Ist das so?", will Marianne wissen. „Ganz ehrlich, das hätte ich auch nicht gewusst. Man nimmt sich doch gerade einen Steuerberater, weil man die Steuererklärung nicht alleine machen kann. Wir geben auch immer nur alle Unterlagen beim Steuerberater ab und unterschreiben im guten Glauben, wie man so schön sagt."

„Ja, es ist so – das kannst du mir glauben. Andreas hat jedenfalls daraus seine Lehren gezogen und einen Buchhaltungskursus belegt, um in Zukunft unabhängig und vor solchen Überraschungen gefeit zu sein. Eine andere schlimme Erfahrung, die er machen musste, war, als ihn seine Geschwister voll ins Messer laufen ließen. Eine Schwester und ein Bruder von Andreas hatten nach dem Tod der Mutter deren Schulden als Erbe ausgeschlagen. Als Andreas davon erfuhr, war die Einspruchsfrist bereits verstrichen, und er saß alleine auf einem Berg von Schulden. Wenn ich mich recht entsinne, hat er die über zehn Jahre abgestottert und sich dafür regelmäßig an den Wochenenden auf Trödelmärkte gestellt."

„Das ist ja eine unglaubliche Geschichte. Ich fasse es einfach nicht", bemerkt Marianne kopfschüttelnd.

„Ach, weißt du, ich will das jetzt hier gar nicht weiter vor dir breit treten, denn seiner früheren Lebensgefährtin, dieser Sabine, hat er nicht alles erzählt. Ich hatte mich nur gewundert, dass er mir so freimütig in seinen Mails geschrieben hat und wollte auch wissen, wieso er ausgerechnet mir so vieles anvertraut. Er meinte, er wüsste genau, dass ich ihn verstehe und nicht verurteile und er von Anfang an keinen Moment daran gezweifelt hätte, dass bei mir alles gut aufgehoben ist."

Dagmar unterbricht für einen Moment ihre Erzählung und sieht gedankenverloren auf die Wasserfontäne in dem Teich. Die Sonnenstrahlen brechen sich in den unzähligen Wassertropfen, und alle Farben des Regenbogens sind darin wiederzufinden. „Jedenfalls hat Philipp das alles gar nicht gepasst, wie du dir denken kannst.

Es gab dann ein Thema, über das ich freimütig berichtet habe. Nur hat es mein Mann in den falschen Hals bekommen. Es hat tagelang Streit darum gegeben und Philipp hat, ohne es zu wissen oder zu ahnen, mich damit immer mehr in die Arme zu Andreas getrieben."

„Ich bin ganz Ohr", signalisiert Marianne ihr weiteres Interesse.

„Zu diesem Zeitpunkt war ich ehrlich noch davon überzeugt, dass wir uns lediglich wie zwei Schulfreunde treffen wollen, um über vergangene Zeiten zu reden. Für mich war auch ganz klar, dass Andreas an mir nichts findet oder für mich nichts übrig hat. Dass Sabine nicht seine große Liebe ist, hat er allerdings schon deutlich gemacht. Denn in seinen Mails war immer wieder von einer anderen Mitschülerin, einer Helmtrud, die Rede. Mit ihr ist er damals für kurze Zeit zusammen gewesen, bis die Familie nach Norddeutschland gezogen ist, und die beiden, so schrieb er mir, haben sich nun auch über diese Freunde-Suchmaschine wiedergefunden. Ich konnte ja nicht ahnen, dass er damals in der Schule genau so für mich geschwärmt hat wie ich für ihn!"

„Das hört sich ja wie in einem Märchen an. Ich kann mir das alles gar nicht vorstellen", meint Marianne. „In der Zwischenzeit müssen ja etliche Jahre vergangen sein. Jahrzehnte, oder? Wann, sagst du, habt ihr euch aus den Augen verloren? 1973? Und 2010 habt ihr erst wieder voneinander gehört? Dazwischen liegen ja fast vierzig Jahre!"

„Da hast du schon Recht. Man kann sagen, ein halbes Menschenleben liegt dazwischen. Philipp und ich sind jedenfalls zunächst nach Rhodos geflogen und haben schöne Urlaubstage miteinander verbracht. Er hat sich, das muss ich ehrlich zugeben, sehr bemüht, und wir haben uns kaum gestritten. Der Urlaub war sogar recht harmonisch und überhaupt der einzige Urlaub in all den Jahren, der so entspannt verlief. Die Tage haben wir mit Ausflügen in die Umgebung verbracht, und abends haben wir ein kleines Lokal, wie ich es liebe, direkt am Strand ausgemacht. Unser Hotel hatte ja auch nur ein paar Zimmer und lag mehr am Ende der

Welt. Aber wir hatten es gerne ruhig im Urlaub und legten keinen Wert darauf, dem ganzen Touristenrummel ausgesetzt zu sein. Mit dem Besitzer des Lokals konnten wir uns gut verständigen, weil er ein paar Jahre in Deutschland gearbeitet hat. Er hat für uns in der Küche spezielle Gerichte von seiner Mutter zubereiten lassen. Dazu hatte er gute Weine, und es war richtig gemütlich und romantisch dort."

„Und, war das euer letzter gemeinsamer Urlaub?" wollte Marianne weiter wissen.

„Nein, zu dem Zeitpunkt hatten wir schon eine Rundreise mit einem gemieteten PKW auf Kuba gebucht. Wir waren dreißig Jahre verheiratet und wollten uns eine besondere Reise gönnen. Da ich gerne mal auf den Spuren der Revolution sowie von Che Guevara und Fidel Castro wandeln wollte, habe ich selbst eine Tour ausgearbeitet. Wir mussten alles einzeln buchen. Den Flug, die verschiedenen Unterkünfte in den Orten und das Mietauto. Wobei nicht einmal alle Unterkünfte vom selben Veranstalter zu bekommen waren. Ich hatte da so meine eigenen Vorstellungen und wollte bestimmte Orte besuchen. Deshalb war es unumgänglich, dass wir einmal quer über die Insel reisten. Nach elfeinhalb Stunden Flug sind wir in Havanna gelandet, weil ich dort die Altstadt, die Universität, den Platz der Revolution, das Kapitol und überhaupt die vielen alten Kolonialbauten und uralten Autos, die fast schon auseinanderfallen, sehen wollte. In Havanna selbst haben wir in dem altehrwürdigen Hotel Plaza gewohnt. Es mag sein, dass es sich in den neu erbauten Hotels komfortabler wohnen lässt, aber der Blick in den schönen Patio ist unvergleichlich und bereits die Empfangshalle ist imposant. Außerdem befindet es sich direkt im Zentrum der Altstadt von Havanna. Weiter ging die Reise nach Trinidad, einer Stadt, die zum Weltkulturerbe zählt, und eine erste Erholungspause haben wir in Santa Lucia eingelegt. In Santiago haben wir direkt vom Hotelzimmer des Casa Granda einen herrlichen Blick auf das Rathaus mit dem Balkon gehabt, von dem Fidel Castro damals den Sieg der Revolution verkündet hat. Dieses alte Hotel verfügt übrigens über eine Dachterrasse, die man unbedingt besucht haben muss. Der Ausblick ist fantastisch, wenn abends die Sonne untergeht. Beeindruckt hat mich das Museum in der Moncada-Kaserne, wo mir beim Anblick der Gefolterten auf den ausgestellten Fotos wirklich die Tränen kamen. Wir haben viele historische Stätten besucht und gerne in den sogenannten Paladares, also ganz einfachen, privat geführten Restaurants, gespeist. Nachdem wir noch einige Strandtage in Guardalavaca eingeplant haben, ging der Rückflug nach Deutschland vom Flughafen Holguin. Die Reise war ein Abenteuer und wird mir in ewiger Erinnerung bleiben. Eine gute Bekannte aus einem Reisebüro hat mir bei der Planung geholfen, wertvolle Tipps gegeben und die Reise so zusammengestellt, wie ich es wollte. Um das Thema Kuba abzuschließen, will ich dir nur noch sagen, dass ich extra für diesen Urlaub spanisch gelernt habe – also zumindest das, was man so können sollte."

„Wow", ist alles, was Marianne dazu sagen kann.

„Aber weißt du was, es wird langsam spät. Ich schlage vor, dass wir zurück in die Stadt gehen. Da gibt es eine urige Cocktailbar. Man sitzt dort gut und kann auch eine Kleinigkeit essen."

„Prima, ich glaube, ich weiß, welches Lokal du meinst. Es müsste sich um die Vanilla Lounge[4] handeln. Ich war schon längere Zeit nicht mehr dort", sagt Marianne, „aber nur unter der Bedingung, dass dies nicht wieder als Einladung zählt und jeder seine Rechnung selbst zahlt. Ich weiß, dass du nicht viel Geld hast und mit jedem Euro rechnen musst."

„Einverstanden!", lacht Dagmar und steht auf. Marianne folgt ihr. „Du musst mir aber auf dem Weg noch erzählen, was dann passiert ist. Wenn ich nicht wüsste, dass du das wirklich alles erlebt hast, würde ich es nicht glauben."

Dagmar fährt fort: „Wir kamen also aus Rhodos zurück und hatten erst einmal alle Hände voll zu tun. Im Garten mussten die letzten Arbeiten vor Einbruch des Winters gemacht werden, die Abschattungen der Terrassenüberdachung abgenommen,

---

4    Die Cocktailbar ist mittlerweile in „Afrika Lounge" umbenannt worden.

die nicht winterfesten Pflanzen in die Gartenhütte gebracht werden. Erste Planungen für die Weihnachtsfeiertage wurden gemacht, und da knallte es erneut. Denn ich habe Philipp unmissverständlich klar gemacht, dass ich mich mit Andreas treffen werde." „Das kann ich mir vorstellen, dass ihm das nicht gefallen hat. Denn ihm hatte ja schon nicht gepasst, dass du dir ein eigenes Mail-Konto zugelegt hast. Er war immerhin schon wütend darüber geworden, als du ihm nur von deiner Absicht erzähltest." „Ich weiß heute auch nicht zu sagen, wie sich alles entwickelt hätte. Wie es gekommen wäre, wenn er das einfach alles akzeptiert hätte. Oder wenn mein ursprünglicher Gedanke, Andreas mit Sabine einzuladen, umgesetzt worden wäre. Dann hätte ich nie einen Grund gehabt, mich mit ihm alleine zu treffen. Der Austausch per Mail wäre vielleicht nie so persönlich geworden. Es hätte sich auf eine Freundschaft zwischen zwei Paaren beschränkt. Man hätte sich zu runden Geburtstagen gegenseitig besucht, gelegentlich miteinander telefoniert. Aber so hat es zu Hause jede Menge Ärger darum gegeben. Für mich war das ein Anlass, Andreas von den ewigen Streitereien zu schreiben. Wenn ich bisher immer nur von meiner Liebe zu meiner Familie und meinem Mann berichtet hatte, muss es für ihn so ausgesehen haben, dass ich eine total glückliche Ehefrau bin. Doch jetzt hatte sich plötzlich vieles verändert, und es wehte ein anderer Wind.

Auch von Andreas erreichten mich neuerdings Mails, in denen von meiner Beziehung zu meinem Mann die Rede war. Bis dato hatte er meine Familie um die treu sorgende Ehefrau und Mutter beneidet und geglaubt, ich hätte den Himmel auf Erden. Das hatte sich nun alles geändert. Mehr und mehr wurde er zu meinem Vertrauten, dem ich alles schrieb, was mir so auf dem Herzen lag. Man kann sagen, er hat mir eine Freundin ersetzt. Es gab keine Themen, über die wir nicht geschrieben haben und alles, was mich irgendwie belastete, habe ich ihm anvertraut. Im umgekehrten Fall glaube ich, hat es ihm gut getan, sich auch mal alles von der

Seele zu schreiben. Alles, über das er aus seiner Vergangenheit nie mit jemandem reden mochte, hat er mir anvertraut."

**Waltrop – Montag, 17. Januar 2011, 19.25 Uhr**
Es ist ein kalter Tag und Dagmar hat den Kamin angefeuert, bevor Philipp von der Arbeit kommen wird. Schon in der Einfahrt nimmt er den typischen Rauchgeruch wahr und beschleunigt deshalb seine Schritte. Als er den Wohnungsflur erreicht, hat er kaum mehr Zeit, seine Schuhe auszuziehen. Schnell will er sich davon über-zeugen, ob seine Frau den Kamin richtig angezündet hat. Wie für ihn zu vermuten war, brennt es zwar irgendwie, aber das ist auch alles. Frauen verstehen einfach nichts vom Feuer. Philipp greift nach dem Kaminbesteck und rückt einen der Holzscheite in eine andere, und davon ist er überzeugt, bessere Position.

Seit Jahren gibt es keinen gemeinschaftlich gedeckten Abendbrottisch mehr. Durch die Berufstätigkeit der Kinder sind diese oftmals gezwungen, abends eine warme Mahlzeit einzunehmen. In der Praxis bedeutet das, dass jeder zu unter-schiedlichen Zeiten essen muss. Je nach eingeteilten Arbeitsschichten kann das unter Umständen auch am späten Abend sein. Dagmar verzichtet ihrer Figur zulie-be meistens auf die dritte Mahlzeit am Tag, und so bereitet sich Philipp selbst in der Küche eine kleine Mahlzeit zu, die er gemütlich im Wohnzimmer mit Blick auf das lodernde Kaminfeuer verzehrt.

Gerade haben sich beide die Abendnachrichten angesehen, als Dagmar eine Unru-he spürt, die in der Luft liegt. Philipp steht betont gelassen auf und legt noch ein Stück Holz nach. Dagmar fühlt regelrecht ein Knistern, das nicht vom Kamin aus-geht. Sie ist wachsam. Ist es die berühmte Stille vor dem Sturm?

Dann setzt Philipp an: „Sag mal, wie ist das jetzt mit deinem ehemaligen Mitschüler aus der Schule? Schreibt ihr euch noch?"

Also darum geht es!

„Ja sicher, ich habe dir doch auch immer mal wieder von ihm erzählt."

„Mir hast du davon nichts gesagt", behauptet Philipp schnippisch.

„Dann hast du nur nicht zugehört. Meistens, wenn wir alle zusammen am Tisch gesessen haben. Am Sonntag beim Mittagessen mit den Kindern, dann habe ich manchmal etwas erzählt. Dass es seiner Sabine beispielsweise immer noch nicht besser geht. Oder auch, dass sein Sohn in der Schule eine gute Note bekommen hat. Dann hast du einfach nicht darauf geachtet."

„Ja und, ist das jetzt mit dem Treffen vom Tisch?"

„Nein, wieso sollte es das? Ich kündigte doch bereits im Dezember an, dass ich mich mit ihm treffen und ihm das auch schreiben will. Er weiß nur noch nicht, wann es am besten in seinen Terminkalender passt und wird sich bei mir melden."

Philipp schreitet unruhig im Zimmer auf und ab. „Ich sage dir jetzt mal was: Dieser Kerl ist total berechnend. Das habe ich von Anfang an im Urin gehabt. Er will sich an dich heranmachen, und du bist so blöd und merkst das nicht. Ich will dir ja nicht unterstellen, dass du es darauf anlegst, aber du lässt es zu. Und ich soll dabei zusehen, wie er mir meine Frau wegnimmt? Für wie blöd hältst du mich?"

„Du spinnst!", entgegnet Dagmar, „wie soll er sich an mich heranmachen? Wo wir so weit auseinander wohnen? Und im Übrigen ist er überhaupt nicht an mir interessiert."

„Wie kommst du darauf? Natürlich ist er das. Dieses ganze Gerede von früher, was er nur dir anvertraut haben will. Das ist doch seine Masche. Hast du schon mal mit seiner Lebensgefährtin gesprochen? Oder überhaupt mit jemandem, der ihn kennt? Der dir etwas über ihn sagen könnte? Er kann dir doch viel schreiben. Ich möchte jedenfalls nicht, dass du dich mit ihm triffst und verbiete es dir."

„Das kannst du mir nicht verbieten", entgegnet Dagmar aufbrausend.

Philipp wird immer lauter und brüllt mit hochrotem Gesicht: „Natürlich kann ich das. Du bist meine Frau – da kann ich dir das verbieten!"

„Nein!", schreit Dagmar. „Die Ehe ist kein Gefängnis. Ich bin immer noch ein eigenständiger Mensch. Auch früher habe ich immer schon betont, dass jeder auch eigene Interessen haben sollte und es ist schade, dass ich wegen der Kinder nie etwas eigenständig unternommen habe. Du wolltest nicht, dass es zu einem Treffen zwischen ihm mit seiner Lebensgefährtin und uns kommt. Das habe ich respektiert. Nun habe ich ihm ein Treffen nur mit uns beiden vorgeschlagen, und ich werde mich mit ihm treffen, egal, ob es dir passt oder nicht."

„Dann riskierst du unsere Ehe. Ich lasse das nicht zu. Du wirst sehen, was du davon hast. Dann geht unsere Ehe in die Brüche!"

„Wenn du das so siehst – dann kann ich es nicht ändern. Ich werde mich auf jeden Fall mit ihm treffen, wenn er mir einen Termin vorschlägt."

„Was ist denn hier schon wieder los?", fragt Thorsten genervt, der gerade nach Hause kommt. „Streitet ihr schon wieder?"

Dagmar will zu einer Erklärung ansetzen, aber ihr Sohn hat sich längst wieder zurückgezogen. Es wundert ihn schon gar nicht mehr, wenn sich seine Eltern streiten. Besonders ruhig ging es ja noch nie in diesem Haus zu, und Stefanie war froh, als sie wegen ihrer Ausbildung zur Flugbegleiterin frühzeitig in eine eigene Wohnung ziehen konnte und so von den Streitigkeiten nichts mehr mitbekommen hat. Aber in letzter Zeit ist es zunehmend heftiger geworden.


**Gladbeck – Dienstag, 22. Mai 2012, 19.30 Uhr**

Dagmar und Marianne haben sich aus dem Wittringer Wald zurückgezogen und nähern sich wieder der Stadtmitte von Gladbeck. Vorbei am alten Finanzamt und der Jovy-Villa, in der die Volkshochschule untergebracht ist, steuern sie auf die

Rückseite des Alten Rathauses zu und erreichen gleich die Cocktailbar, wo sie den Abend verbringen wollen. „Was meinst du", fragt Dagmar, „wie ich sehe, ist draußen noch ein Tisch frei. Sollen wir uns erst einmal hierhin setzen? Wenn du willst, können wir aber auch sofort hinein gehen. Vielleicht ist das besser, denn zum Abend hin wird es bestimmt wieder kühler." „Ach weißt du", meint Marianne, „ich würde gerne erst noch etwas draußen sitzen. Das sieht hier so gemütlich aus. Ich wusste gar nicht, wie nett die es hier haben, weil ich eigentlich nie in diese Seitenstraße komme, wenn ich in der Stadt Besorgungen mache. Oder ich habe in der Hektik nie darauf geachtet, das ist auch möglich. Soweit ich mich erinnern kann, war ich nur im Winter in der Vanilla Lounge. Wenn es dir recht ist, können wir doch erst später reingehen, wenn wir etwas essen wollen."

„Na klar, das können wir so machen", stimmt Dagmar zu, während sie unter einem der beiden großen Sonnenschirme Platz nehmen. Sofort kommt eine junge Bedienung und fragt nach ihren Wünschen. Beide entscheiden sich zunächst für einen trockenen Weißwein.

„Wo waren wir bei unserem Gespräch stehen geblieben?", fragt Dagmar und blickt dabei auf Marianne. „Ach ja, ich weiß schon", gibt sie sich selbst die Antwort. „Nachdem ich also meinem Mann gesagt habe, dass ich Andreas treffen will, hat es immer wieder Streit um dieses Thema gegeben. Ich habe Philipp vorgeworfen, dass er eifersüchtig ist, was er aber rigoros abgestritten hat. Für mich hatte es zu dem Zeitpunkt überhaupt noch keine Bedeutung, dass ich für Andreas damals in der Schule geschwärmt habe. Seine Mails ließen schließlich keinen Zweifel daran, wie sehr er den alten Erinnerungen an Helmtrud nachhängt. Von aufflammenden, übermächtigen Gefühlen war die Rede und in diesem Zusammenhang hat er sogar meinen Rat erbeten, wie er damit umgehen soll. Denn Helmtrud, so habe ich gefolgert, muss auch ein Treffen mit ihm vorgeschlagen haben, und Andreas wäre sich einerseits darüber im Klaren, dass er noch Gefühle für sie hat. Aber auf der anderen Seite wollte er seine Lebensgefährtin nicht betrügen, womit er sich in einer Zwickmühle befand. Ich konnte ihm zu dieser recht verfahrenen Situation nur raten, sich ganz genau zu überlegen, was er tut. Nicht, dass er sein Handeln später bereuen würde."

Eine junge Kellnerin, die alle Hände voll zu tun hat, kommt mit zwei Gläsern Wein: „Hier bringe ich euch einen Pinot Grigio, ist das in Ordnung?"

„Perfekt, danke!", meint Marianne und zu Dagmar gewandt: „Auf einen schönen Abend!"

Die beiden Frauen prosten sich zu und Marianne bleibt sofort beim Thema: „Wenn ich dich richtig verstehe, hast du das alles gar nicht auf dich bezogen", stellt sie fest.

„Da nie von Gefühlen zu mir die Rede war, natürlich nicht. Für mich war die Nummer damit durch. An mir hat er kein Interesse und damit basta. Dass mir diese Liebesbekundungen, die nicht mir galten, immer wieder einen kleinen Stich versetzt haben, behielt ich natürlich für mich. Und weil Andreas kein Interesse an mir zu haben schien, konnte ich auch Philipps Bedenken nicht verstehen, die ich für total übertrieben hielt. Meinem Mann habe ich sogar vorgeworfen, mit seiner Eifersucht wirklich noch genau das zu provozieren, was er vermeiden will. Dazu gibt es ja diesen schönen Ausdruck des ‚Self-fulfilling prophecy'. Er hat im Grunde genommen genau das damit erreicht, was er mit allen Mitteln zu verhindern versuchte und hat so dafür gesorgt, dass sich seine Prophezeiung tatsächlich erfüllt hat.

Andreas hat mir täglich geschrieben. Von den Sorgen um eine Arbeitsstelle, von gut gemeinten Ratschlägen, von Treffen mit Kollegen, von seiner Tochter und seinem Sohn. Von den Problemen, die alle Eltern mit ihren Kindern haben und auch von seinen Sorgen und seinem Kummer, den er zunehmend mit seiner Partnerin hatte. Denn ihr war unser Kontakt natürlich auch ein Dorn im Auge, und so hat sie ihn zunehmend mehr kontrollieren wollen. In der Anfangszeit erreichten mich seine Mails überwiegend tagsüber. Er hat zu der Zeit schon eine Webseite im Internet betrieben, auf der er Buchrezensionen veröffentlicht. So musste er schon für diese Arbeiten viele Stunden am Computer verbringen. Es fiel somit gar nicht auf, wenn er mir zwischendurch auf meine Mail geantwortet hat."

Marianne setzt noch einmal ihr Glas an und nickt zustimmend, was so viel heißen soll, dass sie mit ihrer Wahl des Weins ins Schwarze getroffen haben.

„Aber mit der Zeit", fährt Dagmar fort, „wurde Sabine wachsamer und hat immer öfter auf seinen Bildschirm geschielt. Andreas hat es dann vorgezogen, mir zu schreiben, wenn sie schon im Bett war. Das wiederum hatte zur Folge, dass wir kaum mehr zur gleichen Zeit Mails austauschen konnten. Er hat bis in die Nacht geschrieben, ich dafür am frühen Morgen, wenn Philipp noch geschlafen hat. Denn ich bin schon um kurz nach fünf mit den Kindern aufgestanden und habe meinen Laptop hochgefahren."

„Was?", fragt Marianne erstaunt, „um fünf Uhr in der Frühe bist du aufgestanden?"

„Ja sicher, und sogar auch am Wochenende. Ich war diese Zeit gewohnt und bin ohnehin wach geworden. So habe ich doch wesentlich mehr erledigen können. Da ich für das ganze Haus zuständig war und oft auch Essen für die Freunde meiner Kinder mitgekocht habe, konnte ich mir durch das frühe Aufstehen wenigstens noch einen Freiraum schaffen. Ich habe ja auch mittlerweile angefangen, für die Webseite von Andreas Rezensionen zu schreiben. Das hat sich durch Zufall so ergeben, weil ich mal einen Kommentar geschrieben habe, den er ganz gut fand. Gelesen habe ich immer schon viel und gerne, und da dachte ich, ein Versuch kann nicht schaden. Es hat mir Spaß gemacht, mich im Nachhinein mit dem Gelesenen in Form einer Buchbesprechung auseinander zu setzen. Manchmal haben wir uns nachher in den Mails auch über die von uns gelesenen Romane und Sachbücher ausgetauscht.

Das ging dann alles erst einmal so weiter, bis zum letzten Jahr im April. An einem Freitag, es müsste der 15. gewesen sein, war ich in Essen und habe mich dort mit meiner Tochter verabredet. Ich wusste, dass in der darauf folgenden Woche der Geburtstag von Andreas sein würde. Ganz spontan habe ich eine Geburtstagskarte gekauft, vielleicht haben mich auch die Kartenständer vor den Buchläden dazu angeregt, ich weiß es nicht mehr. Jedenfalls habe ich eine Karte ausgesucht, mich draußen auf eine Bank gesetzt und ein paar nette Worte zum Geburtstag darauf geschrieben. Die Anschrift von Andreas wusste ich auswendig. Es handelte sich lediglich um Glückwünsche zum Geburtstag, mit denen ich meine freundschaftliche Verbundenheit ausdrücken wollte. Weiter habe ich mir nichts dabei gedacht. Ich hätte nicht einmal geglaubt, wenn mir jemand prophezeit hätte, dass diese Karte mein weiteres Leben entscheidend verändern wird. Und vor allem auch nicht, welche weitreichenden Folgen diese eine Karte für uns alle noch haben sollte."

„Wieso, was kann schon eine harmlose Karte bewirkt haben?", fragt Marianne Schulter zuckend.

„Ja, pass' auf! Sein Geburtstag war in der darauf folgenden Woche am Dienstag. Es war die Karwoche. Nachdem er die Karte erhalten hat, habe ich mich über seine Reaktion darauf gewundert. Er hat mir geschrieben, dass meine Worte sein schönstes Geburtstagsgeschenk gewesen wären. Häh? habe ich mich gefragt. Das schönste Geburtstagsgeschenk? Eine Karte? Du hast doch nur eine Karte geschrieben, kein Geschenk mitgeschickt, kein Geld hereingelegt. Was kann daran so besonderes gewesen sein? Das habe ich mich immer wieder gefragt, denn ich hatte keine Erklärung für seine Reaktion.

Alles ging von da an so schnell, und die Ereignisse haben sich mehr oder weniger überstürzt. Ich hatte einen spontanen Einfall und schrieb ihm, wie sehr ich ihn früher in der Schule gemocht habe. Dass ich immer zu ihm aufgeblickt und ihn für so viel klüger als mich gehalten habe. Ohne weiter darüber nachzudenken, habe ich einfach daraus eine Art Geschichte gemacht. So nach dem Motto: Es war einmal ein Mädchen ... mochte einen Jungen ... Natürlich würde ihm sofort klar sein, dass sich das auf uns beziehen musste. Aber trotzdem. Es war nur eine amüsante Geschichte, nicht mehr. Es hatte sich ja nichts daraus entwickelt, ich habe eine Familie, er hat eine Familie, und wenn er noch für jemanden Gefühle hegt, dann für Helmtrud."

„Aber er hatte doch Gefühle für dich", stellt Marianne ganz richtig fest.

„Ja, er hatte noch Gefühle für mich. Was ich aber nicht ahnen konnte. Ich hatte eher die Befürchtung, dass ihn mein Geständnis amüsieren würde und er sich über mich lustig macht. Doch in diesem Punkt irrte ich mich gewaltig. Wie er mir dann zurück geschrieben hat, konnte er gar nicht glauben, was er von mir zu lesen bekam. Er hätte sich wie von einem Blitz getroffen gefühlt und erst einmal seinen Computer ausgeschaltet. Das konnte doch nicht stimmen, dass ausgerechnet sein Mädchen... Das Mädchen, das seines hätte werden sollen? Das schien ihm so absurd, das konnte nicht sein. Wenn er den Computer gleich wieder einschalten würde, wäre diese Mail bestimmt nicht mehr aufzufinden, und er hat sich alles nur eingebildet."


**Waltrop – Mittwoch, 20. April 2011, 16.45 Uhr**
Hallo Andreas,
warum schreibst du mir nicht mehr? Ist etwas passiert? Bist du krank? Antworte mir doch bitte, wenn auch nur kurz.
Dagmar

**Waltrop – Donnerstag, 21. April 2011, 8.30 Uhr**

Hallo Andreas,

was ist los? Langsam mache ich mir Sorgen. Dass du dich nicht mehr meldest, kenne ich gar nicht so von dir. Bitte gib mir doch eine Antwort!

Dagmar


**Waltrop – Karfreitag, 22. April 2011, 9.45 Uhr**

Hallo Andreas,

ich gehe mal davon aus, dass du mir nicht mehr schreiben wirst. Zwar kenne ich den Grund dafür nicht, aber irgendetwas wird dir wohl nicht gepasst haben. Erst freust du dich über meine Karte zu deinem Geburtstag und dann nichts mehr? War das, was ich dir in meiner Geschichte mitgeteilt habe, so schlimm? Damit wollte ich dich lediglich etwas aufheitern, aber keinesfalls verärgern. Es tut mir leid, wenn ich dich damit gekränkt haben sollte. Es ist ja auch wirklich lächerlich, wenn ich dich damals in der Schule regelrecht angehimmelt habe. Ich kann verstehen, dass du das in die Kategorie „unterste Schublade" packst. Aber dass du deswegen keinen Kontakt mehr zu mir haben willst und gar nicht mehr schreibst, finde ich schon übertrieben. Das enttäuscht mich dann doch und macht mich traurig.

Schade, dass du diese lächerliche Geschichte nicht einfach auf sich beruhen lassen kannst und als das auffasst, was sie ist.

Dagmar


**Rinteln – Karfreitag, 22. April 2011, 18.10 Uhr**

Hallo Dagmar,

plötzlich ist alles anders. Ich weiß nicht, ob ich dir noch so unbefangen schreiben kann, wie ich es bisher getan habe. Ich war mit Sabine in der Stadt bummeln, und sie hat mich gefragt, was denn mit mir los wäre, denn ich wäre so abwesend und nachdenklich. Ich bin ganz durcheinander und weiß nicht, was ich tun soll. Ich weiß nicht mehr, was das Richtige ist.

Andreas


**Waltrop – Karfreitag, 22. April 2011, 19.25 Uhr**

Hallo Andreas,

Mensch, was bin ich froh, dass du dich überhaupt wieder bei mir gemeldet hast! Ich kann im Moment nicht an meinen Laptop, weil mein Mann sonst vor Wut platzt. Deshalb habe ich nur einen kurzen Augenblick Zeit dir zu antworten. Wieso ist alles anders geworden? Wieso kannst du mir nicht mehr unbefangen antworten? Ich verstehe das nicht!

Dagmar


**Rinteln – Karfreitag, 22. April 2011, 23.20 Uhr**

Hallo Dagmar!

Ich habe dir einmal geschrieben, dass du damals die Hauptdarstellerin in meinen Fantasien warst, doch das ist nur die halbe Wahrheit. Ich war sehr lange Zeit in dich verliebt, doch hatte ich damals immer das Gefühl, dass ich dir völlig egal bin. Ich hatte auch schon einmal erwähnt, dass ich dir ein paar Mails für die Zeit nach meinem Tod in einem extra dazu eingerichteten Account hinterlegen wollte. Im Dezember letzten Jahres habe ich dann tatsächlich die erste Mail geschrieben:

```
Liebe Dagmar,
die Tatsache, dass du dies liest, bedeutet, unsere
Freundschaft hat bis zu meinem Lebensende gehalten, und
```

du hast den von mir hinterlegten Brief erhalten. Die Mails in diesem Account habe ich im Laufe der Jahre an dich geschrieben, und sie enthalten meine Gedanken und Gefühle, die ich dir nie mitteilen konnte, weil mir dazu der Mut fehlte...

Ich gehe in diesen Tagen durch die Hölle. Das alles war für mich wie ein Schlag in die Magengrube. Denn nachdem ich deine Mail gelesen hatte, musste ich das erst einmal verarbeiten. Ich wusste bis dahin ja genau, welche Gefühle ich wirklich für dich habe, aber du hast mir dein Leben so geschildert, dass ich beschlossen habe, dir nie etwas davon zu verraten.

Ja, es ist wie Ehebruch, aber das war es bei mir auch schon vorher, denn in meinen Gedanken war ich sehr oft bei dir. Nur hatte ich dabei nicht das Gefühl Sabine zu betrügen, sondern gegen meine wahren Gefühle zu handeln. Dann habe ich beschlossen, beim Sex mit Sabine keinen Orgasmus mehr zu bekommen. Na ja, du weißt, dass es auf Dauer nicht funktionieren konnte. Ist es möglich, wenn man solche Gefühle hat und weiß, der andere hat sie auch, weiterhin nur befreundet zu sein? Ich glaube, das ist sehr schwer, aber ich werde alles tun, um dich nicht wieder zu verlieren. Deine Mail hat auch etwas ausgelöst, dass ich erst einmal verarbeiten muss, denn unser beider Leben hätte auch ganz anders verlaufen können.

Ob wir nur Freunde bleiben können, wird sich bei einem Treffen zeigen, und das ist zum Glück noch eine Weile hin. Für das, was passiert, wenn ich dich zur Begrüßung in den Arm nehme, möchte ich lieber nicht haften.

Im Moment durchleide ich eine Achterbahnfahrt der Gefühle. Ich habe gewusst, wenn du von meinen Gefühlen erfährst, wird unsere Freundschaft beendet sein, und deshalb habe ich alles aufgeschrieben, und du solltest es erst erfahren, wenn es keine Rolle mehr spielt.

Andreas

**Waltrop – Karsamstag, 23. April 2011, 5.25 Uhr**

Lieber Andreas!

Gestern war ich auch völlig durcheinander. Erst hast du nichts von dir hören lassen, und ich konnte nicht verstehen, welche Probleme du hast. Auslöser der Situation, wie sie sich jetzt darstellt, war ja wohl die Karte, die ich dir zu deinem Geburtstag geschrieben habe. Nachdem ich sie in einen Briefkasten geworfen hatte, war ich mir sofort wieder unsicher. Ich wollte dir nicht einfach nur herzlich zum Geburtstag gratulieren und alles Gute wünschen, sondern noch einen sehr persönlichen Satz einbauen. Mit dem Abschluss „in tiefer Verbundenheit" habe ich einfach gehofft, dass du ein wenig von meinen Gefühlen zu dir auffängst. Damit wollte ich dir zu verstehen geben, dass du dich nicht in mir getäuscht hast. Daraufhin kam deine Antwort, wie sehr du dich über diese Karte gefreut hast, und die hat mich fast vom Hocker gehauen. Denn ich konnte mich ja auch noch an alles erinnern, was du mir all die letzten Wochen und Monate geschrieben hast. Dass ich in deinen Fantasien die Hauptrolle gespielt habe, dass keiner so viel über dich weiß und dich so gut kennt wie ich, dass du mir vertraust. Viel mehr als allen anderen. Du hast mir Musikstücke als Anhang zur Mail geschickt, quasi als Kompatibilitätstest. Schon alleine der Begriff hat mich stutzig gemacht. Warum sollten wir beide kompatibel sein? In welcher Hinsicht und zu welchem Zweck? Ja, dachte ich mir, als ich die Musikstücke gehört habe, mit dir würde ich schon gerne ein Konzert besuchen. Aber mir war auch sofort klar, dass du es so nicht gemeint haben wirst. Dieser Gedanke, mit dir gemeinsam zu einem Konzert zu gehen, kam für mich einfach gar nicht in Frage. Du hast schließlich Sabine und deine beiden

Kinder, haderst dazu noch mit deinen Gefühlen für Helmtrud und hattest eh schon tausend Frauen in deinem Leben. Da ist für mich kein Platz.

Die Geschichte war ein spontaner Einfall von mir. Ich habe zu dem Zeitpunkt nicht darüber nachgedacht, was die Zeilen bei dir auslösen könnten. Meine Finger sind einfach einem eigenständigen Impuls gefolgt und haben den Text nur so herunter geschrieben. Als die Mail versendet war, hätte ich mich ohrfeigen können. Das kam mir in diesem Moment so lächerlich vor. Wenn ich dir zu dem Zeitpunkt gegenüber gestanden und dir in die Augen hätte sehen müssen, wäre ich wohl im Erdboden versunken.

Es gab jetzt, da ich nichts mehr ändern und die Mail nicht zurückrufen konnte, nur noch zwei Möglichkeiten: Du schreibst mir entweder, dass ich endlich wieder runter kommen soll, mich beruhigen, oder aber du hast endgültig die Nase voll von meinen Spinnereien. Welcher Mann will sich schon solche Albernheiten anhören?

An dem Abend kam aber erst einmal nichts von dir, keine Antwort. Du hast mich weiterhin im Ungewissen gelassen. Nächster Morgen, immer noch keine Antwort. Das war mehr als ungewöhnlich, denn nachts hast du immer geschrieben, wenn dir am Tag keine Zeit dazu blieb. Ich war gekränkt und hätte dich am liebsten angerufen und zur Rede gestellt. Dann hätte ich dich aber wahrscheinlich angebrüllt, so war ich mit meinen Nerven am Ende.

Aber nun verrate mir einmal, wie das mit uns weitergehen soll? Wir haben beide eine Familie und müssen weiterhin für sie da sein. Deine Sabine hat es verdient, dass du dich auch weiterhin um sie kümmerst. Du hast eine Tochter und einen Sohn, für die du immer gesorgt hast und die du liebst. Bei mir ist es nicht anders. Ich will meine Kinder nicht verlieren, denn sie würden niemals akzeptieren, wenn ich von ihrem Vater wegginge. Auch ihm könnte ich das nicht antun, denn er braucht mich.

Es fällt schwer, mit dem Gedanken leben zu müssen, dass du etwas für mich empfindest und ich im umgekehrten Fall auch für dich. Und dabei wissen wir beide, dass wir diese Verbundenheit für uns behalten müssen und niemals zusammen kommen können. Es ist schon merkwürdig, wie wir von Gefühlen reden beziehungsweise schreiben können, obwohl wir uns bisher noch nicht einmal getroffen haben. Wenn ich nur deine Mails lese, bekomme ich bereits Gefühle, und meine Fantasien sind wohl dieselben wie bei dir damals vor vierzig Jahren während der Schulzeit.

Ich schäme mich dafür, dass ich Philipp in Gedanken an dich betrüge. Erst gestern Abend war ich im Bett eigentlich gar nicht bei ihm, denn mit meinen Gedanken war ich bei dir. Ich frage mich, wo fängt ein Betrug an? Wann wird man zur Ehebrecherin? Diese Fragen wühlen mich ganz schön auf und ich weiß nicht, wie ich mich verhalten soll. Wenn ich an ein Treffen mit dir denke und du schon schreibst, dass du für nichts garantieren kannst, werde ich schon jetzt feucht, und auch dafür schäme ich mich irgendwie. Aber nicht einfach für meine sexuellen Gefühle, sondern dass ich sie für dich habe und nicht für meinen Mann. Mich haben andere Männer nie interessiert, und ich hatte dir schon einmal geschrieben, dass ich auch nie mit einem anderen als Philipp zusammen war. Er war mein erster und bisher einziger Mann. Und so sollte es auch bleiben.

Aber dann lese ich plötzlich von einem Account, den du extra für mich eingerichtet hast. Du gestehst mir darin deine Liebe. Ich soll die Zeilen erst nach deinem Tod zu lesen bekommen. Ja, ich erinnere mich auch daran, dass du mir vor einiger Zeit schon einmal von diesem Account geschrieben hast. Aber ich habe überhaupt nichts von dem verstanden, was du mir da mitteilen wolltest. Für mich waren zu diesem Zeitpunkt alle diese Begriffe noch so neu und fremd, dass ich allein schon deshalb vieles nicht richtig verstanden habe. Du bist mir mit Blog, Post, Account und was weiß ich nicht noch alles gekommen. Das waren für mich böhmische Dörfer, denn wie viel Zeit hatte ich bis dahin überhaupt an einem Computer verbracht? Er wurde vielleicht alle zwei Wochen einmal hochgefahren, damit ich einen Brief schreiben konnte. Mein Mann hatte zwar pro forma ein E-Mail-Konto eingerichtet, aber es schrieb uns ja praktisch niemand eine Mail, weil wir auch keine verschickt haben. Das Internet hatte für mich kaum existiert, und ich habe in wenigen Tagen von Möglichkeiten gehört, die für dich schon über viele Jahre selbstverständlich waren.

Oh Andreas, wenn du in mich verliebt warst und in deinen Gedanken mit mir so schöne Stunden alleine verbracht hast, warum hast du mir das nie gesagt? Wir hätten uns ein schönes Leben machen können. Nun ja, aber auch jetzt hätte ich beinahe davon nichts erfahren, und du hättest dein Geheimnis mit ins Grab genommen. Warum hast du dich nicht getraut? Du dachtest tatsächlich, dass unsere Freundschaft dann beendet gewesen wäre? Du glaubtest mir deine Liebe nicht gestehen zu dürfen? Du meintest, du wärst mir früher in der Schule egal gewesen? Woran hast du das nur festgemacht? Wenn mir an einem gelegen, und er mir nicht egal war, dann warst du das. Immer nur du!

Lass uns bitte weiter schreiben und gute Freunde bleiben. Auch ich möchte dich nicht wieder verlieren!

Dagmar

**Gladbeck – Dienstag, 22. Mai 2012, 20.15 Uhr**

Die Cocktailbar füllt sich mittlerweile immer mehr und Marianne und Dagmar halten es für ratsam, ihre Plätze draußen gegen einen Tisch im Lokal zu tauschen. Über die Hälfte der Tische ist bereits belegt oder reserviert, und sie entscheiden sich für einen der letzten freien Plätze im hinteren Bereich, der ihnen von einer freundlichen Bedienung angeboten wird. In dem kleinen, angrenzenden Raum ist es etwas ruhiger als vorne, wo an der Theke ein hektisches Treiben herrscht. Die Inhaberin Regina Winckler hat sich bezüglich der Einrichtung und Ausstattung bewusst für etwas Ausgefallenes entschieden, und ihre Gäste fühlen sich optisch in einen afrikanischen Dschungel versetzt. Eine künstliche Bananenstaude dient als Raumteiler, ein Zebrafell ziert eine Wand, in Nischen und auf Regalen stehen verteilt Holzgiraffen und von einer Decke schlängelt sich, umgeben von vielen bunten Schmetterlingen, eine Schlange. An Wochenenden oder vor Feiertagen ist in dem beliebten Treffpunkt nur mit Glück ein freies Plätzchen zu ergattern, weswegen sich Insider telefonisch einen Tisch reservieren.

Die Bedienung reicht Dagmar und Marianne die Speise- und Getränkekarte, und nach kurzer Durchsicht hat Marianne sich entschieden: „Ich nehme einen Salat mit Putenstreifen, und du?"

„Ich glaube, ich probiere es mal mit einem Burrito." Beide haben sich auch schon einen Überblick über die vielen leckeren Cocktails verschafft, doch damit wollen sie warten, bis sie mit dem Essen eine ordentliche Grundlage geschaffen haben.

Marianne nimmt den Gesprächsfaden wieder auf: „Mensch, ich hätte nicht gedacht, dass das so krass gelaufen ist. Du hast zwar schon einmal erwähnt, dass eure Geschichte unglaublich ist. Aber was du mir jetzt erzählst, ist ja echt heftig! In der Schule seid ihr schon aneinander vorbeigelaufen und jetzt, wo ihr erwachsen geworden seid, ist es auch nur so ein Hin und Her!"

„Das kannst du wohl laut sagen! Wenn ich geahnt hätte, was Andreas für mich empfindet, hätte ich ihm diese Geschichte von dem Mädchen in der Schule, das in einen Jungen aus ihrer Klasse verliebt ist, auch nie geschrieben. Aber gerade, weil er immer nur von Helmtrud geschrieben und mich sogar noch gefragt hat, wie er sich ihr gegenüber verhalten soll, wäre mir nicht im Traum eingefallen, dass es ihm dabei eigentlich die ganze Zeit schon um mich ging. Wenn man es genau nimmt, dann habe ich ihm unbeabsichtigt Tipps gegeben, wie er sich *mir* gegenüber verhalten soll. Denn ich ging ja davon aus, dass sich die Ratschläge auf die Beziehung zu einer anderen Frau beziehen. Es ist einfach glatter Wahnsinn."

Dagmar wirft einen Blick auf die anderen Gäste, die sie aber gar nicht richtig wahrnimmt. Auch das Klappern der Gläser dringt nur von weitem an ihr Ohr. Mit ihren Gedanken ist sie ganz tief in ihren Erinnerungen versunken. Sie versucht sich ihre damalige Gefühlslage zu vergegenwärtigen und fährt fort: „Die Situation ist für uns beide unerträglich geworden. Wir wussten nun, dass wir schon während der Schulzeit ein Auge aufeinander geworfen haben. Und darüber hinaus ist uns noch klar geworden, dass unsere Gefühle füreinander lediglich über Jahre auf Eis gelegen haben. Durch den ausgiebigen Mail-Austausch und nicht zuletzt dadurch, dass ich immer unzufriedener wurde, weil mein Mann Andreas unlautere Absichten unterstellt hat, ist dieses Eis quasi aufgetaut.

Doch was half uns das letztendlich? Diese Erkenntnis nutzte uns gar nichts und brachte uns kein Stück weiter. Beide fühlten wir uns unseren Familien gegenüber verpflichtet und wollten vernünftig sein. So haben wir vereinbart, dass wir unsere eigenen Bedürfnisse hinten anstellen müssen. Zugunsten unserer Partner beschlossen wir auf unser Glück zu verzichten. Andreas hat es auch ganz klar auf den Punkt gebracht. Denn seine Sabine musste sich zu dem Zeitpunkt noch einer Therapie unterziehen, und er wollte sie damit nicht im Stich lassen. Er meinte zu mir, dass man doch in guten, wie in schlechten Zeiten zueinander stehen sollte. Und gerade jetzt könne er sie nicht alleine lassen. So sehr das unserem eigenen Glück alles im Weg stand, habe ich ihn für diese Entscheidung bewundert. Aber wir wollten wenigstens gute Freunde bleiben und dem anderen Halt bieten, indem wir unbedingt den Kontakt weiterhin aufrecht erhielten."

**Rinteln – Karsamstag, 23. April 2011, 11.05 Uhr**

Liebe Dagmar,

ich befinde mich in einer für mich ungewohnten Gefühlslage, denn für gewöhnlich kann ich mich sehr gut kontrollieren. Ich kann Gefühle zulassen, oder auch nicht. Doch du hast mich wie ein Zug überrollt. Ich fühle mich wie ein kleiner Junge, der keine Ahnung hat, was eigentlich mit ihm geschieht.

Deine Vermutung, dass das, was du mir über meine Gefühle zu Helmtrud geschrieben hast, genau zu meinen Gefühlen zu dir gepasst hat, ist richtig. Denn bereits nach deiner ersten Mail waren alte Gefühle sofort wieder da und haben sich im Laufe der Zeit immer mehr verstärkt. Du hast mir von deinem Leben geschrieben und wie glücklich du mit deinem Mann und deiner Familie bist. Einige Dinge haben mich allerdings sehr nachdenklich gemacht. So hatte ich zeitweise das Gefühl, du hättest dein eigenes Leben immer nur deinen Liebsten untergeordnet und dich dabei niemals selbst verwirklicht. Ich habe mich dann gefragt, ob das einen Menschen über die vielen Jahre nicht in seinem tiefsten Inneren unglücklich macht. Doch du hast mir immer wieder beteuert, dass du ein schönes Leben hast.

Ich habe dann beschlossen, dir nichts von meinen Gefühlen zu schreiben. Wenn ich das zur Sprache bringe, so glaubte ich, mache ich nur alles kaputt. Einmal habe ich dir geschrieben, dass ich deinen Mann beneide und ihm diese Frau nicht gönne. Das habe ich dann gleich wieder bereut, weil ich befürchtet habe: Jetzt geht alles den Bach runter. Ich habe dann meine Mails besser kontrolliert und ganze Absätze wieder herausgenommen. Stundenlang habe ich darüber nachgedacht, wie ich dir möglichst unverfänglich mitteilen kann, dass ich dich sexy finde.

Doch plötzlich kamen ganz andere Mails von dir. Sie schienen sich auf etwas hin zu bewegen, was du mir mitteilen willst. Ich war gespannt und hatte keine Ahnung, was es sein würde. Dann kam deine Mail, die mich fast vom Stuhl gehauen hätte. Vierzig Jahre verschwendet. Ich konnte es einfach nicht fassen. Meine erste Reaktion war, dass ich den Rechner einfach abgestellt habe. Als würde es nicht mehr da stehen, wenn ich später nachsehe.

Es gab so Phasen in meinem Leben, ich nenne sie mal Wendepunkte, wo ich mir in meiner Fantasie ein anderes Leben erträumt habe. Wie das wohl geworden wäre mit dir, wenn ich damals nicht so blöd gewesen wäre. Man träumt sich da die schönsten Dinge zusammen, bis man heult, und das heilt, und man geht wieder die Realität an.

Verzeih mir, wenn alles, was ich schreibe, ein bisschen konfus klingt, aber ich bin im Moment nicht ganz zurechnungsfähig, weil ich immer noch sehr aufgewühlt bin. Ich hoffe, dass ich dir in den nächsten Tagen auch einmal ein paar klare Gedanken schreiben kann. Du bist mir da ein Stück voraus. Doch sollst du wissen, ich möchte auf keinen Fall dein jetziges Leben zerstören und dich unglücklich machen. Wenn das nur funktionieren kann, wenn wir lediglich Freunde bleiben, werde ich mich damit abfinden. Was sehr schwer sein dürfte, denn ich begehe ständig Ehebruch. Ich bekomme nur noch einen Orgasmus, wenn ich dabei an dich denke.

Ich würde dich am liebsten sofort treffen, aber das wäre, glaube ich, kein guter Zeitpunkt. Vielleicht legt sich die innere Aufgewühltheit ja etwas. Deshalb schlage ich vor, wir werden bei dem geplanten Treffen im August unsere Gefühle füreinander überprüfen."

Andreas


**Gladbeck – Dienstag, 22. Mai 2012, 20.50 Uhr**

Mittlerweile haben Marianne und Dagmar auch ihr Essen bekommen. Dagmar blickt erstaunt auf ihr Gericht: „Das ist also ein Burrito?" „Ja sicher", meint Marianne, „wusstest du das nicht? Ein Burrito ist nichts anderes als eine Tortilla, die verschiedenartig gefüllt sein kann. Die sollen hier ganz gut sein und sind vor allem bei den jungen Leuten beliebt."

Nachdem Dagmar die Hälfte hungrig verspeist hat, fährt sie in ihrer Erzählung fort: „Unsere Vereinbarung, alles so zu belassen, wie es ist, war also Stand der Dinge. Doch dann kam mit dem Karsamstag die Wende. Philipp und ich erwarteten unsere Freunde, Hans und Maria, zu Besuch. Es war geplant, die Grillsaison zu eröffnen und sie hatten ausdrücklich versprochen, nicht zu spät zu kommen. Wenn es abends nach dem Essen kühler würde, so unsere Planung, könnten wir uns in die Gartenhütte verziehen. Allein schon durch die windgeschützte Lage würden wir dort nicht frieren müssen. Philipp und ich warteten bereits voller Ungeduld auf unsere Gäste und rechneten jeden Moment mit ihrem Erscheinen. Und so entschloss sich Philipp, schon einmal den Grill anzuzünden, damit die Kohle Zeit zum Durchglühen hat.

An dieser Stelle muss ich etwas weiter ausholen und dir erklären, dass es eigentlich schon immer irgendwelchen Ärger gab, wenn wir grillen wollten. Ohne Stress ging das nie bei uns ab, obwohl ausgerechnet das Grillen für ein gemütliches Beisammensein stehen sollte. Das ist meiner Meinung nach der Unterschied dazu, wenn sich die Familie einfach nur an einen Tisch zum Essen setzt und in wenigen Minuten wieder abgeräumt wird. Jedenfalls fing an dem besagten Abend der Ärger damit an, dass wir unterschiedlicher Meinung darüber waren, welcher der geeignete Standplatz für den Grill ist. Obwohl gerade dieses Thema schon oft für Streit gesorgt hat und ich Philipp gebeten habe, den Grill beim Anfeuern wegen der Rauchentwicklung weiter vom Haus entfernt aufzustellen, hatte er ihn meiner Meinung nach auch an dem Abend wieder viel zu nah unter die Fenster gestellt."

„Eigentlich belanglose Dinge, über die ihr euch dann gestritten habt."

„Ja sicher, ich weiß. In jeder Beziehung kann es natürlich auch einmal krachen, aber bei uns reichte dazu der kleinste Funke. Du musst dir vorstellen, dass in ganz kurzer Zeit, oft innerhalb weniger Minuten, ein immer gleiches Muster ablief. Im konkreten Fall: Ich sehe den Standort für den Grill, ärgere mich darüber und frage, warum der Grill schon wieder so nah am Haus steht. Das alleine reicht dann schon aus und ab diesem Punkt ist nichts mehr zu retten. Natürlich kann ich mich heute fragen, ob das damals so wichtig war und ich die Frage unbedingt stellen musste. Schließlich brennt ein Haus nicht davon ab, wenn Rauch durch die Fenster eindringt und das Fleisch wird weder besser, noch schlechter. Hätte mir Philipp damals eine plausible Antwort darauf gegeben, warum er diesen dämlichen Grill so nah am Haus platziert, hätte man darüber reden und vielleicht die Fenster schließen können. Hätte er mich einfach in den Arm genommen und gesagt, dass es doch nicht so schlimm sein kann, und er gedankenlos gehandelt hat, wäre es auch nicht zu diesem Donnerwetter gekommen. Aber hätte, hätte…"

Dagmar blickt gedankenverloren auf ihren Teller und führt die Gabel zum Mund. Marianne sieht ihr dabei zu und hört, wie sie noch kauend weiter erzählt.

„Augenblicklich war die gute Stimmung im Eimer. Philipp hat sich sofort darüber beschwert, dass ich immer etwas zu nörgeln hätte und dass er es so leid wäre, mein Gemecker zu hören. Andauernd würde mir etwas an ihm nicht passen. Mal hätte er die Tageszeitung nicht richtig weggelegt, mal die Socken nicht weggeräumt, jetzt steht der Grill nicht an der richtigen Stelle. Ich befand mich wegen der aufreibenden Ereignisse der vergangenen Woche sowieso schon in einer nervenaufreibenden Verfassung und habe täglich den Sinn meiner Ehe in Frage gestellt. Immer wieder wanderten meine Gedanken in diese Richtung, und ich habe mich mehr als einmal gefragt, was ich eigentlich für mich möchte. Welche Erwartungen knüpfte ich an mein weiteres Leben? Wollte ich überhaupt in meinem Alter noch einen Neuanfang? Jetzt, wo es uns finanziell gut ging und wir Reisen planten? Wie hoch würde der Preis sein, den ich zu zahlen hätte? Mit tausend Fragen habe ich mich selbst gequält. Meine Nerven waren zum Zerreißen gespannt und da war dieser blöde Anlass mit dem Grill der berühmte Tropfen, der das Fass zum Überlaufen gebracht hat. Ich war in dem Moment auf meinen Mann so wütend, dass ich einen spontanen Entschluss gefasst habe: Sobald unser Besuch sich wieder verabschiedet hat, werde ich meinen Mann zu einem Gespräch bitten und ankündigen, dass ich ihn verlassen werde. Ich musste nur noch den Abend mit unseren Gästen durchstehen."

„Einfach so? Aus heiterem Himmel, ohne dass er etwas geahnt hat, hast du ihm an den Kopf geworfen, dass du ihn verlassen willst?"

„Ja, wenn du so willst, dann einfach so. Er hatte sich ja wiederholt über meine ständigen Meckereien beschwert und dass er nicht wüsste, wie er das weiter ertragen könnte. Ich sagte mir in diesem Moment, dass er mich und meine ewigen Kritiken auch nicht mehr lange ertragen muss, weil ich nämlich bald weg sein werde. Denn so etwas habe ich oft genug zu hören bekommen, dass ich ihm auf die Nerven gehe. Dafür hat er mir in all den Jahren nie gesagt, wie froh oder glücklich er ist, mich zu haben. Verstehst du, was ich meine?"

Ohne eine Antwort abzuwarten, redet Dagmar weiter: „Es gab einfach keinen Ausgleich. Auf meinem Punktekonto gab es nur rote Zahlen, immer nur ein Minus. Andauernd habe ich etwas falsch gemacht, war zu naiv und zu geltungsbedürftig, hatte ein übertriebenes Selbstbewusstsein. Philipp hat sich mehrfach darüber beschwert, wie sehr ich ihn aufrege, wie sehr ihn alles ankotzt. Von dieser Last wollte ich ihn endlich befreien. Und vor allem dachte ich mir auch, dass es jetzt noch früh genug ist, was die Geschichte mit Andreas betrifft. In Gedanken habe ich zwar bereits Ehebruch begangen, wenn man es einmal so nennen will, aber noch haben wir uns nicht getroffen. Wer weiß, was sich daraus entwickeln wird, dachte ich. Und dass ich meinen Ehemann mit einem anderen Mann betrüge... so weit wollte ich es nicht kommen lassen. Trotz der ewigen Streitereien, das hatte Philipp nun auch nicht verdient."

„Und?", will Marianne weiter wissen, „das war doch recht fair von dir. Hat er das nicht honoriert? Ich meine, auch wenn er natürlich enttäuscht gewesen sein muss, traurig, wütend und erst einmal durcheinander. Er muss dir deine Aufrichtigkeit doch angerechnet haben. Wie hat er auf deinen Entschluss, ihn zu verlassen, reagiert?"

„Wie er reagiert hat? Zumindest nicht so, wie ich mir das in unzähligen Varianten vorgestellt habe. Ich empfand es als eine totale Überreaktion. Es ist mir klar, dass wohl kaum jemand begeistert ist, wenn sich sein Partner von ihm trennen will. Aber immerhin lassen sich alleine in unserem Land Tausende scheiden, und das führt auch nicht gleich zu einem Drama wie bei uns.

Als sich unsere Gäste am späten Abend verabschiedet haben, bin ich direkt auf den Punkt gekommen und habe meinem Mann ohne Umschweife quasi die Ehe aufgekündigt. Was danach folgte, war ein Auf und Ab seiner Emotionen, einfach das volle Programm. Zunächst musste ich seine Wut ertragen, die noch verständlich war und die ich nachvollziehen konnte. Er hätte diese Entwicklung von Anfang an vorhergesehen, warf er mir an den Kopf. Dieser Arsch – er würde ihn umbringen! Er würde ihn dafür hassen, dass er ihm seine Frau wegnehmen will. Aber das würde er sich nicht gefallen lassen. Darauf könnte ich Gift nehmen, er würde um mich kämpfen.

Philipp hat alle Register gezogen. Er hat mich beschimpft und mich bekniet. Regelrecht bekniet. Er hat mich gebeten bei ihm zu bleiben. Immer wieder hat er auf mich eingeredet, ich könnte diesen anderen Mann nicht lieben, weil ich ihn gar nicht kennen würde. Mein Mann wollte mir verzeihen, dass ich häufig an diesen Schulfreund gedacht habe. Nein, das wäre noch kein Ehebruch, hat er mir versichert. Für solche Ausbrüche hätte er Verständnis. Das könnte vorkommen. Ich wäre lediglich etwas aus der Bahn geworfen worden und hätte mich in meine Schulmädchenzeit zurück versetzt gefühlt. Aber ich würde mit der Zeit schon merken, dass diese Gefühle nicht anhalten.

Ich hingegen blieb bei meinem Entschluss und habe immer wieder bekräftigt, dass ich mich trennen werde. Es folgten abermals Drohungen gegen mich, und letzten Endes hat mein Mann das Haus in der Nacht verlassen. Mit einem letzten Hoffnungsschimmer hat er provokativ angekündigt, dass ich ihn nie mehr wieder sehen würde. Ich habe ihn gehen lassen, was hätte ich auch anderes tun können?"

Kurz blickt Dagmar zu Marianne auf, die schweigend zuhört: „Es war spät, nach Mitternacht, und ich hundemüde, weil ich mich schon seit fünf Uhr auf den Beinen hielt. Irgendwann habe ich mich dann einfach ins Bett fallen lassen. Wie viel Zeit vergangen ist, kann ich nicht sagen. Ob ich gerade erst eingeschlafen bin oder ob schon eins, zwei Stunden verstrichen waren – ich weiß es nicht. Doch plötzlich wurde ich durch das Klingeln des Telefons geweckt, das direkt vor der Schlafzimmertür stand. Benommen bin ich aufgestanden und habe mich gemeldet. Janine, meine Tochter, war in der Leitung und sagte mir, dass ich gut zuhören soll. Papa hätte sich telefonisch von ihren Geschwistern und ihr verabschiedet. Nachdem die vier sich untereinander über die Tragweite verständigt hätten, haben sie die Polizei eingeschaltet. Sie hätten sich natürlich um ihren Vater gesorgt und hofften, dass es noch nicht zu spät ist. Die Polizei habe alles in die Wege geleitet. Suchhubschrauber wären bereits im Einsatz und wie zur Bestätigung hörte ich schon in der Ferne die typischen Rotorengeräusche. Gleich würde die Polizei bei mir anklingeln, meinte meine Tochter weiter, und mich nach Kleidungsstücken von Papa fragen. Das bräuchten sie, damit die Spürhunde Witterung aufnehmen könnten. Ich soll aber bloß sonst niemandem die Tür öffnen, denn es könnte nicht ausgeschlossen werden, dass Papa mir etwas antun würde. Sie sprach sehr bestimmt, aber in ihrer Stimme schwang irgendwie auch Wut mit. Mit dieser Information erschöpfte sich das Gespräch, sie legte ohne eine Verabschiedung den Hörer auf, und ich blieb wie in Trance zurück. Du kannst dir gar nicht vorstellen, wie viele Gedanken sich in Sekundenschnelle in meinem Kopf ausbreiteten. Ich hatte keine Ahnung, was passiert ist und was die nächsten Minuten für mich an Überraschungen bereithalten würden. Es stand in den Sternen, ob sich Philipp etwas angetan hat, und ich würde mich wahrscheinlich nie von Schuldgefühlen lösen können, falls er sich wirklich das Leben genommen haben sollte. Was mich verwunderte und erschreckte, war die von den Beamten geäußerte Vermutung, Philipp könnte mich in seiner blinden Wut angreifen wollen.

Verängstigt und mit erhöhtem Adrenalinspiegel saß ich ganz alleine im Haus und habe alle Rollos heruntergelassen. Kurz darauf klingelte es an der Wohnungstür und eine Dame, begleitet von zwei Beamten, hat getragene Kleidungsstücke von Philipp verlangt. Ich gab ihr einen Schlafanzug und ein Hemd. Beides nahm sie mit übergestreiften Einweghandschuhen entgegen und stopfte die Teile in einen mitgebrachten Beutel. Beim Abschied meinte einer der Beamten, ich sollte auf weitere Nachrichten warten. Noch in der Nacht habe ich Andreas eine Mail geschickt und von den sich überschlagenden Ereignissen berichtet."

„Aber du hast dich doch letztes Jahr zu Ostern noch gar nicht von deinem Mann getrennt. Ich denke, das kam erst später. Langsam verstehe ich gar nichts mehr."

„Das ist alles auch etwas verwirrend und kompliziert. Du hast schon Recht, getrennt habe ich mich erst in diesem Jahr. Wenn ich schon letztes Jahr den Absprung geschafft hätte, wäre bestimmt vieles für mich besser gelaufen. Aber hinterher ist man immer klüger.

Nachdem Philipp in der Nacht von einem enormen Polizeiaufgebot samt Hubschraubereinsatz und Spürhunden gesucht und tatsächlich auch gefunden wurde, kam er zunächst für einige Stunden in einer psychiatrischen Klinik unter. Am

Nachmittag ist er jedoch direkt wieder entlassen worden und hat eine Nacht bei unserer Tochter verbracht. Sie hat ihn am nächsten Tag, also am Ostermontag, zu uns nach Hause gefahren. Philipp hielt einen Blumenstrauß für mich in der Hand, was schon ein total ungewohnter Anblick war. Er machte einen so niedergeschlagenen Eindruck, dass er mir unendlich Leid tat. In der Tür blieb er stehen und hat sich kaum ins Wohnzimmer getraut. Mit Tränen in den Augen sah er mich flehend an und schien wirklich ein gebrochener Mensch zu sein. Wer könnte in einer derartigen Situation so herzlos sein und sofort wieder das Wort ‚Trennung' in den Mund nehmen? Doch dafür, dass er so gebrochen wirkte, hat er sich überraschend schnell wieder gefangen und redete gleich weiter auf mich ein. Immer wieder hat er versucht mir klar zu machen, dass mein Platz bei ihm ist, dass ich zu ihm gehöre und auch, wie sehr er mich immer geliebt und sein Leben ohne mich keinen Wert mehr hätte. Er wollte mit mir zusammen alt werden und endlich die Reisen unternehmen, die wir uns früher nicht leisten konnten. Wir hätten es doch jetzt so gut."

**Waltrop – Ostersonntag, 24. April 17.30 Uhr**

Hallo Andreas,

nach einer furchtbaren Nacht geht es mir heute dementsprechend. Philipp ist schon wieder aus der Klinik entlassen worden, weil die Ärzte wohl der Meinung waren, dass keine unmittelbare Gefahr für ihn oder andere besteht. Janine hat ihn dort abgeholt und ihren Vater sofort mit zu sich nach Hause genommen. Philipp wird bei ihr zumindest die erste Nacht verbringen, und ich bin darüber auch ganz froh. So haben wir jeder ein paar Stunden Zeit, über die Situation nachzudenken und Abstand zu gewinnen.

Im Moment mache ich mir Gedanken darüber, wie es mit dir und mir weitergehen soll. Seien wir mal ganz ehrlich und bringen es auf den Punkt: Wir werden doch wohl nie als ein Paar zusammen leben können. Davon hast du selbst auch nie gesprochen und mir in dieser Beziehung (welch eine Doppeldeutigkeit) keine falschen Hoffnungen gemacht. Du bist mir aber ein sehr teurer und lieber Freund geworden, und als solchen möchte ich dich wirklich nicht verlieren. Wenn wir also schon keine gemeinsame Zukunft haben und auch keine Beziehung eingehen können, eine zwischen Mann und Frau meine ich, dann sollten wir uns wenigstens eine lebenslange Freundschaft bewahren. Meinst du, dass das geht? Natürlich wird es nicht leicht, weil wir ja jetzt von den Empfindungen des jeweils anderen wissen. Aber wir werden lernen müssen, damit umzugehen.

Trotz allem möchte ich weiterhin an einem Treffen festhalten, denn ich möchte dir gerne einmal gegenüber sitzen, dir in die Augen sehen können. Entweder bleiben wir bei dem geplanten Termin im August, oder wir treffen uns gerne irgendwann auch schon früher. Wir werden uns in einer Stadt, ganz egal wo, in einem Lokal in aller Öffentlichkeit treffen, so dass sich auch nichts zwischen uns abspielen kann. Wir werden irgendwo eine Kleinigkeit zu Mittag essen oder auf einen Kaffee einkehren und vielleicht auch einen Spaziergang machen. Alles bleibt so, wie es ist, und wir werden uns weiterhin schreiben. Ich werde mich über deine Mails und gelegentlich geführte Telefonate freuen und über manches schmunzeln, was du mir schreibst. Deine Mails sind für mich einfach eine willkommene Abwechslung im Alltag und versüßen mir mein Leben. Natürlich wäre es schön, wenn ich mit meinen Mails bei dir das Gleiche erreiche. Das ist doch schon viel wert, oder? Damit müssen wir uns zufrieden geben.

Mein Plan sieht momentan so aus, dass ich Philipp Bedingungen stelle: 1. Ich halte an der Ehe fest, zunächst auf Probe. 2. Wir müssen eine Paartherapie machen und er muss sich 3. einer eigenen Therapie wegen des Ausrastens letzte Nacht unterziehen. Sein Verhalten, dermaßen auszuticken und den Kindern mit Selbstmord zu drohen, halte ich nicht für normal. 4. Er muss mir erlauben dich zu treffen. Wie es sich so ergibt, eins oder zwei Mal im Jahr wären gut. Wenn er mit dieser Vereinbarung leben kann, dann gebe ich mich damit auch zufrieden. Denn wenn ich mich von ihm trennen würde, ginge es mir auch nicht besser. Dich hätte ich so oder so nicht, und ich stände ganz alleine da. Und obendrein würde ich Philipp das Leben vermiesen. Meine Kinder, die gewohnt sind, dass ich alles für sie mache, hätten auch unter der Trennung zu leiden. Für vieles müssten sie dann selbst sorgen, und es gäbe für sie das gewohnte Elternhaus nicht mehr.

Es tut mir leid, wenn du von mir etwas anderes erwartet haben solltest, aber ich bleibe unter den gegebenen Umständen bei meinem Mann. Ein Zimmer, das ich miete und alleine bewohne und in dem du mich lediglich ab und zu besuchst, ist nicht das, was ich mir erträume. Nein, dass unser Leben nun einmal so verlaufen ist, lässt sich nicht mehr ändern. Du wirst weiterhin Sabine in deinem Bett haben und selbst, wenn du an mich dabei denkst, bist du bei ihr, und das ist gut so. Im umgekehrten Fall bleibe ich weiterhin bei meinem Mann.

Ich hatte dir geschrieben, wie schön es hätte sein können, wie schön es hätte werden können. Welche Träume ich hatte. Damals, vor vierzig Jahren in der Schule, an deinem fünfzehnten Geburtstag im Schrebergarten, hätte schon alles anders laufen müssen. Aber das können wir heute nicht mehr ändern. Können die Uhr nicht zurückdrehen. Das müssen wir akzeptieren. Du genauso wie ich.

Das Einzige, das ich dem Jungen meiner Träume anbieten kann, ist meine lebenslange Freundschaft!

Dagmar

**Rinteln – Ostersonntag, 24. April 2011 20.50 Uhr**

Hallo Dagmar,

den Jungen, von dem du da träumst, den gibt es nicht mehr. Man hat ihn heimtückisch ermordet, und von ihm ist nur ein Zyniker übrig geblieben. Kurz nachdem er von deinem Bildschirm verschwunden war, landete er in einer geschlossenen katholischen Einrichtung, und danach gab es den Jungen nicht mehr.

Kennst du das Haus, wo nie die Sonne lacht?
Wo man aus Menschen Monster macht?
Wo du verlierst deine Freiheit und Tugend,
das Stift, der Mörder meiner Jugend!

Andreas


**Waltrop – Ostersonntag, 24. April 2011 21.30 Uhr**

Hallo Andreas,

ich darf mir das gar nicht vorstellen, was du da schreibst. Ich sehe vor mir, wie du in einer Zelle auf und ab gehst, von der Tür zum Fenster, zurück vom Fenster zur Tür, immer hin und her, wie ein Raubtier in einem Käfig. So hast du es mir einmal geschrieben. Von den Tagen und Wochen, in denen man dich in eine Einzelzelle gesperrt hat um dich zu *erziehen*. Von dem bitterlich weinenden Jungen, der in der Nacht leise flehend nach seiner Mama gerufen hat und anderen Heimkindern, die sich später das Leben genommen haben. Auch davon, dass du nicht einmal zu Weihnachten Besuch von deiner Mutter bekommen hast. Es ist alles so schrecklich.

Wieso musste alles nur so kommen? Und weißt du, was ich mich auch frage, wieso hast du eigentlich nie geheiratet? Du und Sabine, ihr habt zusammen zwei Kinder großgezogen. Da würde es doch nahe gelegen haben, wenn ihr auch geheiratet hättet. Du musst mir ja keine Antwort geben, wenn du nicht willst. Denn mich geht das eigentlich gar nichts an.

Dagmar

**Rinteln – Dienstag, 25. April 2011, 0.15 Uhr**

Hallo Dagmar,

neununddreißig Jahre habe ich etwas mit mir herumgetragen, von dem ich zwar genau wusste, dass es da ist, und manchmal habe ich in diesen Gefühlen geschwelgt. In Telefonbüchern geblättert, obwohl ich dich wohl niemals angerufen hätte, wenn ich dich tatsächlich in einem gefunden hätte. Dann habe ich angefangen, deinen Namen in Suchmaschinen einzugeben. In früheren Zeiten war das noch Fireball und später Google, und eines Tages erhalte ich einen Treffer. Selbst auf diesem winzigen verpixelten Bild dieser Freunde-Suchmaschine habe ich dich sofort wiedererkannt. Ich habe mich zwar gleich dort angemeldet, aber nur, um zu sehen, wie du heute aussiehst. Die Idee, dass du verheiratet sein könntest, hatte ich eigentlich nie, denn ich habe ja selbst nicht geheiratet, weil keine Partnerin die Richtige war.

Als wir angefangen haben zu schreiben, habe ich dann immer nach Gründen gesucht und gefunden, warum du auch nicht die Richtige sein kannst. Aber meine Gefühle hat das, was ihnen mein Kopf gesagt hat, nicht im Geringsten interessiert. Dein Angebot einer lebenslangen Freundschaft war für mich ein Geschenk. Konnte ich doch an deinem Leben teilhaben, denn ich habe ja nie gewusst, was du für mich empfindest. Ich war in dem Glauben, ich könnte mit meinen Mails deinem Alltag etwas mehr Farbe geben. Denn auf keinen Fall wollte ich dein jetziges Leben zerstören. Ohne darüber nachzudenken, wie unser Umfeld auf einen täglichen

Mailkontakt reagiert, musste ich dir schreiben, und ich musste dir alles schreiben. Dinge, von denen niemand etwas weiß. „Doch warum schreibt sie mir immer wieder und unermüdlich zurück?", habe ich mich gefragt und die Fassade deines Lebens hat Risse bekommen. Ich habe angefangen auf etwas zu hoffen, was eventuell in einer weit, weit entfernten Zukunft liegt.

Ich habe auch lange darüber nachgedacht, ob es nicht falsch ist, dich zu treffen. Meine Befürchtung war, du könntest etwas merken. Ich kann Gefühle manchmal nur schwer verbergen. Dann habe ich gedacht: Du hast damals nichts bemerkt und wenn ich mich gut auf ein Treffen vorbereite, wirst du auch weiterhin nichts bemerken.

Andreas


**Waltrop – Mittwoch, 26. April 2011, 9.20 Uhr**

Hallo Andreas,

ich war schon einkaufen heute früh und will gleich schon das Essen vorbereiten. Aber zwischendurch muss ich ein paar Minuten abzwacken und dir schreiben.

Fange jetzt bloß nicht wieder mit deiner Hoffnung auf eine weit entfernte Zukunft an. Für uns gibt es keine Zukunft, und das weißt du ganz genau.

Nun musst du dich ja für das Treffen nicht mehr vorbereiten und musst keine Angst mehr haben, dass ich deine Gefühle entlarven könnte. Wenigstens dieser Druck ist jetzt von dir genommen, und du kannst dich hoffentlich auf unser Treffen freuen. In gut dreieinhalb Monaten ist es so weit. Für mich geht die Zeit wahrscheinlich schneller vorbei als für dich, denn ich fahre zwischenzeitlich noch in den Urlaub. Da dürfte es für dich schon etwas langweiliger werden.

So, ich muss nun schnell in die Küche huschen.

Dagmar

**Rinteln – Mittwoch, 11. Mai 2011, 14.30 Uhr**

Hallo Dagmar,

heute Morgen habe ich mich vor unserem ersten Telefonat gefühlt wie ein Fünfzehnjähriger vor seinem ersten Rendezvous mit seiner Angebeteten. Ich habe dir auch sofort angemerkt, wie nervös du warst und das hat mich beruhigt. Du bist etwas Besonderes in meinem Leben, nicht nur im Moment, sondern das warst du bereits in der Vergangenheit. Du kannst natürlich recht haben mit der Vermutung, wenn wir damals zusammen gekommen wären, hätte dies nur ein paar Wochen gehalten, und ich wäre heute nur ein Exfreund. Ich habe versucht, das zu verinnerlichen, aber etwas in mir sträubt sich dagegen und redet mir immer wieder ein: Das ist doch alles nicht wahr, wir wären heute noch zusammen, weil wir ein sehr glückliches Leben miteinander geführt hätten.

Den ganzen Tag über kreisen meine Gedanken um dich und ich hoffe, dass sich das auch einmal wieder normalisiert, damit ich wieder produktiver werden kann. Ich versuche mir einzureden, dass sich im Grunde nichts geändert hat, und wir weiterhin gute Freunde bis an unser Lebensende sein werden. Die Tatsache, dass du nun von meinen Gefühlen weißt und ich von deinen, kann doch unsere Freundschaft nur noch mehr zusammenschweißen. Denn, wenn wir eine Beziehung hätten, besteht immer die Gefahr, dass alles kaputt geht. Also Freunde für immer!

Andreas


**Waltrop – Donnerstag, 12. Mai 2011, 05.45 Uhr**

Hallo Andreas,

ja, das hört sich gut an: Freunde für immer. Wir haben so den Vorteil, dass wir uns um keinen lästigen Alltag kümmern müssen. Es gibt keinen Stress. Jeder schreibt dem anderen, wann er will und wie viel er will.

Dein Eindruck, dass ich bei dem Telefonat auch nervös war, ist richtig. Warum war ich so elektrisiert, als ich deine Stimme zum ersten Mal nach vierzig Jahren hörte? Ich hatte sie noch ganz anders in Erinnerung. Obwohl mir natürlich klar gewesen sein muss, dass aus dir mittlerweile ein erwachsener Mann geworden ist, sehe ich immer noch den Jungen aus der Schule in dir. Und der hatte nicht so eine Stimme wie ein Mann. Diese Erkenntnis, dass aus dir ein richtiger Mann geworden ist, dessen Stimme alleine mich schon erregt, hat mich wie der Schlag getroffen. Ich wollte es nicht wahrhaben, schließlich bin ich kein Teenager mehr und Mutter erwachsener Kinder. Fast schon verzweifelt habe ich darum gebettelt, diese Gefühle wieder los zu werden. Das, was da mit mir vorging, durfte nicht sein. Aber es war ganz tief in mir und ganz stark, und es ging nicht mehr weg.

Kannst du dich auch noch daran erinnern, dass du mir einmal in mein Poesiealbum geschrieben hast? Ich habe dieses Album nämlich noch, das damals alle Mädchen in der Schule hatten. Und ich habe einen Eintrag von dir gefunden, den du mir mit gerade einmal vierzehn Jahren geschrieben hast. Von anderen Jungen in dem Alter würde ich sagen, die haben das einfach nur so herunter geschrieben, ohne sich dabei etwas zu denken. Aber bei dir weiß ich, dass du dir über alles im Leben Gedanken gemacht hast und unter dieser Prämisse kommt dem Satz, den ich extra für dich eingescannt habe, eine ganz besondere Bedeutung zu:

Die Liebe ist ein Stückchen Zucker im bitteren Kaffee
des Lebens.
Dein Schulkamerad
Andreas
Buer, den 10.9.1971

Ist das nicht seltsam? In diesem winzigen Spruch sprichst du schon von der Liebe. Dieses Wort dürfte ein Junge in dem Alter, in dem du damals warst, nie laut ausgesprochen haben, weil es ihm zu lächerlich vorgekommen sein müsste. Ein Junge will in dem Alter wohl etwas von den Mädchen, aber sicher will er nichts von Liebe wissen. In dem Alter denkt auch noch niemand ans Heiraten.

Aber wie viel Wahrheit doch in diesem Spruch steckt! Das Leben kann bitter sein und die Liebe kann es versüßen. Als ob du damals schon eine Vorahnung hattest, was dein Leben für dich noch bereithält.

Übrigens habe ich auch noch den zensierten Roten Kalender, den du mir auch einmal geschenkt hast. Er hat, wie das Poesiealbum auch, all die Jahre in einer Kiste überdauert!

Dagmar


**Gladbeck – Dienstag, 22. Mai 2012, 21.30 Uhr**

Dagmar und Marianne haben sich ihr Essen schmecken lassen. Nachdem die Bedienung die bis auf den letzten Bissen geleerten Teller abgeräumt hat, beschließen die beiden Frauen, dass jetzt der richtige Zeitpunkt für einen der verlockenden Cocktails gekommen ist, für die das Lokal bekannt ist. Die Entscheidung würde ihnen wesentlich leichter fallen, wenn die Auswahl nicht so groß wäre. So haben sie die Qual der Wahl und blättern in der Getränkekarte immer wieder eine Seite vor- und zurück. Je länger sie sich mit den exotisch klingenden Namen beschäftigen, desto verwirrter fühlen sie sich. Sie haben die Auswahl zwischen cremigen, fruchtigen und spritzigen Cocktails, und neben vielen weiteren Kategorien gibt es sogar einige Sorten für starke Nerven. Sie denken lieber nicht darüber nach, welche alkoholträchtigen Zutaten dafür gemischt werden.

Schließlich bestellt Dagmar einen Mai Tai mit Mandelsirup und frischer Minze und Marianne einen Night in Blue, deren Hauptbestandteil Batida de Coco ist. Ungeduldig über den Fortgang der Geschichte will Marianne wissen: „Wie erging es dir in den Tagen nach Ostern, nachdem du dich entschlossen hattest, doch bei deinem Mann zu bleiben? Die Stimmung war doch sicher gedrückt."

„Ach weißt du, Marianne, wie sollte es mir da schon gegangen sein? Ich war ziemlich durcheinander und wusste nicht, ob ich die richtige Entscheidung getroffen habe, indem ich bei meinem Mann blieb. Mein Kopf sagte mir, ruhig, jetzt mal langsam, hier ist dein Zuhause, hier sind deine Kinder, und hier wirst du immer noch gebraucht. Du musst zwar niemanden mehr wickeln und kein Kind mehr stillen. Aber sie zählen auf dich. Ich habe versucht, mich an diesem Gedanken hochzuziehen und auch festgestellt, dass Philipp wesentlich ruhiger geworden ist und sich echt um mich bemüht hat. Aber das kam zu spät. Für seine Bemühungen war ich irgendwie nicht mehr empfänglich. Meine Gedanken waren nur noch bei Andreas, und ich habe mir jeden Abend die Augen ausgeheult. Sobald ich alleine im Bett war, habe ich geweint und bin dann meist über meinem Kummer eingeschlafen.

Direkt nach den Ostertagen fing auch schon das Malheur mit meinen Augen an. Meine Augenlider waren nur noch entzündet und ich konnte keine Schminke mehr auftragen. Denn die brannte auf der empfindlichen Haut mit unzähligen, hauchfeinen Rissen."

„Ja, und… was sagte der Arzt dazu? Bist du damit nicht zu einem Augenarzt gegangen?", fragt Marianne besorgt.

„Was hätte der machen sollen? Ich wusste doch, dass die Ursache meine psychische Verfassung war. Da hätten Salben wohl auch kaum geholfen. Ich habe über das Problem mit einer guten Bekannten gesprochen, die auch sofort einen Zusammenhang gesehen hat und die der Meinung war, dass mich die Situation zu sehr belastet. Sie meinte auch, dass ich diese innere Zerrissenheit auf Dauer nicht aushalten, und ich daran zerbrechen würde. Wenn es auch noch so schwer ist, meinte sie, ich müsste noch mal mit Philipp über alles reden. Über meine Gefühle für den anderen Mann und auch darüber, dass eine Trennung wohl unumgänglich ist."

„Und das hast du schließlich auch beherzigt, dich getrennt, nicht wahr?", stellt Marianne fest.

„Nicht sofort. Obwohl ich darüber nachgedacht habe, und mir das alles nicht aus dem Kopf ging. Aber ich wollte nicht wie beim ersten Mal in einer Torschlusspanik jede Menge Staub aufwirbeln und mir dieses Mal Zeit lassen. In Ruhe wollte ich über alles nachdenken können." Mit einem Blick auf die sich ihnen nähernde Bedienung setzt Dagmar hinzu: „Ah, da kommen unsere Cocktails!"

„Bitte sehr! Einen Mai Tai und einen Night in Blue. Lassen Sie es sich schmecken!"

„Na denn", meint Marianne, „auf eine glückliche Zukunft!"

„Das kannst du wohl laut sagen! Etwas Glück kann ich gebrauchen. Aber dir wünsche ich natürlich auch alles Gute und vor allen Dingen Gesundheit. Also dann!"

Beide bewundern die reichlich verzierten Cocktailgläser. Dagmars Mai Tai hat eine gelbe Farbe, und in dem an der Oberfläche schwimmenden Crasheis steckt ein Stil mit vielen kleinen Pfefferminzblättern. Der andere Cocktail ist, wie der Name Night in Blue schon erwarten lässt, blau gefärbt und mit einer Scheibe frischer Ananas und einer Physalis verziert. Beide ziehen sofort an den extra dicken Strohhalmen um von dem kühlen Getränk zu kosten.

Dagmar fährt fort: „Zufälligerweise hatte ich direkt nach den Osterfeiertagen einen Termin bei meiner Frauenärztin. Sie nimmt sich immer viel Zeit und fragt erst einmal, wie es einem geht, wie man sich fühlt. Die hat sofort gemerkt, dass ich nicht gut drauf war und mich irgendetwas belastet. Auf ihre Fragen konnte ich meine Tränen nicht mehr zurückhalten und habe ihr von Andreas erzählt. Die ganze Zeit hat sie nur zugehört und mich kein einziges Mal unterbrochen. Und dann meinte sie, dass sie dieser Geschichte skeptisch gegenübersteht. Ich wäre doch einen gewissen Lebensstandard gewohnt und wer weiß, ob mir das meine neue Liebe auch bieten könnte. Wie sie an meiner Bräune sehen könnte, wäre ich wohl gerade erst aus einem Urlaub zurückgekommen. Philipp und ich hatten in der Tat gerade den Urlaub auf Kuba hinter uns gebracht. Meine Ärztin hat dann den Vorschlag gemacht, dass ich die ganze Angelegenheit am besten so schnell wie möglich abklären soll und auf keinen Fall noch bis zum August warten, wie Andreas und ich das eigentlich geplant hatten. Denn ihrer Meinung nach würden sich die Probleme schnell klären, wenn wir das erste Treffen hinter uns gebracht hätten. Die meisten Menschen würden sich im Laufe der Jahre so stark charakterlich verändern, dass man sie gar nicht mehr wiedererkennen würde. Ihrer Meinung nach kämen wir bei einem Treffen bestimmt zu der Feststellung, dass wir gar nichts aneinander finden und alle Aufregung wäre umsonst gewesen. Aus dem Grunde sollten wir gar nicht mehr so lange warten. Sie ging sogar so weit, dass sie ein Treffen noch in derselben Woche für das beste hielt. Damit wären die Probleme vom Tisch und alle Sorgen ebenfalls."

Marianne kann sich dem Vorschlag nur anschließen: „Das scheint mir eine vernünftige Ansicht von der Ärztin gewesen zu sein. So habt ihr es doch sicherlich auch gemacht und euch sofort getroffen?"

„Also zunächst einmal fand ich die Idee meiner Ärztin auch nicht schlecht. Denn zuvor hatte mir schon meine Bekannte dazu geraten. Dass es so wirklich nicht mehr weitergehen konnte, war mir auch klar, und es musste etwas passieren. Mit meinen Gedanken war ich immer bei Andreas und irgendwie hatte ich Philipp, meinem Mann gegenüber, ein schlechtes Gewissen. Denn dass ich ihn betrügen würde, hatte er nicht verdient. So weit durfte es nicht kommen. Zu dem Zeitpunkt war, was das Treffen mit Andreas anbelangte, noch nichts Konkretes geplant. Nur, dass wir uns irgendwo treffen und zusammen etwas essen wollten. Ich kann dir auch nicht sagen, ob ich schon so eine Vorahnung hatte, worauf das alles hinauslief. Aber ich wollte tatsächlich allmählich Klarheit haben und bin deshalb dem

Rat meiner Ärztin gefolgt. Das bedeutete, dass ich zunächst das Gespräch mit Philipp suchen musste. Ich habe ihn gefragt, wann er einmal ein paar Minuten Zeit erübrigen kann. Noch bevor ich überhaupt etwas sagen konnte, hat er schon geahnt, um welches Thema es gehen sollte und wurde nervös und ungeduldig. Aber es nutzte ja alles nichts, und ich musste ihm sagen, dass ich ganz schnell ein Treffen mit Andreas herbeiführen will, um mir selbst Klarheit über meine Gefühle zu verschaffen.

Ich erklärte meinem Mann also, wie die Dinge sich aus meiner Sicht darstellen: Dass ich glaube den früheren Schulfreund zu lieben, mehr liebe als ihn und ich fürchte, ihn irgendwann mit dem anderen Mann zu betrügen. Deshalb möchte ich die Zeit der Ungewissheit für uns alle abkürzen und Andreas ein kurzfristig anberaumtes Treffen anbieten. Die Reaktion von Philipp war, mich zu bitten, ich solle doch bleiben. Ich könne den anderen Mann nicht lieben, weil ich ihn gar nicht kenne und so weiter. Immer verzweifelter hat er auf mich eingeredet. Es gipfelte darin, dass er mir ganz klar damit drohte, wenn ich Andreas tatsächlich vorgebe zu lieben, ich jetzt gleich auf der Stelle gehen müsste."

Marianne starrt Dagmar ungläubig an: „Wie, was heißt auf der Stelle? Man trennt sich doch nicht auf der Stelle weg. Da muss doch einiges abgesprochen werden. Hättest du denn überhaupt jemanden gehabt, zu dem du gehen konntest?"

„Hm, das war ja genau das Problem! Ich konnte lediglich meine persönlichen Dinge in einen Koffer packen, mit dem er mich vor die Tür setzen wollte. Meine Antwort war, dass ich die Sachen auch nicht mehr brauchen würde, wenn meine Zukunft die Parkbank wäre. Das mag sich trotzig angehört haben, aber ich meinte das nicht einmal ironisch, denn genau darauf, dass ich keine Bleibe mehr gehabt hätte, wäre es hinausgelaufen."

„Hattest du denn niemanden, zu dem du gehen konntest?"

„Nein. Wir hatten zwar viele Bekannte, aber niemanden, bei dem ich in dieser Situation unterkommen konnte. Es gab keine wirklichen Freunde, die für mich da gewesen wären. Meine Mutter ist vor ein paar Jahren verstorben, und seitdem existiert für mich auch kein Elternhaus mehr. Mein Vater hat sich einer neuen Lebensgefährtin zugewandt, zu der er gezogen ist und bei der er bis heute wohnt. Dahin konnte ich aber auch nicht fahren. Was sollte ich also tun?"

Dagmar nascht noch einmal an ihrem Cocktail, den sie schon fast ausgetrunken hat und sieht Marianne dabei mit der Schulter zuckend an. „Zwischen Philipp und mir hat es heftigen Streit gegeben, und ich habe mich in die Enge getrieben gefühlt. Nachdem mir nun zum zweiten Mal die Möglichkeit einer gütlichen Trennung vorenthalten wurde, habe ich verzweifelt geweint. Trotzdem habe ich aber Andreas in meiner nächsten Mail vor eine Entscheidung gestellt. Ich bat um ein kurzfristiges Treffen, bei dem sich herauskristallisieren sollte, ob unsere Gefühle nur auf einer Einbildung beruhen oder ob etwas Wahres daran ist. Ich wollte mich sofort am nächsten Wochenende mit ihm treffen, doch seine Reaktion war ganz anders, als ich es erwartet hatte. Dazu war er nämlich nicht bereit und er wurde sogar richtig wütend."

**Rinteln – Freitag, 20. Mai 2011, 22.40 Uhr**
Hallo Dagmar,

so geht das nicht. Du machst mich richtig wütend. Wir haben uns am Telefon auf ein Treffen am 18. August verständigt. Doch ohne Rücksicht auf Verluste rennst du mit dem Kopf gegen die Wand und willst etwas erzwingen. Du verletzt deinen Mann (er hat mir geschrieben und wohl auch versucht mich telefonisch zu erreichen) zutiefst, obwohl du ihn, wie du mir mehrmals versichert hast, auch liebst. So geht man aber nicht mit den Menschen um, die man liebt.

Ein Treffen zum jetzigen Zeitpunkt ist nicht möglich (morgen bin ich mit Sabine zur Therapie in Bad Pyrmont und Samstag mit meinen Kindern bei der Gartenar-

114

beit). Ich habe dir geschrieben, dass ich Sabine in ihrer jetzigen, schwierigen Phase beistehen werde (in guten wie in schlechten Zeiten). Im August ist ihre Therapie beendet, und dann bin ich zu einem Treffen bereit. Bis dahin werde ich Sabine in jedem Fall beistehen und alles geben, damit es ihr wieder besser geht. So wie sie mir beigestanden hat, wenn es in meinem Leben einmal schlecht lief. Denn das ist man den Menschen, die man liebt, schuldig.

Ich habe dir meine Gefühle verheimlicht, weil ich befürchtet habe, es würde unsere Freundschaft zerstören. Nun scheint es so, dass es auch genauso kommt, wie ich es befürchtet habe. Warum machst du alles kaputt? Du setzt mir die Pistole auf die Brust und verletzt alle, die dich lieben!

Andreas

**Waltrop – Sonntag, 22. Mai 2011, 06.30 Uhr**

Hallo Andreas,

ich wollte dich nicht wütend machen und schon gar nicht unsere Freundschaft zerstören. Ich habe dir eine lebenslange Freundschaft angeboten, und dazu stehe ich auch. Natürlich möchte ich weiterhin, dass wir gute Freunde bleiben. Nur muss das dann auch für immer bei einer Freundschaft bleiben. Du kannst nicht erwarten, dass wir uns heute auf eine harmlose Freundschaft verständigen, und wenn du dich vielleicht eines Tages von Sabine trennen willst, ziehe ich mit. Das funktioniert dann so auch nicht. Mit meinem Mann kann ich nicht nach Belieben umspringen. Bei mir zu Hause gibt es wegen dir nur noch Ärger. Ich muss dir aber auch einmal sagen, dass es dich ehrt, wenn du so zu deiner Partnerin stehst und sie nicht einfach verlässt. Das ist ihr gegenüber fair, und ich finde deine Entscheidung völlig in Ordnung.

Dagmar

**Gladbeck – Dienstag, 22. Mai 2012, 23.00 Uhr**

Marianne greift zu ihrem Glas: „Du, sei mir nicht böse. Aber es ist später geworden, als mir lieb ist, und ich möchte mir jetzt ein Taxi bestellen, um sicher nach Hause zu kommen."

„Du hast vollkommen Recht. Lass uns bezahlen", stimmt ihr Dagmar zu und gibt der Bedienung einen Wink.

„Wo wohnst du denn?", möchte Marianne wissen.

„Ich wohne direkt in der Innenstadt, gleich hier um die Ecke, an der Lambertikirche. Wenn man ein Auto besitzt, ist das Wohnen in der Fußgängerzone wegen der Parkplätze zwar etwas problematisch. Aber ohne ein eigenes Auto, wie in unserem Fall, schien mir eine Wohnung in zentraler Lage die beste Lösung zu sein. Man kommt überall hin ohne gleich mit einem Bus fahren zu müssen. Wie oft muss man in die Stadt um etwas zu erledigen. Es mag sein, dass man in einem der Stadtteile von Gladbeck günstiger wohnen kann oder vielleicht auch schöner. Aber die Kosten, die sich durch zusätzliche Busfahrten ergeben, überwiegen im Endeffekt die Ersparnis. Ich habe alle Geschäfte hier in der näheren Umgebung. Zum Netto, Lidl, Kaufland, Aldi, Edeka, die Post und selbst bis zum Bahnhof West ist es nicht weit, und von da aus gelangt man ganz schnell nach Essen oder Oberhausen. Die Lage in der Innenstadt ist einfach perfekt!"

Marianne muss lachen und entgegnet: „Dann warte mal ab, was du am ersten Wochenende im September sagst. Da bin ich gespannt, ob du dann immer noch glaubst, dass die Lage so perfekt ist."

„Wie?", Dagmar sieht sie leicht misstrauisch an. „Was soll das denn heißen? Was ist an diesem Wochenende im September?"

„Da findet in der Innenstadt das Appeltatenfest statt. Überall werden in der Fußgängerzone und den öffentlichen Plätzen Stände aufgebaut, und zahlreiche Besucher aus den umliegenden Städten werden jedes Jahr erwartet. Dieses Volksfest kann auf eine lange historische Tradition zurückblicken, und ich glaube, es wurde schon im 13. Jahrhundert erwähnt. Um den ersten Weltkrieg herum wurde es wohl auch einmal verboten, aber pünktlich zum 70-jährigen Stadtjubiläum hat man es dann 1989 wieder aufleben lassen."

„Und was soll jetzt daran so schlimm sein?", unterbricht Dagmar.

Wieder muss Marianne lachen: „Für die Besucher ist das alles ganz nett. Man kommt in die Stadt, schaut sich den einen oder anderen Stand an, bummelt und isst an einem der vielen Stände etwas. Aber an beiden Tagen, Samstag und Sonntag, wobei übrigens am Sonntag die Geschäfte auch alle geöffnet haben, spielen verschiedene Bands auf den Bühnen. Das geht den ganzen Tag bis zum späten Abend und in voller Lautstärke! Wenn du da mitten drin wohnst: Prost Mahlzeit!, kann ich nur sagen."

„Na, du machst mir ja Hoffnungen. Ich werde mir das Spektakel im September ansehen oder besser gesagt anhören und nach Möglichkeit auswandern, wenn es zu schlimm wird."

„Du wirst schon selber sehen, wie es ist."

In dem Zusammenhang fällt Dagmar noch etwas ein: „Hast du eine Ahnung, wie schwierig es sein kann, eine Wohnung anzumieten? In den letzten Jahrzehnten habe ich in einem Einfamilienhaus gewohnt, und wenn vor dieser Zeit ein Mietvertrag abgeschlossen werden musste, dann waren Philipp und ich die Mieter, und es gab keine Schwierigkeiten, wenn man davon absieht, dass es ganz zu Anfang in Münster auch nicht leicht war, eine Wohnung zu bekommen. Denn in unserem Fall gab es gleich zwei Dinge, die eine erfolgreiche Suche stark beeinträchtigten: Philipp war Student und verfügte damit nicht über ein angemessenes Einkommen, und die katholischen Münsteraner haben nicht an Unverheiratete vermietet. Aber wie gesagt, das ist Schnee von gestern, und wahrscheinlich hat sich auch in Münster über die Jahre viel geändert. Meine Situation in Gladbeck sah nun so aus, dass ich keine Einkommensnachweise bei der Hausverwaltung vorlegen konnte, die jedoch Voraussetzung für einen Mietvertrag sind. Das musst du dir vorstellen! Endlich habe ich eine Wohnung gefunden, die zentral liegt und bezahlbar ist. Zwar hätte ich gerne eine Wohnung mit Balkon oder noch lieber mit einer Dachterrasse gehabt, aber da war mir schon klar, dass ich in dieser Hinsicht Abstriche machen muss. Der Mitarbeiter, der mir die Wohnung gezeigt hat, fährt mit mir zur Wohnungsverwaltung, ich bin happy, und dann kommt der Hammer! Ich bin aus allen Wolken gefallen und dachte, das kann doch nicht wahr sein. Obwohl ich im Besitz einer Kreditkarte war, hat das die Sachbearbeiterin nicht im Geringsten beeindruckt. Und auch mein Angebot, die Miete für die ersten drei Monate im Voraus zu bezahlen, hat nicht gezogen. Ich war zu diesem Zeitpunkt mit meinen Nerven am Ende und habe alle davon zu überzeugen versucht, dass ich eine seriöse Mieterin sein werde, und ich unbedingt diese Wohnung brauche. Natürlich wollte man wissen, wie ich denn in Zukunft die Miete aufzubringen gedenke und ich antwortete, dass ich Trennungsunterhalt von meinem Mann bekäme. Dann, so meinte die zuständige Mitarbeiterin, wäre es doch für mich sicher kein Problem, darüber eine schriftliche Bestätigung meines Mannes vorzulegen. Obwohl ich schon das Auto voll mit Klamotten geladen hatte, in der Hoffnung, noch am gleichen Tag die Wohnungsschlüssel zu bekommen und die ersten Sachen in die Wohnung bringen zu können, konnte ich mich von diesen Plänen verabschieden. Was blieb mir also anderes übrig, als mit sämtlichen Sachen im Auto Gladbeck den Rücken zu kehren und Philipp aufzusuchen? Doch das war gar nicht so einfach, weil er für einige Tage zu seinem Schutz in einer psychiatrischen Klinik aufgenommen wurde. Andererseits war es in seinem Interesse, wenn ich so schnell wie möglich aus dem gemeinsamen Haus verschwinde, wozu ich unbedingt seine Unterschrift auf der Erklärung zur Unterhaltszahlung benötigte."

„Was soll ich jetzt dazu sagen? Das ist das Los aller Frauen, die Kinder großgezogen und ihren Beruf dafür aufgegeben haben. Sie sind quasi selbst gar nichts. Sie sind nur die Frau ihres Mannes, und nur als solche zählen sie in unserer Gesellschaft. Das ist schlimm genug. Aber bevor wir uns für heute verabschieden, musst du mir noch versprechen, mir auf jeden Fall den Rest eurer Geschichte zu erzählen. Die ist besser als ein Roman, und ich kann das Ende kaum noch abwarten. Doch es nutzt nichts, wir brauchen beide unseren Schlaf, und ein Buch kann ich auch nicht immer an einem Tag bis zum Ende lesen. Wenn ich abends nicht mehr weiter lesen kann, lege ich es aus der Hand, um es am nächsten Tag erneut aufzuschlagen. Willst du nicht morgen zu mir nach Hause kommen? Harald ist nicht da, und ich bin alleine. Wir könnten uns einen gemütlichen Nachmittag bei mir im Garten machen."

Ohne eine Antwort abzuwarten, fährt Marianne einfach fort: „Komm doch direkt nach dem Mittag vorbei, wenn du es schaffst. Ich wohne zwar nicht in der Innenstadt, aber auch nicht weit von hier entfernt. Der Ortsteil nennt sich Butendorf. Wenn du nur ein paar Meter die Horster Straße stadtauswärts läufst, geht rechts hinter einer alten Villa, in der während des Krieges eine Wöchnerinnenstation untergebracht war, ein kleiner Weg ab. Dann läufst du direkt auf das Karo zu, ein Freizeittreff für Kinder und Jugendliche. Den kennt jeder hier in Gladbeck. In fünf Minuten, frag am besten jemanden, kommst du von dort in die Moltkesiedlung. Darüber muss ich dir noch ganz kurz etwas erzählen. Das besondere an dieser Siedlung ist nämlich, dass sie auf Initiative des ehemaligen Bergwerkdirektors Schennen von Bergleuten in Eigenleistung gebaut wurde. Der Direktor bewohnte übrigens mit seiner Familie die Villa, hinter der du von der Horster Straße zum Karo abbiegen wirst. Mit dem Bau der Moltkesiedlung ging es im April 1949 los, und in der Satzung wurde festgelegt, dass jeder Siedler vier Stunden nach seiner regulären Schicht beim Bau mithelfen muss. Das musst du dir vorstellen! Die Kumpel haben erst eine volle Schicht unter Tage malocht und nach Feierabend noch einmal vier Stunden schwer gearbeitet! Bereits im Oktober 1951 stand die Siedlung und interessant ist in diesem Zusammenhang auch, dass keiner der späteren Siedler zu diesem Zeitpunkt wusste, in welches Haus er ziehen wird. Damit war gewährleistet, dass kein Pfusch, wie man so schön sagt, gemacht wurde. Es gab aber auch Auflagen. Und zwar musste jeder Siedler einen Einlieger bei sich aufnehmen, der ebenfalls Bergmann war. Der wiederum musste, um ein Jahr mietfrei wohnen zu dürfen, selbst dreihundert Arbeitsstunden ableisten. Kleinviehhaltung und Gemüseanbau waren auch Pflicht. Der Zusammenhalt unter den Siedlern besteht bis zum heutigen Tage, denn jedes Jahr gibt es ein Straßenfest mit Kaffee und Kuchen und selbstverständlich auch mit Bier und ein paar Grillwürstchen. Ich bin stolz darauf, in dieser Siedlung mein Zuhause zu haben!" Marianne holt ihr Handy aus der Handtasche und ruft ein Taxi. „Jetzt habe ich schon wieder so viel gequatscht und es wird immer später! Erzähl mir noch eben schnell, bis das Taxi kommt, wie das mit dem Treffen ausgegangen ist. Du wolltest dich nicht erst im August, sondern schon früher treffen, aber Andreas nicht."

„Ja, so hatte ich mir das gedacht. Nur hatte ich nicht einkalkuliert, dass Andreas die kommenden Tage längst verplant hatte. Er war anderweitig eingespannt und wollte seine Termine natürlich nicht einfach absagen. Wie das so ist, jeder muss um einen geplanten Termin herum alles umbauen und sich auf Änderungen zeitig einrichten. Mich hat die Absage dann einfach nur enttäuscht, weil ich dachte, dass ich ihm das schon nicht einmal wert bin. Ich habe mich hundeelend gefühlt und irgendwie auch total alleine gelassen. Das Treffen war also nach wie vor in weite Ferne gerückt, und es würde sich keine schnelle Entscheidung herbeiführen lassen.

Wenn ich beschreiben soll, wie ich mich zu dem Zeitpunkt fühlte, dann kann ich nur sagen, wie vor einem Scherbenhaufen. Meine Hoffnungen auf eine Klärung der Situation waren dahin. Und wie sollte es weitergehen? Wo gehörte ich hin? Auch wenn ich darauf keine Antwort hatte, eine Entscheidung musste ich jetzt treffen. Sofort. Bleibe ich bei meinem Mann oder nicht?"

Marianne sieht Dagmar erwartungsvoll an. Sie will sie aber nicht unterbrechen und wartet geduldig, bis sie fortfährt:

„In dieser total verfahrenen Situation und meiner dementsprechenden Verfassung, in der ich eigentlich gar nichts mehr überblicken konnte, habe ich einen folgenschweren Entschluss gefasst. Denn wie sich erst später herausstellen sollte, war es keine gute Entscheidung, die ich da getroffen habe. Aber in meiner Verzweiflung sah ich keinen anderen Ausweg, als von nun an ein Doppelleben zu führen, ein doppeltes Spiel zu spielen. Mir war klar, dass ich mit Andreas keine gemeinsame Zukunft haben werde. Er wollte bei seiner Familie bleiben. Beide hatten wir zwar Gefühle füreinander, und immer wieder quälten die alten Fragen, warum es so und nicht anders gekommen ist. Natürlich würde ich mit meinen Gedanken und meinem tiefsten Innern immer bei ihm sein. Doch auf der anderen Seite musste ich mich irgendwie zu Hause arrangieren. Meinem Mann habe ich glaubhaft versichern können, ich hätte mich mit Andreas darauf verständigt, dass alles so bleibt wie bisher. Wir wollten uns lediglich weiter schreiben dürfen und in der Zukunft treffen, denn bisher kam es ja dazu noch nicht. Wir haben quasi einen rein freundschaftlichen Kontakt als die beste Möglichkeit angesehen. Mein Mann konnte nicht verstehen, welche Gründe es für diesen unerwarteten Rückzug geben sollte, und so gerne er mir das geglaubt hätte, ist für ihn immer ein Restzweifel geblieben. Deshalb wollte ich mich ehrlich bemühen und alles tun, um ihn davon zu überzeugen. Um unserer Ehe eine reale Chance zu geben, haben wir uns zu einer Paartherapie angemeldet, und es gab sicher auch Momente, in denen bei uns alles ganz harmonisch verlief. Aber wie ich schon sagte, ich führte von nun an ein Doppelleben, meine Persönlichkeit war gespalten. Ich selbst innerlich zerrissen. Meine Gefühle für Andreas, den ich vierzig Jahre nicht gesehen hatte, waren einfach so stark, dass ich mich immer öfter auch bei dem Gedanken ertappte, gerne mit ihm alleine sein zu wollen. Ich sehnte mich nach einer Umarmung, ihm in die Augen zu schauen, seinen Geruch wahrzunehmen, seine Stimme an meinem Ohr zu hören. Immer öfter stellte ich mir das vor, obwohl von seiner Seite in den Mails nie davon die Rede war. Es gab nicht die geringste Andeutung, dass ihm an einem

Verhältnis mit mir gelegen wäre. Nie hat er von einem anderen Ort gesprochen, als mich in einem Café oder einem Restaurant treffen zu wollen. Also auf jeden Fall sollte es ein Ort in der Öffentlichkeit sein. Später hat er mir auch gesagt, dass er mir niemals einen anderen Vorschlag unterbreitet hätte.

Ach Marianne, es ist einfach so verrückt, denn ich wäre nie auf den Gedanken gekommen, mit einem anderen Mann etwas anzufangen. Eine Beziehung oder auch nur ein Seitensprung war für mich fernab von Gut und Böse. Ich war auch in dem Fall mit Andreas nicht einfach nur auf ein sexuelles Abenteuer aus, sondern ich wollte nur einmal mit ihm alleine sein, ganz alleine. Was sich daraus entwickeln würde, bliebe abzuwarten. Darüber habe ich mir keine Gedanken gemacht."

„Jetzt sag bloß nicht, dass du ihm auch noch diesen Vorschlag gemacht hast?" reißt Marianne ungläubig die Augen auf. „Du wirst doch nicht einem Mann das Angebot gemacht haben, mit ihm auf ein Hotelzimmer zu gehen?"

„Doch… ja, doch. Ich habe in meinen Mails erste Andeutungen gemacht." Damit steht Dagmar auf, denn es wird Zeit, aufzubrechen. „Für dich ist es sicher schwer zu begreifen, wieso ich diese Entscheidung treffen konnte. Vergiss aber nicht, dass mich Philipp bei der von mir gewünschten Trennung vor die Tür setzen wollte, ohne mit mir über eine Vereinbarung einer vernünftigen Trennung zu sprechen. Das ist gerade so wie im heutigen Ägypten, wo die Männer nur dreimal aussprechen müssen, dass sie ihre Frau verstoßen. Das langt, um in dem Land geschieden zu sein. Auch im Nachhinein muss ich sagen, dass er mir mit der Erpressung keine Wahl gelassen hat. Mir hätte allenfalls die Möglichkeit, mich an ein Frauenhaus zu wenden, offen gestanden.

Wie ein gehetztes Tier habe ich mich gefühlt. Von meinem Mann wurde ich regelrecht erpresst. Eine Entscheidung musste ich auf der Stelle treffen, ohne Bedenkzeit. Und in dieser Situation habe ich es wohl auch als mein legitimes Recht empfunden, ihn notfalls zu belügen und betrügen."

„Jetzt lass uns erst einmal an diesem Punkt Schluss für heute machen und nach Hause gehen. Ich bin hundemüde und wir wollen uns ja morgen schon wieder treffen. Hier hast du noch meine Visitenkarte mit meiner Adresse. Das Taxi wird gleich draußen stehen, und ich möchte es nicht warten lassen."

**Rinteln – Montag, 6. Juni 2011, 15.50 Uhr**
Liebe Dagmar!
In deinen Gedanken scheinst du bereits ein sexuelles Abenteuer mit mir zu planen. Ich komme mir dabei wie ein vierzehnjähriger, dummer Junge vor. Denn in meinen Gedanken an ein Treffen umarme ich dich und hoffe (wobei ich mir schon sehr mutig vorkomme) auf einen zärtlichen Kuss von dir. Dabei durchfährt mich ein innerlicher Schauer, wie damals, als du bei unserem gemeinsamen Praktikum eher zufällig meine Hand berührt hast.

Doch werde ich deinen Vorstellungen wohl kaum genügen können, denn du hast mich zu jemandem hochstilisiert, der ich nicht bin. Auch wenn ich früher viele wechselnde Partner hatte, bin ich mangels Praxis genauso unerfahren wie du, denn schließlich hatte ich in den letzten zwanzig Jahren auch nur mit Sabine Sex. Wie du selber weißt, ist man nach einer so langen Zeit auf den Partner eingespielt und weiß genau, wie man mit ihm umgehen muss. Über dich, deinen Körper und deine Vorlieben und Abneigungen weiß ich nichts. Du bist auch für mich Neuland, da nutzen mir meine Erfahrungen aus der Vergangenheit überhaupt nichts.
Das macht mir Angst, denn es wäre sehr schlimm für mich, dich zu enttäuschen. Und so sehe ich dem Treffen mit gemischten Gefühlen entgegen.
Sei lieb gehalten
Dein Andy

**Waltrop – Dienstag, 7. Juni 2011, 11.15 Uhr**

Lieber Andy,

bevor ich gleich zur Arbeit muss, schreibe ich dir schnell noch ein paar Zeilen. Das Essen ist bereits fertig. Es gibt einen Nudelauflauf, den ich nur noch in den Backofen schieben muss.

Was redest du denn da? Dass du meinen Vorstellungen kaum genügen kannst? Wie kommst du auf so einen Blödsinn? Und dann Vorlieben und Abneigungen. Du wirst merken, was ich mag, und instinktiv wirst du das Richtige tun. Du wirst und kannst mich nicht enttäuschen, da bin ich mir ganz sicher. Aber ich verstehe deine gemischten Gefühle. Mir geht es da auch nicht anders. Einerseits freue ich mich wahnsinnig auf unser Treffen, und ich zähle schon die Wochen bis dahin. Und andererseits habe ich auch etwas Angst. Oder ist es nur die Aufregung? Ich weiß es selbst nicht.

Lass dich umarmen!

Deine Dagmar

**Rinteln – Donnerstag 7. Juli 2011, 23.20 Uhr**

Liebe Dagmar!

Ein Gedanke beschäftigt mich immer wieder und ich weiß, dass er dich auch beschäftigt. Ich wäre dir gerne sehr nah, aber sich ein Hotelzimmer zu suchen wäre keine Lösung, denn einfach ein sexuelles Abenteuer mit dir zu haben, wäre wohl für uns beide unbefriedigend.

Du bist ein ganz besonderer Mensch in meinem Leben und meine Gefühle für dich sind wohl einmalig, denn etwas Ähnliches habe ich noch nicht erlebt. In meiner Vorstellung habe ich ein sehr sinnliches Erlebnis voller Zärtlichkeit und Liebe mit dir. Das kann man nicht in einem Hotelzimmer buchen.

Sei lieb gehalten

Dein Andy

**Waltrop – Freitag 8. Juli 2011, 05.40 Uhr**

Lieber Andy!

So wirklich verstehe ich dich nicht. Einmal schreibst du mir, wie sehr du mich liebst und immer schon geliebt hast. Und jetzt willst du dich nicht mit mir in einem Hotelzimmer treffen. Warum nicht? Ich möchte gerne mit dir alleine sein. Ich möchte dich fühlen können. Das geht aber nicht in einem Café oder Restaurant. Es muss ja nichts passieren. Aber wenn wir für den Tag kein Zimmer buchen, werden wir uns nicht einmal in den Arm nehmen können. Das wirst du doch wohl auch so sehen! Und ich sehne mich so danach, einmal in deinen Armen liegen zu können. Jetzt, wo wir uns endlich wiedergefunden haben!

Ich drück dich!

Deine Dagmar

**Rinteln – Freitag 8. Juli 2011, 21.45 Uhr**

Ja, liebe Dagmar, es ist ein Geschenk, dass wir uns wiedergefunden haben. Ich möchte auch wissen, wie es ist, wenn du auf mir liegst, und ich möchte uns nicht um dieses Erlebnis bringen. Ganz im Gegenteil, ich sehne mich so sehr danach.

Ich habe aber auch schlechte Erinnerungen an Erlebnisse in Hotelzimmern. Die Erlebnisse waren ja nicht schlecht, doch es waren viele. Einige fallen mir erst wieder ein, wenn ich länger darüber nachdenke. An viele Namen kann ich mich nicht mehr erinnern. Mein früheres Leben belastet mich oft sehr.

Ich habe gedacht, mit uns soll es dann etwas ganz Besonderes sein. Habe angefangen in deiner Gegend nach Jobs zu suchen, wollte eine Wohnung mieten, damit ich in deiner Nähe sein kann.

Aber du hast natürlich Recht, wenn wir ein sinnliches Erlebnis miteinander teilen möchten, geht das im Moment nur in einem Hotel.

Sei lieb gehalten

Dein Andy


**Waltrop – Samstag, 9. Juli 2011, 7.30 Uhr**

Lieber Andy,

verstehe ich das richtig, dass du nur darauf gewartet hast, dass ich diejenige bin, die dich bittet, mit mir ein Hotelzimmer zu mieten? Du hast es die ganze Zeit auch gewollt, nur wolltest du mir diesen Vorschlag nicht machen? Weil du dich mit deinen früheren Bekanntschaften immer in einem Hotelzimmer getroffen hast, sollte es mit mir nicht dort stattfinden?

Ich sehne mich so nach dir!

Deine Dagmar


**Rinteln – Samstag, 9. Juli 2011, 9.45 Uhr**

Liebste Dagmar,

der Vorschlag kann nur von dir kommen und ja, ich möchte es gerne hören, denn wenn ich diesen Vorschlag machen würde, dann käme ich mir sehr schäbig dabei vor. Ich dachte immer, dir wäre klar, dass meine Abenteuer zum größten Teil in Hotelzimmern stattgefunden haben. Ich war ja immer auf Reisen, und das hatte ich dir auch geschrieben. Nun möchte ich dich nicht in eine lange Reihe von Abenteuern einreihen, denn du bist kein Abenteuer für mich, du gehörst nicht in diese Reihe. Du hast in mir etwas ausgelöst, was ich nicht für möglich gehalten hätte. Wir haben uns noch nicht einmal gesehen, und trotzdem weiß ich ganz genau, dass ich dich liebe! Das ist manchmal ein sehr schönes Gefühl und manchmal auch sehr schmerzhaft.

Sei lieb gehalten

Dein Andy

**Gladbeck – Mittwoch, 23. Mai 2012, 14.30 Uhr**

Dagmar musste nicht lange suchen und hat sowohl die Moltkesiedlung, als auch das Haus von Marianne schnell gefunden. Es liegt, wie Marianne es ihr beschrieben hat, in einer ruhigen Seitenstraße im Stadtteil Butendorf und nur etwa zehn Minuten zu Fuß von der Innenstadt entfernt. In der Siedlung sieht hier alles genau so aus, wie es sich Dagmar vorgestellt hat: Die Häuser der alten Zechenkolonie, die in Eigenleistung aufgebaut wurden, sind von den meisten Anwohnern nach eigenem Geschmack und den jeweiligen finanziellen Möglichkeiten in den letzten Jahren renoviert worden. Einige Besitzer haben ihre Vorgärten und Hauszugänge fast schon künstlerisch gestaltet, und es ist unübersehbar, wie jeder um einen gepflegten Eindruck, den die Siedlung bei Besuchern hinterlässt, bemüht ist.

Nun steht Dagmar vor der angegebenen Adresse und geht auf die Haustür zu. Bevor sie klingelt, wirft sie noch einen kurzen Blick auf den schönen Vorgarten, wo ein Rhododendron in voller Blüte steht. Da öffnet Marianne ihr auch schon die Tür: „Schön, dass du es so zeitig geschafft hast. Komm rein!"

„Herrlich wohnst du hier! Und so ruhig, obwohl du auch fast alles in der Nähe hast. Gerade bin ich an vier Gebäuden vorbeigekommen, die wahrscheinlich zu der Einrichtung für junge Leute gehören, von der du gesprochen hast. Jedes ist in einer anderen Farbe gestrichen und die ganze Anlage ist in einen Park gebettet, zu dem auch ein großzügig angelegter Spielplatz gehört."

„Richtig, das ist das Karo, unser Freizeittreff für Kinder und Jugendliche", erklärt Marianne. „Dort gibt es das ganze Jahr über Angebote für junge Leute, die sich großer Beliebtheit erfreuen." Marianne geht voraus. „Ich bin auch gerade mit allem fertig geworden und wollte schon einmal Gläser auf die Terrasse bringen. Möchtest du einen Kaffee?"

„Nein danke, ich trinke keinen Kaffee. Habe ich noch nie getrunken. Es reicht, wenn du ein Wasser für mich hast."

„Dann such' dir schon mal einen Platz aus und setz' dich. Ich laufe nur noch schnell in die Küche und bin gleich wieder bei dir."

Dagmar sieht sich im Garten um. Sie weiß, dass ein Garten eine Menge Arbeit macht, wenn er so schön gepflegt aussehen soll. Staudenbeete wechseln sich ab mit heimischen Sträuchern, und auf der Terrasse strahlen einige Kübelpflanzen ein mediterranes Flair aus. Ein großer Sonnenschirm beschattet den Tisch sowie einen Teil der Gartenstühle und Dagmar beschließt, vorerst einen dieser Schattenplätze aufzusuchen. Marianne gießt ihr ein Glas Wasser ein und stellt die Flasche in einen Kühler.

„Ich glaube, dass es heute noch ein Gewitter geben wird. Zumindest ist das so vorhergesagt worden. Wie hast du geschlafen? Als ich gestern Abend nach Hause kam, bin ich sofort wie tot ins Bett gefallen."

„Ja weißt du, mich haben die Erinnerungen noch einmal richtig aufgewühlt. Die ganze Geschichte wird dadurch, dass ich sie dir erzähle, und ich mich erneut damit auseinandergesetzt habe, wieder lebendig. Ich war müde, aber konnte trotzdem nicht schlafen und lag noch lange wach im Bett. Meine Überlegungen gingen unweigerlich dahin, an welcher Stelle ich etwas hätte besser machen können. Aber dann dachte ich mir, was nutzt das alles, wenn ich heute darüber nachdenke? Ändern lässt sich sowieso nichts mehr. Was geschehen ist, ist geschehen." Dagmar nippt an ihrem Wasserglas und sieht gedankenverloren an Marianne vorbei. „Wo war ich gestern mit meiner Erzählung eigentlich stehen geblieben? Bei dem ersten Treffen von Andreas und mir – wie wir das geplant haben, war es so?" „Richtig, es ging darum, ob ihr euch ein Hotelzimmer buchen wolltet oder nicht und wie das Treffen verlaufen ist. Erzähl, ich kann es kaum noch abwarten!"

Dagmar greift noch einmal zum Wasserglas und nimmt den Faden vom Vortag auf: „Philipp und ich waren gerade aus dem Urlaub zurück. Wie in fast jedem Jahr waren wir in Österreich zum Bergwandern. Das Treffen mit Andreas sollte sofort in der Woche nach dem Urlaub stattfinden. Bis zum Schluss blieb noch offen, ob Andreas mit dem eigenen PKW anreisen wird. Sollte seine Lebensgefährtin Sabine den Wagen an diesem Tag nicht benötigen, wollten wir uns direkt auf einem Parkplatz treffen. Andernfalls hätte ich ihn vom Bahnhof abholen müssen. Deshalb fiel unsere Wahl für das erste Treffen auf Paderborn, weil Andreas dorthin eine direkte Zugverbindung hatte. Aber es ergab sich dann doch, dass er an dem Tag unseres Treffens über das Auto verfügen konnte. Ein Hotelzimmer haben wir uns ebenfalls rechtzeitig reserviert. Da wir nur diesen einen Tag für uns haben konnten, mussten wir schon bei der Buchung darauf bestehen, bereits ab elf Uhr vormittags über das Zimmer verfügen zu können. Das wurde uns auch ausdrücklich schriftlich zugesichert. So haben wir uns für zehn Uhr auf dem Parkplatz von Nixdorf, dem weltgrößten Computermuseum, in Paderborn verabredet. Diesen Parkplatz haben wir aus rein praktischen Gründen gewählt, weil er nicht direkt in der Innenstadt liegt und auch für mich als Ortsfremde gut zu finden sein musste. Obwohl ich den bedeutend weiteren Weg hatte, kam ich schon vor Andreas dort an. Ich hatte mit zumindest zähflüssigem Verkehr auf der stark frequentierten Autobahn gerechnet und war angenehm überrascht, dass ich so gut durchkam. Per Handy habe ich sofort nach meiner Ankunft Kontakt zu Andreas aufgenommen. Er hat mir gestanden, dass er sich etwas verfahren hatte, aber jeden Moment bei mir sein müsste. Ich wusste, welche Farbe sein Auto hat, nämlich rot, und hielt bei jedem Wagen, der sich dem Parkplatz näherte, die Luft an. Und da endlich sah ich ein rotes Auto. Das musste er sein. Mit klopfendem Herzen verfolgte ich, wie der Wagen tatsächlich abgebremst wurde und auf den Parkplatz in meine Richtung einbog. Noch heute sehe ich das ganz deutlich vor mir, die Bilder haben sich regelrecht in mein Gehirn eingebrannt. Wie auf einer Festplatte ist der Augenblick dort verewigt. Nur mit dem Unterschied, dass man es bei mir nicht mehr wie bei einem Computer löschen kann."

Dagmar lächelt und fährt fort: „Ich winkte ihm sofort, um auf mich aufmerksam zu machen. Am liebsten hätte ich ihn gar nicht mehr bis zu einem Abstellplatz fahren lassen wollen, so ungeduldig war ich. Natürlich hatte er mich längst entdeckt, denn es waren an diesem Morgen weit und breit keine anderen Menschen auf dem riesigen Parkplatz zu sehen, der wie ausgestorben war."

„Ich kann nicht glauben, was du mir da alles erzählst. Das hört sich an wie in einem Traum", meint Marianne fasziniert.

„Traum, ja - ." Wieder legt Dagmar eine Pause ein, so, als will sie den Moment noch einmal voll auskosten. „Ich weiß noch ganz genau, wie Andreas an mir vorbei fährt, langsam, den Wagen parkt und Sekunden darauf die Tür öffnet. Wie er bedächtig aus dem Auto steigt und sich umdreht, mich dabei ansieht. In dem Moment stand die Zeit für mich still, und ich habe den Jungen von früher vor mir gesehen. Schnell bin ich auf ihn zugegangen, oder bin ich gerannt? Wir sind uns gleich in die Arme gefallen und konnten uns kaum voneinander lösen. Unsere Lippen fanden von alleine zueinander und immer wieder haben wir uns geküsst. Wir verstanden uns ohne Worte und ich glaubte, alle Küsse in wenigen Minuten nachholen zu müssen, die ich ihm in den vergangenen vierzig Jahren nicht geben konnte."

„Das ist unfassbar! Nach so vielen Jahren ist ja von dem Jungen und dem Mädchen rein äußerlich nicht mehr viel übrig geblieben. Er muss sich doch auch total verändert haben, oder?"

„Na klar, wir haben ja beide schon die Fünfzig überschritten. Seine langen Haare mit den leicht gewellten Locken von früher sind verschwunden, und es zeigen sich auch bei ihm schon viele kahle Stellen. Seine ehemals blonden Haare sind einem grau gewichen, das ihm aber richtig gut steht. Dass du an mir keine grauen Haare siehst, liegt natürlich daran, dass ich meine Haare färbe. Die fast schwarzen Haare entsprechen aber meinem natürlichen Farbton, den ich früher hatte. Und wie du siehst, trage ich meine Haare einfach lang, wie das zu meiner Jungmädchenzeit üblich war, da hat sich nicht viel verändert. Na ja, meine Figur ist vielleicht nicht mehr so ganz..."

„Komm, jetzt hör aber auf. Du hast doch eine gute Figur!"

Dagmar muss lachen: „So gut wie deine ist sie nicht, aber ich treibe auch nicht so intensiv Sport wie du, und außerdem sind die vier Schwangerschaften auch nicht ganz spurlos an mir vorübergegangen."

„So, jetzt lenk' aber nicht wieder ab und erzähl weiter, ich kann es kaum noch erwarten, wie es mit euch weiterging."

„Nach wenigen Minuten sind wir ein paar Meter in Richtung Museum gegangen, und Andreas hat sich auf die Umrandung eines Wasserspiels gesetzt. An diesem 18. August schien die Sonne von einem tiefblauen Himmel und es war herrliches Wetter. Ein richtig schöner Sommertag, wie er besser nicht hätte sein können. Ich stand vor ihm, wir sahen uns lange an, einfach so, immer wieder. Wir versuchten, in den Augen des anderen etwas zu erkunden. Immer wieder haben wir uns geküsst. Mal langsam und zärtlich und voller Sinnlichkeit, mal fordernd. Nur ein einziges Mal ist Andreas mit seiner Hand unter meinen Rock geglitten. Bedächtig fuhr er mit der Hand meinen Oberschenkel hinauf und tastete sich weiter bis zur Po-Backe. Kniff auch einmal kurz hinein und als ob er etwas Verbotenes tun würde, zog er die Hand gleich wieder weg."

Dagmar muss wieder lächeln: „Das ist doch seltsam, oder? Ich meine, dass er seine Hand sofort wieder weggezogen hat. Schließlich war ich nicht die erste, der er unter den Rock gefasst hat."

„Ich kann mich immer nur wiederholen, weil ich es mir einfach nicht vorstellen kann. Ihr habt euch vierzig Jahre nicht gesehen, es war nie etwas zwischen euch. Jetzt trefft ihr euch und ohne, was soll ich sagen?, ohne euch näher zu kennen, euch erst einmal an den anderen heranzutasten, habt ihr euch gleich geküsst?"

Kopfschüttelnd, aber auch bewundernd, setzt Marianne verschmitzt hinzu: „Da fällt mir nur ein Satz ein: Wie schön muss Liebe sein!"

„Ja, aber ob du es dir vorstellen kannst oder nicht, es war genau so. Er kam mir nicht einmal fremd vor. Die Jahre dazwischen waren einfach wie weggeblasen, und ich war wieder das Mädchen und er der Junge von damals. Ich sah in ihm immer nur den Jungen von früher, denn seine Augen haben sich nicht verändert.

Wir haben dann erst einmal einen Spaziergang entlang der Pader gemacht. Jeder hat viel von sich erzählt, und immer wieder sind wir stehen geblieben. Vielmehr ist Andreas stehen geblieben. Er hat mich so liebevoll angesehen, so voller Zärtlichkeit. Ist dabei mit seinen Fingerspitzen über meine Arme gefahren. Hat mein Gesicht in seine Hände genommen und mich ganz sachte geküsst, so als könnte ich zerbrechen. Ich ging eigentlich davon aus, dass er schnell mit mir aufs Zimmer will. Aber er hatte keine Eile. Das Zimmer würde uns ja nicht weglaufen, hat er mir geantwortet. Zwischendurch musste ich mich immer wieder bei meinem Ehemann melden. Er wollte natürlich wissen, wo wir gerade sind, was wir machen. Einfach so, nur um mich zu kontrollieren. Und ich war froh, dass im Hintergrund Geräusche von Kindern und Straßenverkehr zu hören waren, die eindeutig Zeugnis davon ablegten, dass wir uns in der Öffentlichkeit aufhielten."

Marianne steht auf: „Ich glaube, den Sonnenschirm brauchen wir heute nicht mehr. Der Himmel hat sich ganz schön zugezogen. Da braut sich wohl doch etwas zusammen. Aber sprich ruhig weiter und lass dich nicht ablenken. Ihr seid dann irgendwann auf dem Zimmer gelandet, wo ihr wohl kaum den Rosenkranz gebetet habt", stellt Marianne mit einem hintergründigen Grinsen fest, wobei sie den Sonnenschirm mit einer schützenden Folie abdeckt. „Die Einzelheiten kannst du mir dann aber ersparen! Magst du ein paar Plätzchen? Ich habe extra keinen Kuchen gebacken, weil ich für heute Abend eine Kleinigkeit vorbereitet habe."

„Danke", wehrt Dagmar ab, „das ist lieb, aber von den Plätzchen nimmt man auch nur zu. Wenn wir nachher noch einen Happen essen, dann reicht das vollkommen. Überhaupt solltest du dir doch keine Umstände wegen mir machen."

Dagmar ist aber schon längst wieder mit ihren Gedanken in Paderborn und muss unvermittelt lachen: „Nein, einen Rosenkranz haben wir nicht gebetet. Bevor wir ins Hotel gingen, mussten wir noch einmal zum Parkplatz. Andreas holte einen Strauß Blumen heraus, den er mir schenkte. Die verlangten unbedingt nach Wasser, denn den ganzen Sparziergang über lagen sie bei der Hitze im Auto. Dann gingen wir erst zum Welcome Hotel, das nur wenige Minuten zu Fuß vom Nixdorf-Museum entfernt liegt. An der Rezeption hat man zwar einen fragenden Blick auf den Strauß geworfen, weil Gäste in aller Regel keine Blumen mit auf das Zimmer nehmen, aber das war uns egal. Mit dem Fahrstuhl ging es in die, ich glaube, vierte Etage und oben angekommen legten wir die Blumen einfach in das mit Wasser gefüllte Waschbecken im Bad. Keine Sorge, mit intimen Details verschone ich dich! Deshalb nur so viel: Als wir endlich, zum ersten Mal überhaupt, auf diesem Hotelzimmer, alleine waren, ganz ungestört nur für uns, war das Merkwürdige oder eher, das Unglaubliche, dass mir Andreas gar nicht fremd vorkam. Ich hatte das Gefühl, als würde ich ihn schon Jahre kennen, so vertraut war er mir – als müsste ich diesen eigentlich fremden Körper erst gar nicht entdecken. Wir haben uns unendlich zärtlich geliebt. Und dabei hatten wir beide kein schlechtes

Gewissen. So, als wäre es das Normalste von der Welt. Als gehörten wir schon immer zusammen."

„Entschuldige, wenn ich dich mal kurz unterbreche. Vielleicht ist die Frage auch zu indiskret. Aber habt ihr euch keine Gedanken über Verhütung gemacht? Von wegen Aids und so?"

„Doch sicher, natürlich! Darüber haben wir vorher ausgiebig geschrieben. Bezüglich einer Schwangerschaft musste ich mir keine Sorgen mehr machen, da ich bereits eine Hysterektomie... also ich habe keinen Uterus, keine Gebärmutter, mehr. Da ich für mich jegliche sexuellen Abenteuer mit anderen Männern ausschließen konnte, hätte ich Andreas nicht anstecken können. Meine Hepatitis wird, sofern keine Hautverletzungen bestehen und es dadurch nicht zu einem Blutaustausch kommt, nicht durch Geschlechtsverkehr übertragen. Andreas hat mir glaubhaft erklärt, dass er Sabine all die Jahre ebenfalls treu war. Diese gegenseitigen Versicherungen genügten uns, denn so viel Vertrauen musste sein."

Dagmar legt eine kurze Pause ein und mit Blick auf die ersten dunkleren Wolken, die von Westen aufziehen und vermutlich die ersten Vorboten eines nahenden Gewitters sind, erzählt sie weiter: „Bevor wir dann um die Mittagszeit das Hotel verließen, sind wir zusammen unter die Dusche gegangen. Ich habe noch nie gemeinsam mit jemandem geduscht, und auch das war für mich ein sehr sinnliches Erlebnis. Sobald wir auf der Straße waren, hat sich Andreas sofort eine Zigarette angesteckt, denn er hat seit seiner frühesten Jugend geraucht. Es fiel ihm bestimmt nicht leicht, mir zuliebe im Zimmer darauf zu verzichten. Wir sind dann zu dem erstbesten Italiener gegangen, den wir in einer Nebenstraße entdeckt haben. Man konnte draußen ganz gut sitzen, und wir hatten beide keine Lust, noch weiter nach einem Lokal zu suchen, denn wir kannten uns ja in der Gegend nicht aus. Der Koch hatte aber offensichtlich nicht genügend eingekauft, oder es haben mehr Gäste zu Mittag gegessen als vorhergesehen. Jedenfalls konnte man uns nicht mehr viel zur Auswahl anbieten. Aber immerhin hatten wir die Wahl zwischen zwei oder drei Gerichten, so genau weiß ich es nicht mehr. Wir haben uns schnell entschieden und waren im Nachhinein beide zufrieden. Zum Essen haben wir jeder ein Glas Rotwein getrunken und sind anschließend noch einmal zurück in das Hotelzimmer gegangen. Wir nutzten die letzten Stunden, die uns blieben und ich fürchtete mich schon vor dem Abschied. Denn wir wussten beide, dass es auf eine schmerzliche Trennung hinauslaufen wird. Nach Jahrzehnten durften wir uns gerade einmal für ein paar Stunden sehen, und es heißt schon wieder, Abschied voneinander nehmen."

**Waltrop – Donnerstag 18. August 2011, 20.10 Uhr**
Dagmar kommt gerade von ihrem ersten Treffen mit Andreas nach Hause. Philipp erwartet sie schon ängstlich, denn er weiß nicht, was seine Frau ihm jetzt erzählen wird. Hat sie sich in den anderen Mann verliebt, und wird sie sich erneut von ihm, ihrem Ehemann, trennen wollen? Oder konnte der ihm bis in den Tod verhasste Mann womöglich die Erwartungen seiner Frau nicht erfüllen, womit sich seine Sorgen als unbegründet erweisen würden?

Dagmar schaltet komplett um, schaltet auf Ehefrau. Fügt sich in eine Rolle. Glaubt, was sie gleich sagen wird, denn sie weiß, dass sie nun eine Bestandsprobe bestehen muss. Sie wird ihrem Mann in die Augen sehen und versichern, dass nichts zwischen ihr und Andreas vorgefallen ist.
„Hallo Philipp, da bin ich wieder", begrüßt Dagmar ihren Mann ganz locker. Sie geht auf ihn zu und gibt ihm, wie gewohnt, einen Kuss auf die Wange.
„Na, ist alles in Ordnung? Kann ich einem ruhigen Abend entgegensehen?", fragt Philipp zögerlich.

„Ich habe dir doch versichert, dass Andreas und ich nur gute Freunde bleiben wollen. Daran halten wir uns auch", sagt sie mit fester Stimme, die keinen Zweifel zulässt.

„Du glaubst gar nicht, welche Ängste ich ausgestanden habe. Eigentlich wollte ich heute so vieles erledigen, denn wenn ich in der nächsten Woche wieder arbeiten muss, komme ich zu nichts. Aber ich bin den ganzen Tag wie Falschgeld herumgelaufen und konnte mich nicht richtig konzentrieren." Philipp ist um eine ruhige Stimme bemüht, aber Dagmar hört sehr wohl ein Zittern heraus.

„Deine Sorgen hättest du dir sparen können. Ich habe dich doch extra angerufen, wie wir das vereinbart haben. Wir haben drei Mal miteinander telefoniert! Du wusstest doch immer, wo ich war. Andreas und ich sind spazieren gegangen und haben mittags bei einem Italiener etwas gegessen. Es war einfach ein schöner Tag, nichts weiter. Wir haben über viele Dinge aus der Vergangenheit geredet. Jedem fiel etwas Neues ein und ein Stichwort hat das nächste ergeben. Es gab so viel zu erzählen. Manchmal haben wir über die Streiche von früher gelacht, aber einiges war auch traurig. Wenn Andreas aus seiner Vergangenheit erzählte, hat das ganz schön unsere Stimmung auf einen Tiefpunkt sinken lassen."

Dagmar geht noch einmal zurück in den Flur und kommt mit dem Strauß Blumen von Andreas zurück, für den sie eine passende Vase aussuchen will.

„Was ist das denn!", platzt es augenblicklich aus Philipp heraus. „Jetzt sag bloß nicht, dass der Kerl dir auch noch Blumen mitgebracht hat!"

„Ja doch, das hat er. Ist das so schlimm? Er meinte, dass man einer Frau bei einem Treffen Blumen schenkt. Das hat doch nichts zu bedeuten."

Dagmar ist froh, ihrem Mann jetzt nicht in die Augen sehen zu müssen. Stattdessen hantiert sie mit dem Blumenstrauß, den sie mit zittrigen Fingern in eine Vase steckt. Natürlich hat sie geahnt, dass es wegen der Blumen Ärger geben wird. Es wäre auf jeden Fall besser für sie gewesen, die Blumen auf dem Heimweg zu entsorgen. Aber ausgerechnet von diesen Blumen wollte sie sich nicht trennen.

Doch so schnell kann Philipp mit dem Thema nicht abschließen und lässt sich nichts vormachen: „Das kannst du einem Doofen erzählen ...hat nichts zu bedeuten. Pähh! Natürlich hat das etwas zu bedeuten. Der will sich bei dir einschmeicheln, das war alles Berechnung. Wenn du Blumen willst, dann kannst du sie von mir haben und musst sie dir nicht von fremden Männern schenken lassen." Dagmar verzichtet darauf, ihrem Mann eine Antwort zu geben. Denn sie weiß nur zu gut, dass sie in all den Ehejahren nur äußerst selten Blumen von ihrem Mann bekommen hat.

An diesem Abend belassen es Dagmar und Philipp bei diesen Worten, und beide greifen das unliebsame Thema nicht mehr auf. Da es noch warm genug ist, setzen sie sich in den Garten. Philipp hat früh genug eine Flasche Rotwein aus dem Keller geholt, damit er richtig temperiert ist. Die Gesprächsthemen drehen sich an diesem Abend nur um Nebensächlichkeiten und die Atmosphäre ist noch spürbar von den Sorgen, die sich Philipp gemacht hat, geschwängert. Zu vorgerückter Stunde bittet er schließlich seine Frau darum, dass sie ihm in die Augen sieht und verspricht, dass sie mit Andreas nicht Händchen haltend spazieren ging und sich auch sonst nichts zwischen ihnen abgespielt hat. Sie versichert ihrem Mann, nichts Unrechtes getan zu haben. Und obwohl es mittlerweile spät geworden ist und Philipp bewusst ist, dass Dagmar am nächsten Morgen wieder zeitig aufstehen wird, fragt er wie selbstverständlich mit einem Blick, den sie nur zu gut kennt, ob sie jetzt *so weit* wäre. Dagmar weiß, was ihr Mann mit dieser Umschreibung meint, denn er hat in allen Ehejahren kaum den Wunsch nach Sexualität eindeutig geäußert und lediglich angedeutet, wenn er Sex mit ihr haben wollte. Das wäre aber nicht das Schlimmste gewesen, wenn seine Wünsche nicht fast ausnahmslos ohne einen Anflug von Zärtlichkeit über seine Lippen gekommen wären. Daher, so dachte sie manchmal im Stillen, rührt wohl auch der Ausspruch der „ehelichen Pflichten".

An diesem Abend spürt sie zum ersten Mal ganz deutlich, wie sie einen Ehebruch begeht. Aber einen Ehebruch, den sie mit ihrem eigenen Ehemann begeht. Denn ihr Gefühl spricht eine eigene Sprache und sagt ihr, dass Andreas ihr eigentlicher, rechtmäßiger Mann ist. Und diesen betrügt sie gerade mit dem Mann, der dem Gesetz nach ihr Ehemann ist.

Dasselbe Gefühl hat Andreas, wenn er mit seiner Partnerin zusammen ist. Obwohl er Sabine an diesem Abend, im Gegensatz zu Dagmar, nicht mehr Rede und Antwort stehen muss. Denn Sabine ließ er am frühen Morgen in dem Glauben beruflich unterwegs zu sein. Einen auswärtigen, geschäftlichen Termin gab er als Grund an, das Auto zu benötigen. Von einem Treffen mit seiner ehemaligen Mitschülerin hat er Sabine gar nichts erzählt. Aber obwohl sie eigentlich nichts wissen kann, beobachtet sie ihn in letzter Zeit ständig. Das ist Andreas deutlich aufgefallen und sie könnte, so seine Vermutung, vielleicht sogar etwas ahnen. Sabine hatte sich auch schon einmal über die Rezensionen gewundert, die Dagmar offensichtlich ohne eine Gegenleistung für seine Webseite schreibt. Andreas hat das ihr gegenüber damit begründet, dass Dagmar auf diese Weise immerhin in den Genuss eines kostenlosen Buches kommt, was eine Entschädigung für ihre Arbeit wäre.

Für Andreas hat sich in den letzten Wochen auch einiges geändert: er kann seinen Computer nicht mehr so ungestört nutzen, wie es früher der Fall war, weil Sabine immerzu einen prüfenden Blick auf den Bildschirm wirft. Sie scheint kontrollieren zu wollen wem er schreibt. Selbst am Abend, wenn sie eigentlich vorgibt, einen Fernsehfilm anzuschauen, positioniert sie sich neuerdings absichtlich so, dass sie auch seinen Bildschirm im Auge behalten kann. Wenn Andreas auf die Zeit wartet, ungestört schreiben zu können, nachdem sie zu Bett gegangen ist, hat er sich getäuscht. Denn sie schlägt sich neuerdings lieber die halbe Nacht um die Ohren, um so jeden seiner Schritte kontrollieren zu können.

Dagmar gegenüber beschwert er sich in dem Mailaustausch, dass ihm seine Lebensgefährtin im Nacken sitzen würde. Immer öfter musste er in den vergangenen Wochen ein Internet-Café aufsuchen, weil er ihr von zu Hause nicht mehr ungestört schreiben konnte. Die unbeobachteten Momente am Computer reichten allenfalls zum Lesen der eingehenden Nachrichten von Dagmar aus. Doch selbst dafür musste er sich oftmals zwischendurch ganz schnell ausloggen, wenn Sabine in seiner Nähe war.

Gelegenheiten zum ungestörten Schreiben bieten sich sowohl für Dagmar, als auch für Andreas seit dem ersten Treffen immer seltener. Sie gehen deshalb dazu über, zu telefonieren oder SMS mit dem Handy zu versenden. Natürlich können die Telefonate nicht über das Festnetz geführt werden. Das Risiko, zu Hause von ihren Partnern dabei ertappt zu werden, wäre viel zu groß. Außerdem sind sie selten zur selben Zeit alleine und ungestört. So vereinbaren sie per SMS einen Zeitpunkt für ein, wenn auch nur kurzes Gespräch, das sie von unterwegs mit ihren Handys führen. Andreas kennt die Arbeitszeiten von Dagmar und weiß, wann sie Feierabend hat. Wenn sie ein paar Minuten später nach Hause kommt, fällt das niemandem auf. Andreas gibt für den Anruf vor, noch einmal kurz etwas bei der Post erledigen zu müssen. Darüber hinaus nutzen sie aber auch die Tage für ein Gespräch, an denen Andreas unterwegs zu einem Außentermin ist. Es ist für ihn kein Problem, Dagmar kurz anzurufen, während sie den vereinbarten Zeitpunkt für einen gewöhnlichen Einkauf nutzt. Es sind zwar immer nur kurze Momente, von denen die Liebenden zehren können, aber mehr bleibt ihnen nicht, und sie müssen sich mit dem zufrieden geben, was sie bekommen können.

Es vergeht kein Abend, an dem Dagmar sich nicht in den Schlaf weint. So ist es in den letzten Wochen gewesen, so ist es heute, und so wird es die nächsten Wochen sein. Ihre Augen sind nun schon seit über drei Monaten jeden Tag entzündet und es scheint nicht besser zu werden. Am Schlimmsten ist es immer am Morgen, gleich nach dem Aufwachen. Aber auch daran hat sie sich mittlerweile, wie an so vieles andere gewöhnt.

**Gladbeck – Mittwoch, 23. Mai 2012, 15.15 Uhr**

„Ich glaube", sagt Marianne, „wir sollten jetzt besser ins Haus gehen. Was da auf uns zukommt, sieht mir nach einem richtigen Unwetter aus. Kaum zu glauben, vor einer Stunde haben wir hier noch bei strahlendem Sonnenschein gesessen, und gleich wird hier die Hölle los sein. Ach du lieber Himmel, halt mal schnell das Glas fest, der Wind hebt schon die Decke vom Tisch."

Die beiden Frauen schaffen gerade noch die paar Schritte bis ins Haus, da fallen schon die ersten dicken Tropfen. Marianne holt noch schnell die beiden Sitzauflagen ins Trockene. Innerhalb weniger Minuten hat sich der Himmel bedrohlich schwarz verfärbt, Graupel- und Hagelkörner mischen sich unter die Regentropfen und von der Dachrinne, die den vielen Regen nicht mehr aufnehmen kann und überläuft, klatscht das Wasser auf die Steinfliesen. In den Nachbargärten hört man die Mütter hektisch nach ihren Kindern rufen und ein Hund bellt laut. Da zuckt auch schon der erste Blitz am Himmel, und kurze Zeit später folgt ein erstes lang gezogenes Donnergrollen.

Im Garten zerrt der Wind an der Abdeckung vom Sonnenschirm, und der Regen peitscht gegen die Terrassentür, die Marianne fest verschließt.

Dagmars Blicke gleiten prüfend über die zahlreichen Buchrücken in den Regalen und sie versucht, bekannte Autoren und Buchtitel auszumachen. „Da liest aber auch jemand gerne. Wenn ich mir das so ansehe, sind sämtliche Richtungen ver-

treten: Ein paar Sachbücher über Pädagogik und Soziologie, Reiseführer und Bild-
bände sind darunter und natürlich jede Menge Romane."

„Ja, mein Mann und ich, wir lesen beide gerne. Seit ich die Zeit dazu habe, nutze
ich das auch. Ein Urlaub ohne ein gutes Buch ist kein Urlaub für mich", gibt Marianne zu und lächelt bei dem Gedanken.

„Hmhhh! Das sieht aber lecker aus! Du solltest dir doch nicht so viel Arbeit machen!", äußert Dagmar mit Blick auf die Köstlichkeiten, die Marianne liebevoll
auf einem dicken Holzbrett dekoriert hat. Ungeniert greift sie nach den appetitlich
angerichteten Tapas.

„Lass es dir schmecken. Es ist ja nur eine Kleinigkeit, die ich heute Vormittag
ganz schnell gemacht habe. Wenn du möchtest, kann ich noch ein Baguette aufba-
cken, und Käse habe ich auch noch im Kühlschrank."

„Nein, nein, das reicht vollkommen!", gibt Dagmar schmatzend von sich. „Ich
habe noch ein paar Pfund vom Winterspeck, die ich loswerden muss."

Die Gastgeberin bringt eine Flasche Rosé aus der Küche mit und schenkt den
Wein in die bereitgestellten Gläser ein. „Prost, auf deine neue Heimat und unsere
Freundschaft!"

„Der Rosé ist gut", lobt Dagmar nach einem ersten Schluck anerkennend. „Das ist
jetzt genau das Richtige. Nicht so schwer wie ein Rotwein und schön kühl."

„Jetzt erzähl aber mal weiter", drängt Marianne, „was war dann? Ich meine, nach
dem Treffen? Wie ging es da weiter?"

„Jeder von uns beiden geriet bei seinem Partner immer mehr unter Beobachtung.
Sabine wurde mit der Zeit zunehmend misstrauischer, obwohl sie gar nichts von
unserem Treffen gewusst haben kann. Aber ihr wird aufgefallen sein, dass sich
Andreas immer mehr verändert hat. Wie er sich mir gegenüber äußerte, legte er
seit unserem ersten Treffen keinen gesteigerten Wert mehr darauf, mit ihr zusammen zu sein und wenn es doch dazu kam, dann muss sie wohl auch sein geheu-
cheltes Interesse an ihr wahrgenommen haben. Andreas hatte mir einmal geschrie-

ben, dass sie über sehr feine Antennen verfügt, und er sich andererseits nicht gut verstellen kann.

Wir konnten nicht mehr täglich Mails austauschen, aber dafür haben wir öfter miteinander telefoniert. Das hat uns viel bedeutet, wenn die Gespräche auch selten länger als ein paar Minuten dauerten. Und wir haben uns regelmäßig gesimst." Dagmar sieht in dem Gesichtsausdruck von Marianne, der dieser Begriff nicht geläufig ist, Erstaunen. „Ja, ich weiß. Das hört sich irgendwie blöd an. Aber wie willst du den Austausch von Kurznachrichten, den SMS, sonst nennen?"

Als von Marianne als einzige Reaktion darauf nur ein Schulterzucken kommt, fährt Dagmar fort: „Wir wussten mittlerweile über jeden Schritt, den der Andere unternimmt, Bescheid. Schon am frühen Morgen sendeten wir uns die ersten Kurznachrichten. Für Andreas war ich seit unserem Treffen nur noch sein Mädchen oder Schmetterling. So nannte er mich, weil ich seiner Meinung nach das Beste bin, was ihm im Leben passiert ist, ich bin sein Glück. Ich hatte mir extra ein neues, internetfähiges Handy zugelegt. Also du musst wissen, dass für mich diese Dinger immer ein Handy bleiben. Mittlerweile gibt es iPhones oder Smartphones, und ich kenne nicht mal den Unterschied. Jedenfalls besaß ich etwas, mit dem ich auch von unterwegs überall meine eingehenden Mails checken konnte. Natürlich war ich damit auch in der Lage, direkt zu antworten, und das neue Handy hatte noch einen weiteren, für mich ganz entscheidenden Vorteil. Bei einer eingehenden Nachricht musste nach entsprechender Einstellung immer erst ein Zahlencode eingegeben werden. Wer die Ziffernfolge nicht kannte, konnte auch die Nachrichten nicht lesen. Weder die Kurznachrichten, noch die Mails. Damit konnte ich sicher sein, dass mein Mann nicht in einem unbeobachteten Moment etwas liest, was einer Katastrophe gleichgekommen wäre. Andreas hatte ab diesem Zeitpunkt sein Handy zur Sicherheit nicht mehr aus der Hand gelegt und es ständig bei sich getragen. Wir haben uns gesimst, sobald wir morgens aufgestanden sind und haben unser Handy mit ins Bett genommen, um uns eine gute Nacht zu wünschen. Es gab zumindest mir das Gefühl, dass Andreas bei mir ist. Auf diese Weise wussten wir immer, wann der Andere aufstand und schlafen ging. Gedanklich waren wir so vereint, uns trennten lediglich gute einhundertdreißig Kilometer Luftlinie.

Zu diesem Zeitpunkt ist uns beiden ein weiterer, ganz merkwürdiger Umstand aufgefallen. Häufig sind wir in der Nacht zur selben Zeit wach geworden. Wenn ich dann auf die Uhr geschaut habe und beispielsweise feststellte, dass es viertel nach eins ist, habe ich morgens eine SMS von Andreas mit der Frage erhalten, warum ich ihn um kurz nach eins geweckt hätte. Ist das nicht merkwürdig? Wie konnte er wissen, wann ich wach geworden bin? Ich konnte mir das nur so erklären, dass er zu diesem Zeitpunkt offensichtlich ganz intensiv an mich gedacht hat und ich an ihn. Ich weiß nicht, ob und wie so etwas möglich sein soll oder ob die Wissenschaft dafür eine plausible Erklärung hat. Aber uns ist das tatsächlich ganz oft passiert!"

Marianne sieht Dagmar skeptisch an: „So etwas kann es eigentlich gar nicht geben. Wie soll das funktionieren? An so einen Humbug glaube ich nicht", gibt sie Dagmar zu verstehen und greift nach einem der appetitlichen Häppchen. „Greif doch auch noch einmal zu, ich will davon nichts für morgen aufheben. Harald wird bereits mit seinen Kollegen gegessen haben, für ihn muss ich nichts verwahren."

„Also gut, aber dann muss Schluss sein. Eins nehme ich noch. Deine Tapas sind echt lecker!" Dagmar schmatzt und nimmt noch einen großen Schluck von dem Rosé. „Ich sagte dir bereits, dass ich dafür auch keine Erklärung habe. Du musst es ja auch nicht glauben, aber es ist uns ganz häufig so passiert. Ich werde dir später noch etwas erzählen, was noch unglaublicher klingt. Dabei geht es darum, ob wir uns über Wege verständigen können, die außerhalb unseres menschlichen Verständnisses liegen. Aber du musst dich noch etwas gedulden, davon später mehr. Erst einmal kam es zu einem neuerlichen Treffen:

Wie in jedem Jahr fand im Herbst in Frankfurt eine Buchmesse statt. Andreas war schon ein paar Mal auf Buchmessen, und auch für dieses Jahr hat er eine Einladung zur Buchmesse nach Frankfurt bekommen. Da ich, wie du weißt, zu diesem Zeitpunkt schon seit ein paar Monaten für seine Webseite Rezensionen geschrieben habe, galt die Einladung zur Verleihung des Deutschen Jugendliteraturpreises auch mir. Andreas hat mich also gefragt, ob ich nicht mit ihm nach Frankfurt fahren möchte. Als ich meinem Mann davon erzählte, ist er ausgerastet. Das würde ihm noch fehlen, dass ich mit diesem Kerl, der sowieso nichts Anderes im Kopf hat, als mich herumzukriegen, auch noch einen ganzen Abend verbringe und womöglich noch im gleichen Hotel übernachte. Selbst, wenn wir zwei Einzelzimmer buchen würden, das ginge jetzt doch zu weit. Manchmal müsste er an meinem Verstand zweifeln.

Tagelang hatten mein Mann und ich deswegen gestritten, und das Ende vom Lied war, dass er sich für zwei Tage frei genommen und mich nach Frankfurt begleitet hat. Andreas und ich hatten uns das natürlich ganz anders vorgestellt, wie du dir denken kannst. Es war zwar nicht optimal, aber immerhin konnten wir uns so wenigstens wiedersehen. Mit meinem Mann hatte ich ein Zimmer wenige Kilometer entfernt vom Gelände der Buchmesse mieten können. Andreas hatte nicht so viel Glück und fand nur noch ein Einzelzimmer etwas weiter außerhalb.

Die Planung für den Tagesablauf während des Aufenthalts auf der Buchmesse sah vor, dass ich gemeinsam mit meinem Mann zum Messegelände fahre. Da ich unbedingt ein Zusammentreffen der beiden Männer vermeiden wollte, denn das hätte nur böses Blut gegeben, wollten wir dann auf dem Gelände getrennte Wege gehen. Diesen Vorschlag fand er aber auch ganz in Ordnung. Er selbst ging seinen eigenen Interessen auf der Messe nach und suchte gezielt Stände in den Hallen auf. Am Abend wollten wir uns per Handy verständigen und Ort und Zeitpunkt bestimmen, wo und wann wir uns treffen. Einzige Bedingung meines Mannes war, dass er mit mir zusammen zurück zu unserem Hotel fährt und wir den Abend bei einem gemeinsamen Essen ausklingen lassen."

„Dann hattest du also mit Andreas keine Zeit alleine verbringen können. Auf der Buchmesse dürfte es keinen Ort gegeben haben, an dem ihr ungestört sein konntet", stellt Marianne nüchtern fest.

„Na ja, ganz so schlimm war es nicht. Zunächst einmal hatten Andreas und ich schon von zu Hause aus versucht, einen Presseraum anzumieten, was aber an den horrenden Kosten gescheitert ist. Wir haben uns dann im Pressezentrum getroffen, denn das war der einzige Ort auf dem Messegelände, zu dem Philipp keinen Zutritt hatte und an dem wir uns unbeobachtet fühlen konnten. Wenn wir uns auch in Gesellschaft etlicher Pressevertreter befanden, sind wir uns gleich um den Hals gefallen. Von den Messeständen selbst haben wir den ganzen Tag überhaupt nichts mitbekommen. Lediglich ein Gespräch an einem Stand mit Mitarbeitern eines Verlages schien uns wichtig.

Mit den kostenlos zur Verfügung stehenden Shuttlebussen sind wir sofort nach unserem Zusammentreffen im Pressezentrum von dem Messegelände zum Parkhaus zurück gefahren, wo Andreas sein Auto abgestellt hatte. Nun musst du dir das so vorstellen, dass es nicht nur ein Parkhaus dort gibt und dass jedes Parkhaus über mehrere Ebenen verfügt. So, wie du es von den großen Flughäfen kennst. Da ist es ratsam, wenn man sich das Parkhaus und die Etage merkt, wo man sein Auto abgestellt hat. Aber Andreas, der ohnehin schon spät dran war, weil er auf dem Weg nach Frankfurt in einem Stau steckte, hat daran in der Eile gar nicht gedacht und ist nur noch raus aus dem Auto und ab zum Pressezentrum. Was für uns jetzt bedeutete, dass wir in verschiedenen Parkhäusern nach seinem Wagen suchen mussten, wobei wir natürlich viel Zeit verloren haben. Wertvolle Zeit, die uns nachher fehlen sollte, denn die Uhr lief.

Das war aber nur die erste Panne an diesem Tag. Als nächstes haben wir das Hotel, in dem Andreas ein Zimmer für sich reserviert hat, gesucht. Und natürlich auch nicht sofort gefunden. Unterwegs haben wir mehrmals angehalten und nachgefragt, und jeder wusste es besser: Eine Passantin schickte uns in die eine, die andere in die entgegengesetzte Richtung. Es wurde immer später und wir immer ungeduldiger. Als wir endlich das Hotel erreicht hatten und einen Parkplatz fanden, kam die nächste Überraschung. Gleich beim Einchecken meinte der Mitarbeiter am Empfang, dass sich noch keine Handtücher auf den Zimmern befänden. Die Putzfrauen und die Wäscherei und so weiter. Andreas meinte nur, das wäre kein Problem, da wir ja doch nur mit dem Laptop zu arbeiten hätten. Wir nahmen den Zimmerschlüssel entgegen und freuten uns trotz aller Widrigkeiten darauf, endlich ungestört für uns zu sein. Als wir die Zimmertür öffneten, glaubten wir, nicht richtig zu sehen. Das Bett war nicht bezogen und völlig durchwühlt. Auf einem kleinen Tischchen standen benutzte Gläser und im Bad lagen auf dem Boden schmutzige Handtücher. Eindeutig wurde hier noch nicht sauber gemacht, und Andreas lief wutentbrannt zur Rezeption zurück. Für mich dauerte es ungefähr eine gefühlte Stunde, bis er wieder zu mir kam und mir mit Erleichterung eröffnen konnte, dass es sich um ein Versehen gehandelt hat. Was blieb uns anderes übrig, als uns mit den Tatsachen abzufinden? Wir wanderten eine Etage höher, wo wir zwar endlich ein ordentlich gemachtes Zimmer vorfanden, allerdings ohne ein Handtuch im Bad.

Viel Zeit für uns blieb uns ja jetzt sowieso nicht mehr. Natürlich wollte ich mich nach unserem Beisammensein unbedingt duschen und nicht so verschwitzt, wie ich war, zur Buchmesse zurück fahren. Das Duschen selbst war ja auch kein Problem, nur womit sollte ich mich abtrocknen? Mir blieb keine andere Wahl, als mich geduldig von der Luft trocknen zu lassen. Im Zimmer war es zwar nicht kalt, aber wenn man die Verdunstungskälte berücksichtigt...., ich kann dir sagen! Ich muss eine komische Figur abgegeben haben, als ich versuchte, durch hektische Bewegungen den Trocknungsprozess zu beschleunigen. Das war schon etwas, über das wir beide lachen mussten. Aber die Zeit drängte, wenn wir wieder pünktlich beim Messegelände sein wollten. Im Laufschritt haben wir uns auf den Rückweg gemacht, das Auto wieder in einem der Parkhäuser abgestellt und sind mit einem der bereitstehenden Busse zurück zum Messegelände gefahren. Das alles hat unendlich viel Zeit und Nerven gekostet. Bis zu diesem Zeitpunkt hatten wir beide seit dem Frühstück nichts gegessen. Wann auch? Mittlerweile war es schon fast Zeit für den Anruf bei meinem Mann. Also mussten Andreas und ich uns noch schnell etwas zu Essen besorgen. Denn wie hätte ich meinem Mann plausibel machen können, dass ich den lieben langen Tag nicht einmal die Zeit für einen Imbiss gefunden habe? Die meisten Restaurants hatten bereits geschlossen, und wir hatten Glück, in einem Bistro noch eine Kleinigkeit auftreiben zu können."

Das Gewitter ist immer noch nicht abgezogen und es blitzt und donnert jetzt schon seit über einer Stunde ununterbrochen. In der Ferne sind Einsatzfahrzeuge der Feuerwehr zu hören, weil vermutlich durch die heftigen Unwetter einige Äste von den Bäumen auf die Straßen gestürzt sind, die die Sicherheit der Autofahrer und Fußgänger gefährden. Oder es stehen wegen der ergiebigen Regenfälle einige Keller unter Wasser, die abgepumpt werden müssen.

Dagmar fährt in ihrer Erzählung fort: „Nachdem ich meinen Mann zum verabredeten Zeitpunkt im Parkhaus getroffen habe, sind wir ins Hotel zurück gefahren, und ich habe den restlichen Abend mit ihm verbracht. Weil wir gemeinsam speisen wollten, sind wir nur kurz auf unser Zimmer gegangen, haben uns umgezogen und auf den Weg zu einem Restaurant gemacht. Ganz in der Nähe des Hotels sind wir auf ein Vereinslokal gestoßen, das nur einen mittelmäßigen Eindruck machte. Später waren wir von dem guten und preiswerten Essen angenehm überrascht.

Was Andreas anbelangte, so musste er allerdings den langen Abend und die ganze Nacht alleine in seinem Zimmer verbringen. Erst nach unserer Rückkehr hat er mir gestanden, dass es für ihn ganz schlimm war, die Nacht in einem Bett verbringen zu müssen, in dem ich vorher gelegen habe und in dem er noch meinen Geruch wahrnehmen konnte. So eine Nacht möchte er nie wieder in seinem Leben verbringen müssen. Warte mal einen Moment, was hat er mir noch gesagt?" Dagmar forscht konzentriert in ihren Erinnerungen. „Genau, jetzt weiß ich es wieder! Es ging um Gedanken, die er sich schon vor Beginn der Buchmesse gemacht und von denen er mir auch geschrieben hat. Würde ihn ein Kollege fragen, was er in Frankfurt macht, dann würde er antworten: Ich treffe meine Frau, sie kommt mit ihrem Ehemann."

„Entschuldige, wenn ich jetzt lachen muss", kichert Marianne, der offensichtlich der Wein zu Kopf gestiegen ist. „Es ist fast schon witzig. Aber im Ernst - mein Gott, solche Gedanken hatte er? Ihr habt euch richtig als Mann und Frau gefühlt? Wenn ich dich nicht als einen so bodenständigen Menschen kennen gelernt hätte, könnte man meinen, du tickst nicht ganz richtig. Versteh' mich nicht falsch, aber das klingt alles so abgefahren. Das geht alles gar nicht. Das glaubt dir kein Mensch!"

„Ich weiß, Marianne, und du musst dich auch nicht dafür entschuldigen, wenn du das alles zum Lachen findest. Hättest du mir vor zwei Jahren so eine Geschichte erzählt, würde ich sie dir auch nicht abgenommen haben. Mehr noch: Ich hätte gedacht, dass die zwei Menschen, die so etwas tun, gelinde gesagt, einen an der Klatsche haben. Aber heute kann ich es nur so ausdrücken: Andreas war gefühlsmäßig für mich mein Mann und ich für ihn seine Frau."

„Das muss ich jetzt erst einmal verdauen. Was hältst du davon, wenn wir von dem Rosé auf einen Rotwein umsteigen? Möchtest du lieber einen spanischen oder italienischen? Ich habe beide im Haus", will Marianne wissen.

„Nun ja, wenn du schon fragst: Die norditalienischen Weine aus der Gegend von Venetien sind meist hell und schmecken nach einer leichten Frucht, wie Erdbeeren. Für einen guten Chianti, der aus der Sangiovese-Traube gekeltert wird und auch wirklich aus dem klassischen Weinbaugebiet kommt, muss man leider einiges auf den Tisch legen. Vor dem Hintergrund würde ich mich doch lieber für einen spanischen Roten entscheiden."

„Wow, du scheinst dich ja mit Weinen auszukennen." Marianne wirft einen Blick auf das Flaschenetikett: „Sieh mal, was ich hier habe. Eine Crianza aus der Rioja, trifft der wohl deinen Geschmack?", fragt sie, obwohl sie sich fast schon sicher ist, hiermit einen Volltreffer zu landen.

„Oh ja, ich liebe diesen typischen Geruch der Tempranillo-Traube und ja, du hast damit genau meinen Geschmack getroffen. Kennst du auch die Weine aus Ribera del Duero? Ach was soll's, wir lassen das lieber. Schließlich wollen wir heute Abend keine Weinprobe machen!"

Die beiden lachen herzhaft, und nachdem Marianne die nächste Flasche entkorkt hat, stoßen sie mit ihren neu gefüllten Gläsern auf einen gemütlichen Abend an.

„So, das war also euer zweites Treffen in Frankfurt anlässlich der Buchmesse", meint Marianne. „Ihr hattet doch noch weitere Treffen, oder?"

„Langsam, langsam", unterbricht sie Dagmar. „Erst einmal sind wir noch in Frankfurt. Den ersten Tag haben wir, gemessen am nächsten, einigermaßen gut herumgekriegt, wie du weißt."

Marianne muss sich das Lachen verkneifen. „Aber erinnere mich nur nicht an den darauf folgenden Tag! Das Elend ging schon damit los, dass Andreas sein Zimmer vormittags räumen musste, was ja eigentlich auch üblich ist. Nur hatten wir das irgendwie gar nicht in unsere Planungen einbezogen, denn damit stand uns auch kein Rückzugsort mehr zur Verfügung. Wir verabredeten uns auch für den nächsten Tag wieder im Pressezentrum, denn durch den Besitz eines Presseausweises hatten wir ein Privileg, das wir nutzen wollten. Unsere erste Überlegung galt einem Ort, an dem wir ungestört und alleine sein könnten. Wir wollten uns wenigstens einmal in die Arme nehmen und uns unbeobachtet küssen können. Dazu haben wir uns wie am Vortag vom Messezentrum abgesetzt und sind mit Andreas Auto aufs Geratewohl losgefahren. Es sollte ein Ausflug ins Grüne werden und irgendwo an einem Wald- oder Wiesenrand wollten wir anhalten. Doch wir sind gefahren und gefahren und haben nur abbiegende Straßen und Häuser zu beiden Seiten gesehen. Keine einzige Rückzugsmöglichkeit. Entweder haben wir an den Abbiegungen und Kreuzungen immer die falschen Richtungen eingeschlagen, oder es ist wirklich kein einsames Plätzchen um das Messegelände herum zu finden. Jedenfalls haben wir unser Vorhaben irgendwann resigniert aufgegeben. Die zahlreichen Schnellstraßen und Zubringer haben uns regelrecht verwirrt und wir hatten schon Mühe, wegen der Absperrungen und Umleitungen im Zusammenhang mit der Buchmesse überhaupt noch zum Messegelände zurück zu finden.

Andreas parkte den Wagen wieder in einem Parkhaus und wir stiegen, aller Hoffnungen auf ein zärtliches Beisammensein beraubt, aus. Mit jedem Schritt entfernten wir uns weiter von seinem Wagen, dem einzigen Ort, der uns eine Rückzugsmöglichkeit bieten konnte. Meine Gedanken überschlugen sich. Nein, du machst es nicht draußen auf einer Wiese oder im Gebüsch, und du machst es nicht im Auto. Du machst es nicht im Auto! Oder doch?"

Marianne starrt Dagmar gebannt an und nippt dann einmal schnell an ihrem Glas. Fast hat sie sich verschluckt und fordert: „Jetzt mach es nicht so spannend!"

„Kennst du den Film *Der unsichtbare Dritte* von Alfred Hitchcock? Ich liebe diesen Klassiker."

„Na klar, da gibt es doch diese berühmte Szene mit dem Maisfeld. Erst steht Cary Grant an einer einsamen Landstraße in der Einöde und wartet auf jemanden, der aber gar nicht kommt. Und plötzlich wird er aus einem Tieffflieger beschossen und bangt um sein Leben."

„Richtig", pflichtet ihr Dagmar bei, „er kann sich aber zum Glück in einem Maisfeld retten. Dann weißt du auch bestimmt, wie es weiter geht. Fast schon zum Ende des Films dreht sich Eve Kendall, die von Eva Marie Saint dargestellt wird, auf dem Weg zu einem wartenden Flugzeug immer wieder um, weil ihr heimlich die Nachricht zugespielt wurde, dass man ihr nach dem Leben trachtet. Sie weiß, dass irgendwo Thornhill, also Cary Grant stecken muss, der ihr diese Nachricht zukommen ließ. In dieser Szene ist sie hin und her gerissen und weiß überhaupt nicht mehr, wie sie sich richtig verhalten soll. Sie kann entweder weitergehen und in das Flugzeug steigen, was sie wahrscheinlich mit ihrem Leben bezahlen wird. Oder sie muss sich schleunigst eine Ausrede einfallen lassen und noch einmal zurück zum Haus gehen. Genauso habe ich mich in diesem Moment im Parkhaus auch gefühlt. Mit jedem Schritt habe ich verzweifelt nach einem Ausweg gesucht und mich immer wieder umgedreht, so als würde dort die Antwort stehen. Ich war hin und her gerissen, denn ich wollte Andreas Haut an meiner fühlen, seinen Atem an meinem Ohr hören, ihm ganz nah sein. Mein Problem war, dass ich mir *das* nicht in einem Auto vorstellen konnte. So eine Situation hat es in meinem Leben noch nie gegeben."

Draußen wütet das Gewitter noch immer und will nicht weiterziehen. Nachdem Dagmar mit einem letzten großen Schluck ihr Glas geleert hat, füllt Marianne die Gläser erneut und stellt fest: „Wenn wir so weitermachen, haben wir gleich beide einen Schwips. Aber das macht nichts. Ich glaube fast, anders könnte ich diese Spannung gar nicht mehr ertragen. Sag jetzt nichts oder besser doch, sag es: Seid ihr wieder zurück zum Auto?"

Dagmar muss sich jetzt wirklich schon zusammen reißen, denn sie merkt, wie der Alkohol die Oberhand über ihr Sprachzentrum gewinnt. „Ja, du ahnst es. Ich bin da über mich selbst hinaus gewachsen und habe Andreas tatsächlich gefragt, ob es für ihn in Ordnung wäre, wenn wir wieder zurück zum Auto gingen. Das Auto wäre schließlich der einzige Ort, der uns bleibt. Wir haben uns in den Wagen gesetzt und uns angesehen. Uns tief in die Augen geschaut. Dann hat er mich wieder geküsst, wie mich kein anderer küssen kann. So voller Leidenschaft, mit so viel Gefühl! Meine Hände, nein, das muss ich dir jetzt nicht erzählen! Viel interessanter ist, dass wir zwar im Auto alleine waren, aber natürlich nicht im gesamten

Parkhaus! Denn gelegentlich parkten weitere Fahrzeuge ein oder fuhren weg und ihre Besitzer mussten an unserem Wagen vorbei gehen. Es blieb ihnen natürlich nicht verborgen, dass sich in einem Auto Insassen aufhalten, was sie zwangsweise misstrauisch gemacht hat."

Dagmar kann sich bei dieser Erinnerung das Lachen nicht mehr verkneifen: „Ich habe mich an seiner Hose, oder besser an dem, was eine Hose im Normalfall ver-decken soll, zu schaffen gemacht, und zwei Mal war er kurz davor …, du weißt schon. Und beide Male wurden wir von neugierigen Seitenblicken gestört." Dag-mar verschluckt sich schon fast an ihrem Wein, während sie erzählt. „Jedenfalls funktionierte es nicht, und wir haben scherzend beschlossen, unser Vorhaben auf-zugeben.

Bis zum Nachmittag, als die Verleihung des Jugendliteraturpreises stattfinden sollte, sind wir draußen auf dem Messegelände spazieren gegangen und haben das herrliche Wetter genossen. Die Sonne schien und es war noch richtig warm für die Jahreszeit. Es war einfach schön, Hand in Hand mit Andreas durch die gepflegte Anlage zu schlendern. So dachte ich, müssten die restlichen Tage meines Lebens aussehen. Mit ihm an meiner Seite."

„Jetzt wirst du bei dem Gedanken an deine Zukunft wieder ganz ernst", meint Ma-rianne. „Was ihr beiden da erlebt habt, ist schon eine ganz außergewöhnliche Ge-schichte. Aber ich glaube, dass sagte ich dir bereits, und das wird dir auch jeder bestätigen, dem du es erzählst."

„Von mir aus kannst du dich in diesem Punkt wiederholen, so oft du willst. Ich wollte dir aber noch erzählen, wie es dann bei der Preisverleihung weiterging. Das war nämlich wieder so eine Lachnummer. Eigentlich sollte unsere Familienminis-terin Kristina Schröder die Rede halten. Aber sie konnte ja zu dem Zeitpunkt nicht kommen. Entweder war sie während der Messe noch hoch in anderen Umständen oder hatte vielleicht auch schon ihr Kind bekommen. Ich weiß es nicht. Ist ja auch egal. Sie musste von einer anderen Person vertreten werden. Andreas und ich hatten unsere Sitzplätze im Saal eingenommen, und du glaubst nicht, welchen Einfall er da hatte. Da wir den ganzen Tag auf den Beinen waren, wollte er meine Füße massieren. Du musst dir vorstellen, wir sitzen, umgeben von zahlreichen Besuchern, in einem Saal, in dem eine Preisverleihung stattfindet. Die Gäste sitzen alle ganz andächtig auf ihren Plätzen und verfolgen die Preisverleihung, während Andreas mir in aller Ruhe meinen Schuh auszieht und einen Fuß massiert. Meine Nachbarin muss das mitbekommen haben, denn sonst hätte sie blind sein müssen. Für Andreas war es wie eine Selbstverständlichkeit, und als er davon überzeugt war, dass der Fuß nun genug Entspannung genossen hat, kam der andere Fuß an die Reihe."

Marianne sieht Dagmar zweifelnd an. Im ersten Moment glaubt sie, auf den Arm genommen zu werden. Aber dann ist ihr klar, dass Dagmar auch diese Episode nicht erfunden hat.

„Nee, ne?", ist ihr knapper Kommentar.

„Kann ich mal deine Toilette benutzen?", übergeht Dagmar den ungläubigen Blick und erhebt sich.

„Ja klar doch. Da vorne geht es zum Flur und dann sofort die erste Tür rechts", kommt zögernd die Antwort, nachdem sich Marianne gesammelt hat. Während sie alleine im Wohnzimmer zurück bleibt, versinkt sie in Gedanken. Ihre neue Bekannte scheint eine sehr ungewöhnliche Frau zu sein, doch auf Andreas trifft das wohl ebenfalls zu. Irgendwie bewundert sie die beiden. Dagmar und Andreas scheint eine so tiefe, außergewöhnliche Liebe zu verbinden und sie halten sich nicht an gesellschaftliche Regeln oder Normen. Da haben sich zwei Menschen gefunden, die sich einfach nicht darum kümmern, was andere über sie denken oder reden. Die ihren Weg gehen und ihre Liebe gegen alle Unwägbarkeiten verteidigen.

**Oelde – Montag, 5. Dezember 2011, 9.30 Uhr**

Für das dritte Treffen haben sich Andreas und Dagmar auf die Stadt Oelde festgelegt. Sie macht sich wieder mit dem Auto auf den Weg und parkt direkt vor dem Bahnhofsgebäude. Andreas wird dieses Mal mit dem Zug anreisen, auf den sie noch einige Minuten warten muss. Bei dem ungemütlichen Wetter entschließt sie sich dazu, möglichst lange im Auto zu verweilen, um so die letzte Wärme in dem Fahrzeug zu nutzen. Als es Zeit wird, steigt sie aus dem Wagen und augenblicklich schlägt ihr ein kalter Wind entgegen. Sie überquert die Straße in Richtung Bahnhofshalle. Dort wirft sie zunächst einen Blick auf die Ankunftstafel und begibt sich zum angegebenen Bahnsteig, an dem in wenigen Minuten der Zug eintreffen soll. Voller Ungeduld geht sie langsam auf dem Bahnsteig auf und ab. Hier an den Gleisen, wo der Wind sie ungeschützt trifft, scheint es noch kälter zu sein.

Endlich wird die Einfahrt des Zuges über die Lautsprecher angekündigt und die Fahrgäste zur Einhaltung des nötigen Sicherheitsabstands aufgefordert. Dagmar kann es kaum noch abwarten und schließt für einen Moment ihre Augen. Sie ruft sich das letzte Treffen mit Andreas in Erinnerung und muss bei dem Gedanken, wie sie sich im Pressezentrum begrüßt haben, lächeln. Voller Sehnsucht blickt sie auf den herannahenden Zug, der mit quietschenden Bremsen zum Stehen kommt. Die ersten Fahrgäste steigen aus und der Bahnsteig füllt sich mit Menschen. Sie blickt in alle Richtungen, und da endlich entdeckt sie in der Menge Andreas. Er trägt eine Laptoptasche, denn er hat ihr versprochen, für ihr erstes geplantes Buchprojekt sein Netbook zur Verfügung zu stellen.

Da hat er sie ebenfalls entdeckt und läuft ihr mit großen Schritten entgegen. Sich nicht mehr aus den Augen lassend, stellt Andreas seine Tasche ab und umarmt sein Mädchen. Ungeachtet der Fahrgäste, denen sie beinahe schon im Weg stehen, küssen sie sich gierig und können sich nicht voneinander lösen. Immer wieder müssen sie sich in die Augen sehen und erneut küssen.

Bisher haben sie fast noch kein Wort miteinander geredet. „Komm", macht Dagmar den Anfang, „wir wollen erst einmal hier von dem zugigen Bahnsteig weg. Es ist kalt geworden, und ich bin fast erfroren. Wir haben es nicht weit, mein Auto steht direkt vor dem Bahnhof, nur über die Straße." Andreas nimmt seine Tasche in die eine Hand, mit der anderen hält er Dagmars Hand. Auf den wenigen Metern bis zum Wagen steckt er sich noch schnell eine Zigarette an, wohl wissend, dass er für die nächsten Stunden auf diesen Genuss verzichten muss.

Es sind eigentlich nur wenige Autominuten bis zum Hotel, in dem sie sich für den heutigen Tag ein Zimmer reserviert haben. Natürlich wieder unter der Voraussetzung, es ab 10.00 Uhr beziehen zu können. Obwohl Dagmar sicher war, sich den Weg anhand eines Stadtplanes eingeprägt zu haben, müssen sie sich an irgendeiner Stelle verfahren haben. Um schnell ans Ziel zu kommen, beschließen sie, den nächsten Passanten nach dem Weg zu fragen. Ein Herr mittleren Alters, der mit seinem Hund unterwegs ist, schlägt erst einmal die Hände über dem Kopf zusammen und sucht in seinen Gedanken nach einer Verbindung vom Standort zur angegebenen Adresse. Nach kurzer Überlegung erteilt er dann aber präzise Anweisungen, an welcher Kreuzung oder welchen markanten Gebäuden sie abbiegen müssen und empfiehlt, später noch einmal jemanden nach dem weiteren Weg zu fragen. Von einer älteren Frau, die offensichtlich vom Einkauf kommt, erhalten sie eine letzte Wegbeschreibung und erreichen endlich nach über einer halben Stunde das Hotel. Die Formalitäten erledigen sie auch, wie gewohnt, sofort bei der Ankunft, womit sie peinlichen Fragen bei einer Abreise am frühen Abend aus dem Weg gehen.

„Sieh mal, was ich mitgebracht habe", meint Dagmar, nachdem sie sich ein erstes Mal geliebt haben. „Ich dachte mir, dass uns zu viel Zeit verloren geht, wenn wir in ein Lokal zum Essen gehen. Wir müssten uns extra anziehen. Aber du musst ehrlich sagen, wenn dir das nicht recht ist. Ich weiß, dass du dir gerne eine Zigarette anstecken möchtest, und hier auf dem Zimmer kannst du nicht rauchen. Das bedeutet, du müsstest bis zum späten Nachmittag warten, bis wir uns verabschieden."

„Schmetterling, so lange du bei mir bist, kann ich auf die Zigaretten verzichten. Wenn ich dich jeden Tag um mich haben könnte, wäre das die einzige Option für mich, mit dem Rauchen aufzuhören."

„Na na na! Jetzt spucke mal nicht so laute Töne! Das sagt sich leichter als es ist. Gerade dir dürfte es schwer fallen, wo du wahrscheinlich die ganzen Jahre lang geraucht hast. Aber wenn du wirklich meinst, dass es für heute einmal ohne geht – ich habe uns Kartoffelsalat mitgebracht. Und an Plastikgabeln habe ich auch gedacht."

„Mhmm lecker. Hast du den selbst gemacht?", freut sich Andreas.

„Nein, wie hätte das denn gehen sollen? Ich kann doch nicht zu Philipp sagen, dass ich zu unserem Treffen einen Salat mitnehme. Schließlich geht er doch davon aus, dass wir beide uns zum Mittag in ein Lokal begeben. Wie beim letzten Mal gehen wir natürlich vormittags erst einmal auf einen Kaffee in ein Bistro, wärmen uns dort auf und machen vielleicht einen kleinen Spaziergang. Nein, nein, den Salat habe ich fertig gekauft. Ich weiß nicht, wie er schmeckt, weil ich sonst nicht auf Fertigprodukte zurückgreife, aber es wird schon für dieses eine Mal gehen."

Dagmar stellt den Salat auf ein kleines Tischchen und greift noch einmal in ihre Tasche: „Hier habe ich noch ein paar kleine Putenschnitzel, die bei uns zu Hause von einer Mahlzeit übrig geblieben sind. Die habe ich selbst paniert, gebraten und für unser Treffen eingefroren, weil ich dachte, dass die ganz gut zu dem Salat passen."

Die Stunden vergehen für Dagmar und Andreas viel zu schnell. Von einem Treffen zählen sie die Wochen bis zum nächsten Termin, zählen schließlich die verbleibenden Tage und letztlich die Stunden. Genau wie kleine Kinder, die ungeduldig auf den Weihnachtsmann warten. Wenn dann endlich ein nächstes Treffen bevorsteht, möchten sie am liebsten die Zeit anhalten, um die Vorfreude voll auskosten zu können. Denn wenn nach langem, quälendem Warten der Augenblick gekommen ist, verrinnen die Stunden wie im Flug, viel zu schnell. Am späten Nachmittag heißt es für die Liebenden wieder, Abschied voneinander zu nehmen.

„Wir müssen uns langsam fertig machen", sagt Andreas. „Komm, lass dich noch einmal in den Arm nehmen. Es ist so schön dich zu streicheln."

Dagmar schmiegt sich an ihn, sagt erst nichts. Genießt nur den Augenblick, der ihr so viel bedeutet. „Schade, dass der Tag schon wieder so schnell vorüber gegangen ist. Jetzt müssen wir wieder endlose Wochen bis zum nächsten Treffen warten. Im Februar werden wir uns erst wiedersehen, das haben wir ja schon vereinbart. Wie es dann im April weitergeht, müssen wir abwarten. Da hast du Geburtstag und die Osterfeiertage kommen auch noch dazwischen." Deprimiert fügt sie hinzu: „So viele Wochen warten für nur einen einzigen Tag. Ach, was sage ich, es ist ja nicht einmal ein Tag. Es sind nur immer ein paar Stunden."

„Aber Schmetterling, für uns wäre doch die Zeit immer zu kurz. Auch wenn wir uns öfter, jede Woche sehen könnten, wäre das für uns zu wenig. Glaubst du, es würde irgendwann reichen? Wir wären nie zufrieden."

„Ja, das siehst du schon ganz richtig. Aber ich bin mit der ganzen Situation, wie sie sich darstellt, absolut nicht zufrieden. Du fehlst mir und ich habe den Wunsch, dich jeden Tag um mich zu haben. Ich liebe dich!"

Dagmar sieht verzweifelt zu Andreas auf und erste Tränen rollen über ihre Wangen. „Nicht weinen, mein Schmetterling", tröstet sie Andreas, „du weißt doch, dass es nicht anders geht. Ich wäre auch lieber jeden Tag bei dir, aber wir müssen vernünftig sein."

Nach einer kurzen Pause fährt Andreas fort: „Ich habe vor einiger Zeit viel über das Unterbewusstsein gelesen. Wenn du willst, kann ich dir ein paar Bücher zu diesem Thema empfehlen. Unser Unterbewusstsein ist jedenfalls schlauer als wir beide zusammen, und es wird einen Weg für uns finden, davon bin ich überzeugt."

Dagmar reißt sich los: „Was soll denn jetzt dieser Quatsch? Ich weiß selbst, dass vieles in unserem Unterbewusstsein abläuft. Wenn uns beispielsweise ein Fremder vorgestellt wird, dann hat unser Unterbewusstsein längst ein Urteil über diese Person gefällt, nur wissen wir bewusst noch gar nichts davon. Aber wie unser Unterbewusstsein in unserer verflixten Situation noch eine Entscheidung zum Guten treffen soll, das musst du mir erklären. Wenn ich selbst nicht einmal eine Lösung weiß, dann kann mein Unterbewusstsein das schon erst recht nicht."

„Schmetterling, du wirst sehen, es wird einen Weg geben, auch wenn ich dir jetzt noch nicht sagen kann, wie der aussehen wird."

Nachdem sich beide wieder in ihre warmen Jacken gehüllt haben, sind sie noch ein letztes Mal durchs Zimmer gegangen, um sich zu vergewissern, dass sie nichts zurück gelassen haben. Den Zimmerschlüssel legen sie auf einem kleinen Tischchen ab und schließen die Tür hinter sich. Auf direktem Weg erreichen sie den Parkplatz vor dem Hotel, wo sie das Auto abgestellt haben. Schweigend steigen sie ein und fahren in gedrückter Stimmung zum Bahnhof.

„Das ging jetzt doch schneller, als ich dachte. Auf dem Hinweg mussten wir ein paar Mal nach dem Weg fragen und haben dabei offensichtlich einen enormen Umweg gemacht. Etwas Zeit bleibt uns noch, bis dein Zug kommt", stellt Dagmar fest.

Andreas zündet sich, sobald er aus dem Auto gestiegen ist, eine Zigarette an und nickt zustimmend: „Wenn es irgendwo noch einen Kaffee gäbe, wäre das nicht schlecht."

„Gut", erwidert Dagmar, „dann lass uns noch mal ein paar Schritte in die Richtung dort drüben gehen. Vielleicht finden wir noch ein Stehcafé, das geöffnet hat, und in dem du auf die Schnelle einen Kaffee bekommst."

Zwei Straßen weiter stoßen sie auf eine Bäckerei, in der zwei Bistrotische stehen. Andreas bestellt für sich eine Tasse Kaffee und für Dagmar einen Kakao, und beide trinken zügig ihr Getränk aus.

„Komm", meint er, „lass uns zurück in diese Richtung gehen. Irgendwie werden wir schon wieder zum Bahnhof kommen. Dann müssen wir nicht den gleichen Weg zurück."

Sie kommen an einem Weihnachtsmarkt vorbei, der um diese Zeit allerdings schon geschlossen hat.

„Die klappen hier aber früh die Bürgersteige hoch", zeigt sich Dagmar erstaunt.

„In Dortmund, Oberhausen, Essen oder Bochum geht es abends erst einmal so richtig an den Glühweinständen los. Da ist an manchen Tagen kaum ein Durchkommen. Weißt du, was ich gerade mit Bedauern feststelle, dass wir wohl niemals gemeinsam einen Weihnachtsmarkt besuchen können. Überhaupt gibt es so vieles, was wir nie zusammen machen werden. Es wird uns nicht vergönnt sein, jemals gemeinsam in einem Zimmer zu lesen, zu schreiben, zu arbeiten, zu renovieren. Ich werde nie für dich kochen oder backen, nie unser Bett beziehen. Die alltäglichen Dinge, den Alltag, verstehst du, was ich meine?"

Andreas möchte sie trösten, aber ihn selbst schmerzt dieser Gedanke zu sehr. Sie hat ja Recht und er würde sie gerne vom Gegenteil überzeugen.

Als sie sich wieder am Bahnhof eingefunden haben und am Bahnsteig auf den Zug warten, ertönt eine Durchsage, dass der Zug sich verspäten wird. Das darf jetzt nicht wahr sein, denkt Dagmar. Ihre Kinder sind häufig auf öffentliche Verkehrsmittel angewiesen und haben ihr von den unglaublichsten Ereignissen berichtet. Verspätungen wären fast schon an der Tagesordnung und Ausnahmen die Regel. Aber es würde auch schon vorgekommen sein, dass ein Zug plötzlich an einem anderen Gleis als angekündigt hält oder noch schlimmer, ein Zug hätte sich verfahren, weil die Weichen falsch gestellt waren.

Andreas beschwichtigt Dagmar und meint, sie könne ruhig schon nach Hause fahren. Sie müsste nicht auch noch bei diesem kalten Wind die Zeit mit ihm hier in der Kälte verbringen. Aber das kommt für sie gar nicht in Frage. Stattdessen schlägt sie Andreas vor, mit ihr so lange im Auto zu warten, bis der Zug kommt, weil es im Wageninnern wenigstens etwas wärmer ist. Da Dagmar mit ihrem Mann eine feste Zeit für ihre Rückkehr vereinbart hat und nun absehbar ist, dass sie sich verspäten wird, schickt sie ihm vorsichtshalber eine Kurzmitteilung vom Handy, damit er sich keine unnötigen Sorgen macht. Wenn sie glaubte, der Fall wäre damit erledigt, so hat sie sich gründlich geirrt. Denn anders als erwartet, erhält sie umgehend eine kurze Antwort, die ebenfalls per SMS eingeht, und aus der sie deutlich die Wut ihres Mannes spürt. Das wäre doch wohl nicht ihr Ernst! Dagmar ist sofort klar, dass damit weiterer Ärger vorprogrammiert ist, aber sie will Andreas jetzt nicht einfach im Stich lassen. Selbst im Auto ist es nun schon empfindlich kalt und alles andere als gemütlich. Beide sind froh, als endlich die Zeit gekommen ist, um sich wieder zum Bahnsteig zu begeben. Doch ihre Hoffnung, dass endlich der verspätete Zug eintrifft, erfüllt sich wieder nicht. Eine erneute Durchsage, die eine weitere Verspätung ankündigt, lässt nicht nur bei Andreas und Dagmar, sondern auch bei den vielen anderen wartenden Fahrgästen Unmut aufkommen. Es gibt nicht einmal einen Warteraum, in dem man sich vor dem kalten Wind schützen kann. Kein Café, kein Bistro, nichts. Wie verhält man sich in einer Situation wie dieser? Welche Möglichkeiten bleiben? Allgemeines Murmeln macht sich breit. Offensichtlich ist den anderen Bahnkunden das Problem bekannt, und sie haben genau diese Situation schon öfter erlebt. Das wäre gerade in Oelde kein Einzelfall, weil es auf dem Bahnhof keine Möglichkeit gibt, sich vor Ort zu beschweren. Nirgendwo bekommt der Bahnkunde eine Auskunft, wie er sich in so einer Situation zu verhalten hat. Das Chaos ist perfekt, als die dritte Durchsage die Fahrgäste um Entschuldigung dafür bittet, dass der Zug leider ganz ausfällt.

Für Andreas ist der Ausfall umso tragischer, als er in Löhne umsteigen muss, um nach Hause zu kommen. Es bleibt ihm nicht mehr die Zeit, auf den nächsten Zug zu warten, denn sonst verpasst er den letzten Anschlusszug, der heute von Löhne in seine Richtung geht. Dagmar macht ihm deshalb den Vorschlag, dass sie ihn mit dem Auto bis nach Löhne fährt, obwohl das für sie die entgegengesetzte Richtung ist. Natürlich freut sich Andreas über jede Minute, die sie länger zusammen bleiben können. Doch von diesem Vorschlag ist er nicht überzeugt und zieht zögerlich an seiner Zigarette.

Kurz entschlossen ruft Dagmar bei sich zu Hause an und will ihren Mann über die neu eingetretenen Ereignisse informieren. Der reagiert mehr als ungehalten und fragt wütend, ob sie ihrem Schulfreund wohl noch das Händchen halten muss, und ob der nicht einmal in der Lage ist, alleine auf einen Zug zu warten. Sie erklärt ihm die Problematik, dass wenn der Zug weiterhin Verspätung hat und Andreas den Anschluss in Löhne verpasst, er keine Möglichkeit mehr hat, noch heute nach Hause zu kommen. Und ziemlich wütend setzt sie hinzu, dass Andreas ja wohl schlecht auf dem Bahnsteig in Löhne übernachten kann.

Das Gespräch wird mehr oder weniger abgebrochen, weil sich Philipp vor Wut kaum unter Kontrolle halten kann. Für wie blöd hält seine Frau ihn eigentlich? So einen Schwachsinn, erst die Ausrede mit der Zugverspätung, jetzt soll gar der Zug komplett ausfallen. Das lässt sich überprüfen.

Nachdem sich Philipp von zu Hause aus telefonisch bei der Bundesbahn erkundigt hat, dass tatsächlich kein Zug von Oelde nach Löhne gefahren ist, erhält er von der Dame die Auskunft, dass der Fahrgast in einem solchen Fall auf ein Taxi ausweichen darf. Im Extremfall würde die Bahn sogar die Übernachtungskosten übernehmen.

Diese Information gibt Philipp nicht ohne Genugtuung an seine Frau weiter, und Andreas bleibt keine andere Wahl, als von dieser Möglichkeit Gebrauch zu machen. Ohne lange zu überlegen, verabschiedet er sich überstürzt von Dagmar, steuert auf den Taxistand zu und steigt in das vorderste Fahrzeug. Erstaunlicherweise braust der Fahrer nicht, wie Dagmar erwartet hat, sofort los. In der Kälte bibbernd behält sie das Taxi im Auge und macht sich Sorgen darüber, welchen Grund es für die Verzögerung geben mag. Schließlich stellt sie mit Zufriedenheit fest, dass das Licht des Taxis aufleuchtet und der Wagen losfährt. Sie atmet einmal tief durch und begibt sich dann zügig zu ihrem Auto, um den Nachhauseweg anzutreten.

**Gladbeck – Mittwoch 23. Mai 2012, 20.00 Uhr**

Die Zeit ist wieder einmal wie im Flug vergangen. Mittlerweile ist es später geworden, als es Dagmar eingeplant hatte, und so ruft sie doch lieber kurz zu Hause an. Sie selbst hat es nicht gerne, wenn sie sich unnötig Sorgen machen muss.

„Und?", fragt Marianne, „was meint er? Kannst du noch etwas bleiben oder musst du sofort gehen?"

162

„Kein Problem, er schreibt gerade an einem längeren Artikel und meint, ich soll ruhig noch bleiben, wenn es mir gefällt. Er holt mich dann bei dir ab, wenn ich Bescheid gebe."

„Sag mal, welche Musik hörst du eigentlich gerne? Ich könnte uns eine CD einlegen, was meinst du?"

„Ich weiß ja nicht, was du im Haus hast. Etwas Hintergrundmusik wäre nicht schlecht. Kennst du die Eagles?"

„Ja, warte mal, davon müsste etwas in unserer Sammlung dabei sein. Hier, wer sagt's denn!"

Während Marianne die CD einlegt, trinkt Dagmar den letzten Schluck aus ihrem Glas. Die ersten Töne von *Hotel California* sind zu hören.

„Komm, ich mache uns noch eine Flasche auf. Wir sitzen hier so gemütlich und ich finde, deine Geschichte ist spannender als jeder Krimi. Die Sache mit der Zugverspätung ist ja echt ein Ding. Hat es dann wenigstens mit dem Taxi geklappt, und hat Andreas das Geld ersetzt bekommen, wie es angekündigt wurde?"

„Wie man's nimmt! Zunächst hat er einmal alles Bargeld, das er überhaupt bei sich hatte, für die Taxifahrt hinlegen müssen. Nein, ich muss da ganz von vorne anfangen. Nachdem Andreas dem Taxifahrer erklärt hat, dass ein Zug ausgefallen ist, und er schnellstmöglich nach Löhne muss, um den letzten Zug zu erwischen, wollte dieser von ihm für die Fahrt pauschal einhundertfünfzig Euro haben. Doch Andreas hatte nur noch einhundertzwanzig Euro dabei. Was ja eigentlich nicht wenig ist. Oder? Sag mal ganz ehrlich: Hast du immer so viel Geld in der Tasche? Ich fand das jedenfalls schon eine Menge. Andreas wollte dann den Preis auf einhundertzwanzig herunterhandeln. Der Taxifahrer musste aber erst von seiner Zentrale die Erlaubnis für die Ermäßigung einholen. Allerdings war der Chef des Taxiunternehmens nicht sofort bereit, auf den Deal einzugehen. Der Taxifahrer, so seine Forderung, sollte sich die Differenz von dreißig Euro zu Hause von Andreas geben lassen. In der Zentrale ging man verständlicherweise davon aus, dass Andreas bis vor seine Haustür befördert wird, was wohl meistens der Fall ist. Doch da er nur bis zum Bahnhof nach Löhne transportiert werden wollte, kam diese Möglichkeit nicht in Betracht. Letzten Endes haben sie sich dann doch auf das Angebot eingelassen, wahrscheinlich, um wenigstens die einhundertzwanzig Euro zu bekommen.

Den Anschlusszug nach Rinteln hat Andreas dann gerade noch erreicht, aber viel Luft war da nicht mehr. Eine Unverschämtheit von der Bahn war, dass Andreas danach noch Monate auf das Geld warten musste. Erst nach mehrmaligem Schriftwechsel wurde endlich gezahlt."

„Eigentlich müsste die Bahn in diesen Fällen Verträge mit den Taxiunternehmen haben und die Rechnungen direkt begleichen. Stell' dir einmal vor, du hast nur noch ein paar Euros in der Tasche. Wie willst du dann von deinem Recht, dir ein Taxi zu nehmen, Gebrauch machen? Oder was soll der schön klingende Hinweis, dass man sich zur Not auch ein Hotelzimmer nehmen kann. Von welchem Geld soll ich das bezahlen? Die Herren von der Bahn scheinen davon auszugehen, dass jeder Mensch genug Geld als Reserve mit sich führt. Das ist echt ein Ding."

Einen Moment herrscht Stille.

„Ja, das ist ein anderes Thema. Bleiben wir lieber bei deiner Geschichte. War euer Treffen in Oelde das letzte?"

„Nein, danach haben wir uns noch einmal in Paderborn getroffen, aber in einem anderen Hotel als beim ersten Mal. Bis es so weit war, ist aber noch einiges passiert, wie du dir denken kannst. Die Weihnachtstage und mein Geburtstag standen auf dem Programm. Andreas wollte mir wohl etwas schenken und hat sich dazu viele Gedanken gemacht. Seine Entscheidung fiel auf ein Armband, für das es die unterschiedlichsten Anhänger gibt, und er hat davon sofort auch zwei dazu gekauft. Mir hat er geschrieben, dass er für mich einen Anhänger mit einem Elefanten und einen weiteren mit einer Schriftrolle ausgesucht hat. Den Anhänger mit dem Elefant sollte ich *jetzt*, so schrieb er, zusammen mit dem Armband bekommen. Bei jedem weiteren Treffen sollte es einen neuen Anhänger geben, und die Schriftrolle sollte der letzte Anhänger für das Armband sein. Denn darauf stände ‚forever together'. Anstatt mich über das Geschenk zu freuen, brach bei mir sofort die Panik aus. Was meinte er mit *jetzt*? Unser nächstes Treffen war erst für Februar geplant, was heißt da *jetzt*? Und was hat er sich beim Kauf des Anhängers mit der Schriftrolle gedacht? Welcher Teufel hat ihn da geritten? Diesen Anhänger würde ich niemals tragen dürfen. Denn es konnte keine gemeinsame Zukunft für uns geben und wir würden nie *forever together* leben."

„Wie rührend!", meint Marianne. „Mir kommen die Tränen."

Tatsächlich muss sie sich einmal mit der Hand über die Augen fahren, fängt sich aber sofort wieder: „Jetzt musst du mir aber auch erklären, warum der erste Anhänger ein Elefant ist? Wieso hat er ausgerechnet einen Elefanten ausgewählt?"

„Das gehört zu der Geschichte, die seine Vergangenheit betrifft. Vielleicht weißt du, dass ein Elefant ein Tier ist, das sich alles merkt, was man ihm einmal angetan hat. Egal, wie lange Zeit vergangen ist, ein Elefant merkt sich alles! Andreas hat sich selbst einmal eine goldene Kette mit einem Elefanten gekauft, die er immer um den Hals trägt. Seinen Elefanten legt er nie ab, nicht beim Duschen und nicht beim Schwimmen. Der Elefant soll ihn immer an das erinnern, was ihm in seiner Jugend angetan wurde", erklärt Dagmar.

Marianne sieht sie wieder mit einem fast ungläubigen Blick an und schüttelt den Kopf: „Was du mir da alles erzählst, glaubt dir kein Mensch!"

„Das erwähntest du bereits, und du magst damit auch Recht haben. Es ist aber alles so, wie ich es dir erzähle. Es muss mir keiner glauben, das erwarte ich nicht. Mir langt, dass ich weiß, dass es wahr ist. Aber jetzt lass dir erzählen, wie es mit dem Armband weiter ging und was er mit *jetzt* meinte: Andreas kündigte mir per Mail ein Päckchen an, das er bereits verschickt hat. Anstatt mich vorher zu fragen, stellt er mich vor vollendete Tatsachen! Ein Päckchen! Weißt du, was das bedeutete? Mir schoss sofort durch den Kopf, was passiert, wenn der Postbote ein Päckchen von Andreas bringt, und mein Mann zu Hause ist. Ich könnte ihm doch dann nicht sagen, dass etwas für mich in dem Päckchen ist, was er nicht sehen darf. Oder was wäre, wenn ich gar nicht zu Hause bin, und mein Mann nimmt das Päckchen direkt selbst in Empfang? Mit einem Absender von Andreas. Für meinen Mann wäre der Blick auf den Absender wie ein rotes Tuch. Die Folgen wären nicht auszudenken."

Allein bei dem Gedanken schwindelt es Dagmar noch heute, wo sie doch so gemütlich bei Marianne auf dem Sofa sitzt. Bevor sie weiter erzählt, trinkt sie noch einmal von dem Wein, der viel zu gut schmeckt. „Ich war wütend ohne Ende auf Andreas, so wütend, das kann ich dir gar nicht sagen. Und ich war verzweifelt. Da versucht man, sich nicht in Widersprüche zu verwickeln, so dass keiner etwas merkt und unser Verhältnis nicht aufgedeckt wird. Seit Wochen gehe ich mit meinem Mann regelmäßig zu einer Paarberatung und bemühe mich zu Hause wirklich nach Kräften, dass alles so harmonisch wie möglich abläuft. Weil ich ja auch die Absicht hatte, bei meinem Mann zu bleiben und mit ihm alt zu werden, habe ich ein Silvesterarrangement in Hamburg gebucht, das ich ihm zu Weihnachten schenken wollte. Und dann vermasselt Andreas alles, indem er unüberlegt ein Päckchen an mich schickt. Ein Päckchen mit einem Armband für mich. Ich war entsetzt und habe ihm das auch geschrieben. Meine Verzweiflung kann ich dir gar nicht beschreiben, so fertig war ich."

Marianne kann sie verstehen und meint: „Jetzt beruhige dich erst einmal. Das gehört alles der Vergangenheit an. Von Andreas war das zugegebenermaßen auch echt unüberlegt. Aber…", und dabei greift Marianne nach Dagmars Arm, „wie ich sehe, trägst du das Armband. Das ist es doch, oder? Ja sicher, hier sehe ich den Elefant und hier ist auch die Schriftrolle. Wie bist du denn zu dem Armband gekommen?"

„Ich hatte Glück. Der Paketbote hat das Päckchen an einem Tag gebracht, als ich alleine zu Hause war. Sofort habe ich es geöffnet und die Verpackung in ganz kleine Stücke gerissen. Sie musste so entsorgt werden, dass keine Rückschlüsse mehr auf den Absender oder den Inhalt gezogen werden konnten. Fast blieb nur noch Konfetti über", lacht Dagmar.

„Das Armband selbst einschließlich des Anhängers habe ich erst einmal gut versteckt, denn mir war klar, dass ich das Armband nicht tragen durfte. Wie hätte ich seine plötzliche Existenz erklären sollen? Ich habe es mir lediglich kurz angesehen, und es brach mir fast das Herz, es wieder wegzulegen. Meine Gedanken kreisten immerzu um eine Lösung, und ich habe mich dazu entschlossen, es wenigstens jeden Tag auf dem Weg zur Arbeit umzulegen. Auf dem Nachhauseweg habe ich das Armband natürlich wieder abgenommen. Täglich habe ich mir darüber Gedanken gemacht, wie ich die Nummer mit dem Armband meinem Mann erklären kann. Und dann ist mir tatsächlich etwas eingefallen: Ich wollte bis nach meinem Geburtstag warten und schließlich nach einer Shopping-Tour erklären, dass ich mir das Armband selbst von meinem Geburtstagsgeld gekauft hätte, als ich es zufällig in einer Auslage sah. Für den eher ungewöhnlichen Anhänger eines Elefanten habe ich mir ebenfalls eine schlüssige Ausrede einfallen lassen. Denn dass ich mir ausgerechnet einen Elefanten kaufe, war schon erklärungsbedürftig. So musste ich zunächst einmal tatsächlich zu einem Juwelier, bei dem ich mir selbst einen weiteren Anhänger mit einer Katze gekauft habe. Denn da wir selbst zu Hause eine Katze hatten, war das doch wohl glaubwürdig. Weil ich mich als ersten Anhänger für eine Katze entschied, so meine Erklärung gegenüber meinem Mann, wollte ich logischerweise als zweiten Anhänger einen, der zum ersten passte. Der Elefant war dann, so meine Version, lediglich ein Zufallskauf, es hätte auch jedes andere Tier sein können. Ich wollte einfach nur noch einen zweiten Anhänger haben."

„Und?", fragt Marianne, „hat dir dein Mann die Geschichte abgenommen?"

„Er hat das Armband kaum beachtet. Darum hätte ich mir gar nicht so viele Gedanken machen müssen. Nur ein einziges Mal hat er danach gefragt und meinte dann, es sähe wie ein Armband für Kinder aus. Das war alles."

„Wenn ich mir das vorstelle: Andreas und du, ihr habt beide gewusst, dass jeder zu Hause in den Armen seines Partners liegt. Das muss doch eine enorme psychische Belastung gewesen sein. Vor allem, weil ihr euch so geliebt habt."

„Ja, das war es auch, für uns beide. Ich habe versucht, die Gedanken daran im Alltag zu verdrängen, und ich weiß, dass es Andreas auch sehr wehgetan hat. Er hat mir geschrieben, wie sehr ihn die Vorstellung quälte, dass ich in den Armen meines Mannes liege."

Dagmar stutzt selbst bei diesen Worten und legt eine kurze Pause ein. „Ich weiß, das muss sich für dich und jeden anderen merkwürdig anhören, aber wie soll ich es anders ausdrücken? Mir ging es doch genauso. Dass er seine Partnerin so liebevoll streichelt wie mich, wollte ich mir erst gar nicht vorstellen."

Für einen Moment schweigen beide Frauen und sehen geistesabwesend auf ihre Gläser. Man könnte eine Stecknadel zu Boden fallen hören, so still ist es.

Dann bricht Marianne das Schweigen und gibt sich einen Ruck: „Du hast vorhin erwähnt, dass ihr noch ein weiteres Treffen hattet. Wieder in Paderborn, wenn ich mich richtig erinnere. Nur in einem anderen Hotel. Da sind wir irgendwie vom Thema abgekommen."

„Ja, ganz richtig. In Paderborn, am 13. Februar war das, in diesem Jahr. Es war unser letztes Treffen, wenn man das so sehen will. Wie ich dir schon vorhin erzählt habe, hat Andreas angekündigt, mir bei jedem Treffen einen weiteren Anhänger für das Armband zu schenken. Diese ‚Drohung' hat er auch wahr gemacht und mir bei diesem Treffen in Paderborn einen Anhänger mit einem Schmetterling geschenkt. Da ich sein Schmetterling bin, und er immer einen Elefanten bei sich trägt, gehören die beiden nach seiner Ansicht zusammen. So lieb das auch von ihm gedacht war. Aber da war es wieder, ein neues Problem. Wie sollte ich meinem Mann jetzt auch noch erklären, dass ich mir schon wieder einen Anhänger gekauft habe? Zumindest hätte ich mit einem weiteren Kauf warten müssen, bis sich ein neuer Anlass ergeben würde. Es war klar, dass ich diesen Anhänger nicht an mich nehmen konnte. Schweren Herzens habe ich nur einen Blick in die Schmuckschachtel auf den Schmetterling geworfen, wobei ich meine Tränen nicht mehr zurückhalten konnte. Ich wurde regelrecht von meinen Gefühlen überrollt. Aber was nutzte es? Andreas hat gesehen, wie sehr ich gelitten habe und wie schwer es mir fallen würde, den Anhänger bei ihm zu lassen. Er hat versucht mich zu trösten, und wir haben gemeinsam den Schmetterling zurück in die Schachtel gelegt."

„Hör auf, das kann ich schon gar nicht haben, gleich heule ich auch noch! Mir wurde vorhin schon ganz anders!"

Dagmar nimmt diese Äußerung zum Anlass und wechselt das Thema. Genießerisch nimmt sie noch einen Schluck von dem edlen Tropfen Wein. *One of these nights* läuft im Hintergrund und sie summt die Melodie mit. „Ich glaube, der Wein steigt mir langsam zu Kopf."

„Nicht nur dir. Aber was soll's? Wir müssen nicht mehr Auto fahren, und ich muss morgen nicht unbedingt früh raus. Erzähl ruhig weiter, es geht schon wieder."

„Wenn du meinst", fährt Dagmar fort. „Viel habe ich jetzt auch nicht mehr zu berichten. Also: Bei diesem letzten Treffen habe ich Andreas auch etwas geschenkt. Es sollte etwas sein, das er immer bei sich tragen kann. Jedoch, ohne dass es bei seiner Sabine Misstrauen erregt hätte. Ich wollte, dass nicht nur bei mir der Elefant und Schmetterling vereint sind. So eine symbolische Vereinigung sollte er auch haben. Ich dachte, dass wenn wir schon nicht zusammen leben können, dann sollen es wenigstens diese Anhänger stellvertretend für uns. Ein Anhänger zu seiner Kette, wie ich es gerne gehabt hätte, kam nicht in Frage, denn ich wollte ihm nicht die gleichen Schwierigkeiten bereiten, wie ich sie hatte. Andreas wäre damit bei seiner Partnerin ja auch in Erklärungsnot geraten. Da ich wusste, dass er regelmäßig raucht, würde ein Feuerzeug keinen Verdacht heraufbeschwören. Also habe ich mir die Hacken nach einem passenden Feuerzeug abgelaufen. Es gibt einen speziellen Hersteller, von dem es fast jedes Motiv gibt. Nur einen Schmetterling auf einem Feuerzeug schien es nirgendwo zu geben. Ich habe bei jeder Gelegenheit in den Tabakläden der Großstädte nachgefragt und wurde immer enttäuscht. Bis mir endlich in einem Tabakgeschäft ein Katalog vorgelegt wurde. Tatsächlich bin ich in dem Katalog fündig geworden und habe das Feuerzeug bestellt, worauf ich allerdings einige Wochen warten musste."

„Darauf müssen wir einen trinken!", meint Marianne und greift nach ihrem Glas. „Oh, das ist ja schon wieder leer. Verdammt, habe ich das ausgetrunken? Muss ich ja wohl." Den Rest Wein aus der Flasche teilt sie auf die beiden Gläser auf, was ihr aber schon einige Schwierigkeiten bereitet.

Dagmar lässt das unkommentiert und spricht einfach weiter: „Andreas war von dem Feuerzeug mit dem Schmetterling ganz angetan. Ich hatte aber noch ein weiteres Geschenk, das mehr so als Talisman gedacht war. Aus dem Urlaub auf Kuba hatte ich eine Peso-Münze mitgebracht. Du musst wissen, auf Kuba gibt es einmal das Geld, das nur an Touristen ausgegeben wird, den Peso Convertible. Und dann gibt es die normalen Pesos für die Kubaner selbst. Touristen können diesen Peso zwar auch bekommen, nur legen die meisten keinen Wert darauf, weil man mit dem Peso nicht viel anfangen kann. Lediglich in den kleinen Läden und bei privaten Anbietern kann man damit die Dinge kaufen, die für alle Kubaner erhältlich sind. Aber alles, was auf Kuba rationiert ist, erhält man nur in speziellen Läden, die in der Regel den Touristen vorbehalten sind, weil da nur mit dem begehrten Peso Convertible bezahlt werden kann. Dazu gehören beispielsweise Seifen oder Shampoos, wie wir sie gewohnt sind, also sämtliche Körperpflegemittel. Aber auch dekorative Kosmetik, die gerade bei jungen Frauen begehrt ist. Ich hatte zahlreiche Lippenstifte im Gepäck, extra nur, um sie zu verschenken. In jedem Ort auf unserer Rundreise habe ich an Frauen Duschgels und Seifen verteilt, die mir fast aus der Hand gerissen wurden. Und hinter Kugelschreiberminen sind sogar die Kinder her. All diese Dinge bekommen die Kubaner neben Medikamenten so gut wie gar nicht oder eben nur rationiert. Die Ärzte sind zwar bestens ausgebildet, aber die Leute haben nicht einmal ein Schmerzmittel im Haus. Wir können uns das kaum vorstellen, weil wir einfach in eine Apotheke gehen und uns mit vielen frei verkäuflichen Medikamenten eindecken können. Aus diesem Grund hatten wir für eine gut sortierte Reiseapotheke gesorgt, die wir zum Ende des Urlaubes auch an das Personal im Hotel verschenkt haben. Wobei ich mir noch die Mühe gemacht habe in spanischer Sprache zu vermerken, wogegen die Mittel helfen sollen und worauf unbedingt bei der Einnahme zu achten ist.

Aber darüber könnte ich dir viel erzählen. Ich wollte dir nur klar machen, dass die Kubaner scharf auf den Peso Convertible sind, mit dem sie alles bekommen. Damit können sie in ein Geschäft gehen, in dem ihre Pesos nicht als Zahlungsmittel akzeptiert werden.

Jedenfalls, und darum ging es ja jetzt, besaß ich noch eine gewöhnliche Peso-Münze mit einer Abbildung von Che Guevara. Was viele nämlich gar nicht wissen: Che Guevara war damals nach dem Putsch Wirtschaftsminister geworden, wenn auch nur durch ein sprachliches Missverständnis, und nur deshalb ist er auf den Zahlungsmitteln verewigt worden. Diese Münze, die ich also noch aus Kuba hatte, habe ich Andreas geschenkt. Sie sollte ihm Glück bringen."

Dagmar macht eine Pause und sieht auf die Uhr: „Es ist jetzt schon nach neun und ich schätze mal, dass du auch an dem Ende unserer Geschichte interessiert bist. Das meiste weißt du jetzt schon und viel gibt es da nicht mehr zu erzählen. Deshalb würde ich sagen, dass ich mich in einer Stunde abholen lasse. Ist das für dich in Ordnung? Dann ist es nämlich schon nach zehn und ich finde, dass das auch reicht. Seit heute Mittag haben wir über nichts anderes mehr geredet."

„Ja sicher ist das in Ordnung. Ich bin auch kaputt und kann eine Runde Schlaf vertragen. Also, worauf wartest du noch? Jetzt mach es nicht so spannend. Was ist überhaupt aus der Entzündung deiner Augen geworden? Von einer Entzündung sehe ich nichts mehr", stellt Marianne mit einem kritischen Blick auf Dagmars Augenpartie fest.

Nachdem Dagmar ein kurzes Telefonat geführt hat, antwortet sie: „Nein, das hat sich schlagartig von ganz alleine gebessert, und bis heute habe ich keine Probleme mehr mit meinen Augen. Aber sei doch nicht so ungeduldig, und lass mich erst einmal der Reihe nach erzählen. Oooch, mach mal deinen CD-Spieler lauter – da läuft gerade *Desperado*!" Dagmar summt den Song sofort mit und schließt verträumt ihre Augen.

„Sag mal", meint Marianne lachend, „hast du einen im Schuh?"

„Hmhh, ja muss wohl. Irgendwie war das letzte Glas wohl zu viel", bemerkt Dagmar leicht irritiert. „Ich reiße mich jetzt zusammen und erzähle dir den Rest, bevor ich gleich nichts mehr auf die Reihe bekomme. Also: Bei unserem letzten Treffen ist Andreas und mir wieder richtig zu Bewusstsein gekommen, wie hoffnungslos unsere Situation ist, und dass wir beide zugunsten unserer Familien auf unser eigenes Glück verzichten müssen. Immer wieder und wieder habe ich mich gefragt, warum alles nur so kommen musste. Warum wir damals in der Schule nicht zusammen gekommen sind. Wie anders es hätte laufen können. Wie es wohl geworden wäre, wenn... Und Andreas hat sich die gleichen Fragen gestellt. Aber diese Gedanken haben ja zu nichts geführt. Wir konnten die Uhr nicht zurück drehen, und vor allen Dingen hätten wir nicht einmal sagen können, ob es mit uns auch geklappt hätte. Vielleicht musste alles so kommen. Es tat mir lediglich Leid für unsere Partner, und ich hatte auch meinen Kindern gegenüber ein schlechtes Gewissen. Aber was sollte ich tun? Ich habe mich nun einmal für den eingeschlagenen Weg entschieden, und wir haben beide beschlossen, bei unseren Familien zu bleiben. Es gab kein Zurück mehr.

Doch dann haben sich plötzlich die Ereignisse überschlagen. Am Karnevalssamstag, es war der 18. Februar, hat uns ein ehemaliger Studienkollege von Philipp aus Münster besucht. Wir sind zu dritt nach Duisburg gefahren, weil dort die „Dirty Fingers" aus Gladbeck gespielt haben, die zum großen Teil alte Stücke von den Creedence Clearwater Revival total gut covern. Sie spielen jedes Jahr als willkommenes Kontrastprogramm zu den üblichen Karnevalsveranstaltungen, mit denen wir noch nie etwas am Hut hatten. Es ist natürlich spät geworden, bis wir endlich nach Hause kamen. Oder besser gesagt, war es früh, also schon nach Mitternacht. Für mich war abzusehen, dass es eine kurze Nacht wird, und ich somit nicht mehr viel Schlaf bekommen würde. Denn für den Sonntag hatte sich Besuch angekündigt, und ich musste noch jede Menge vorbereiten. Während sich Philipp und der Studienkollege ausschlafen konnten, war ich schon wieder früh auf den Beinen.

Mit diesem Tag sollte mein Leben und auch das von Andreas eine ganz entscheidende Wendung nehmen. Das Schicksal nahm seinen Lauf, indem ich Janine, meiner Tochter, von dem übrig gebliebenen Kuchen mitgegeben habe. Von zu Hause aus hat sie sich dafür extra noch einmal mit einer SMS bedankt. Wäre ich zu diesem Zeitpunkt nicht total übermüdet gewesen, wäre alles anders gekommen. Aber so habe ich, kaum noch Herr meiner Sinne, im Bett die Nachricht gelesen und im schlaftrunkenen Zustand völlig missverstanden. Überhaupt habe ich mich lediglich wie jeden Abend von Andreas für die Nacht verabschieden wollen. Ohne auf den Absender der Nachricht geachtet zu haben, ging ich wie selbstverständlich davon aus, dass die Nachricht nur von ihm sein konnte. In dem Moment kam ich gar nicht auf die Idee, dass meine Tochter mir geschrieben hat. Obwohl mir schleierhaft war, für welchen Kuchen sich Andreas bei mir bedanken haben will. Ich muss einen totalen Blackout gehabt haben. In meiner geistigen Umnachtung habe ich direkt auf die SMS geantwortet, also keinen Empfänger extra eingegeben. Der Empfänger war gleich der Absender, du verstehst? Im Glauben, Andreas zu antworten, fragte ich, für welchen Kuchen er sich bedankt. Ob *er* wohl ein wenig verwirrt ist. Und…", Dagmar zögert und kann es kaum aussprechen, „ich habe noch dazu geschrieben, dass ich ihn und seine Zärtlichkeiten vermisse. Ja, das hätte ich natürlich nicht schreiben dürfen, da die SMS nicht an ihn gesendet wurde.

Aber jetzt hat sich im Bruchteil einer Sekunde alles, mein ganzes Leben, schlagartig geändert. Ich versende die SMS und begreife plötzlich, jetzt, wo sie verschickt ist, an wen sie geht. An meine Tochter. Mir wurde schlagartig klar, was das bedeutet und welche Konsequenzen es nach sich ziehen wird. Ich habe aus Versehen an meine Tochter eine Nachricht mit einem eindeutigen Inhalt verschickt. Ganz plötzlich wurde mir dermaßen schlecht und ich war durch das Adrenalin, was durch mein Blut schoss, so was von wach, wie man nur wach sein kann. Mein Gehirn arbeitete schlagartig auf Hochtouren, meine Synapsen müssen fast durchgebrannt sein. Am liebsten hätte ich draußen für die versendete SMS irgendwo ein imaginäres Stoppschild aufgestellt, bis hierher und nicht weiter. Bitte nicht zustellen. Aber es ließ sich nicht mehr ändern.

Meine Gedanken kreisen jetzt nur darum, ob ich noch eine Schadensbegrenzung herbeiführen kann. Durfte ich darauf hoffen, dass ausgerechnet diese SMS den Empfänger nie erreicht? Was ja immerhin in ganz seltenen Fällen schon vorgekommen sein soll. Aber wie du dir denken kannst, war das hier nicht der Fall, und natürlich wurde die Nachricht auch zugestellt. Meine Tochter hat sie zwar erst am nächsten Morgen gelesen, nur hat das an der Situation auch nichts mehr geändert."

Marianne nimmt noch einmal das Weinglas in die Hand. „Das Stück jetzt, *Take it Easy*, passt so gar nicht zu meiner Stimmung, die ich in dem Moment hatte. Denn was ich da angerichtet habe, konnte ich nun gar nicht leicht nehmen, ganz bestimmt nicht."

„Du wusstest, dass das Spiel jetzt aus ist", resümiert Marianne.

174

„Ja, ich habe zwar am nächsten Morgen noch meine Tochter gefragt, ob es nicht im Interesse ihres Vaters ist, ihm das, was passiert ist, zu verschweigen. Ihm Kummer zu ersparen und besser über meine falsch geleitete Nachricht einfach Stillschweigen zu wahren. Aber das könne sie nicht mit ihrem Gewissen vereinbaren. So blieb mir nach einer fürchterlichen Nacht, in der ich kein Auge zumachen konnte, nichts Anderes übrig, als meinem Mann am nächsten Morgen reinen Wein einzuschenken."

„Apropos Wein", merkt Marianne an, „komm, lass uns noch mal anstoßen, denn beschwipst sind wir beide jetzt allemal schon. Ich bin gespannt, wie das Ende ausgeht."

Dagmar reißt sich noch einmal zusammen und fährt fort: „Es war genau am Rosenmontag, am 20. Februar 2012. Ich war schon längst aus dem Bett und habe unten im Wohnzimmer gesessen. Mit meiner Tochter hatte ich auch schon Rücksprache gehalten, zu einer Zeit, als Philipp noch nichts ahnend friedlich im Bett schlummerte. Als er aufstand, um sich für die Arbeit fertig zu machen, kannst du dir vielleicht vorstellen, wie aufgeregt ich war. Ich fühlte mein Herz im ganzen Körper pochen, und in meinem Blut waren so viele Stresshormone wie noch nie. Als Philipp die Treppe herunterkam, habe ich ihn sofort ohne Umschweife gebeten, sich zu mir zu setzen. In dem Moment muss er schon eine Ahnung gehabt und sich gefühlt haben, als würde ihm der Boden unter den Füßen weggezogen. Ich habe versucht in Worte zu fassen, was ich mir schon in Tausend verschiedenen Varianten in der Nacht zurechtgelegt hatte.

Mit Details will ich dich jetzt verschonen. Mein Geständnis hat letztes Endes dazu geführt, dass Philipp für ein paar Tage in einer psychiatrischen Klinik aufgenommen wurde. Keiner konnte ahnen, ob er sich etwas antun würde, und das konnte natürlich niemand verantworten. Diese Erfahrungen hätte ich ihm gerne erspart, zumal er dann noch das Pech hatte, dass er auf der geschlossenen Abteilung festgehalten wurde. Eigentlich sollte er nur kurzzeitig zur Beobachtung in dieser Abteilung bleiben. Doch dann hat ein sich ausbreitender Krankenhauskeim dazu geführt, dass niemand die Station verlassen durfte. Von heute auf morgen konnte er plötzlich seine Pflichten als Anwalt nicht mehr erfüllen. Die Kollegen in der Kanzlei mussten seine Gerichtstermine wahrnehmen, einige konnten noch verschoben werden und, wie du dir denken kannst, hat das in unserer recht kleinen Stadt zu allerlei Gerede geführt. Für mich persönlich hat das ebenfalls zusätzliche Probleme mit sich gebracht, weil Philipp dadurch auch keine Möglichkeit hatte, mit der Außenwelt zu telefonieren. Auf dieser Station darf ein Patient nicht einmal ein Handy benutzen. Ich konnte ihn deshalb nicht erreichen, und mir blieb nichts anderes übrig, als ihn einmal zur Klärung von Formalitäten direkt in der Klinik aufzusuchen.

An der Situation ließ sich nichts mehr ändern. Alles ist durch diesen dummen Zufall ins Rollen gekommen – durch das Versenden einer einzigen SMS an einen falschen Empfänger. Man kann jetzt über alles Mögliche fachsimpeln, was gewesen wäre: Wenn Andreas damals auf unserer Schule geblieben wäre, oder wenn er mir seine Gefühle gestanden hätte. Wenn wir uns nicht über das Internet wiedergefunden hätten. Wenn Philipp von Anfang an ein anderes Verhalten an den Tag gelegt und einem Besuch von Andreas mit Sabine zugestimmt hätte. Unser aller Leben hätte dadurch eine andere Richtung genommen. Keiner von uns beiden hätte je von den Gefühlen des anderen erfahren, denn schließlich hegten wir beide zu Beginn unseres Mailaustausches keine Absichten. Aber das sind lauter *wenn* und *hätte*. Die Realität sah plötzlich so aus, dass auf beiden Seiten Gefühle für den anderen geweckt wurden. Und nach allem, was passiert ist, hatte ich nach dem Versenden dieser SMS die Konsequenzen zu tragen."

Marianne sieht Dagmar mitfühlend an: „Du wusstest zu dem Zeitpunkt doch erst einmal nur, dass deine Ehe nun endgültig am Ende ist und du dich von deinem Mann trennen musst. Wie sich Andreas entscheiden wird, wusstest du doch nicht, oder?"

„Doch, eigentlich schon. Wir hatten ja eine Vereinbarung getroffen. Jeder sollte bei seinem Partner bleiben, damit nicht beide Familien ins Unglück gestürzt werden. Wir waren der Meinung, dass es ausreicht, wenn wir unglücklich sind. Also stand für mich auch fest, dass Andreas bei Sabine bleibt, und ich alleine leben werde."

„Du hast also deinen Ehemann, deine Kinder und das Haus verlassen."

„Ja, das musste ich wohl. Mein Plan war, dass ich mir irgendwo eine kleine Wohnung suche. Noch hatte ich mir keine Gedanken darüber gemacht, in welchen Ort ich ziehen wollte, denn es kam alles viel zu plötzlich. Nachdem Philipp direkt am Morgen in die Klinik gebracht wurde, haben mich Mitarbeiter des Ordnungsamtes..."

„Wieso Ordnungsamt, was haben die damit zu tun? Entschuldige, wenn ich dich unterbreche, aber verwechselst du da nicht etwas?"

„Nein, das ist schon richtig. Zumindest bei uns in NRW gibt es schon seit über zehn Jahren das PsychKG, das Gesetz über Hilfen und Schutzmaßnahmen bei psychischen Krankheiten. Die städtischen Ordnungsbehörden ordnen die Unterbringung an, wenn Gefahr im Verzug ist, wie es bei den Juristen so schön heißt. Einen Tag später muss sich ein Richter vom Zustand des Patienten überzeugen. Mitarbeiter des Ordnungsamtes haben mich also gebeten, einige Sachen für meinen Mann zusammen zu suchen und zu packen. Kleidung, Pantoffel, Rasierer, Ausweis, das Übliche halt. Im Laufe des Tages hat sich auch eine Ärztin telefonisch bei mir gemeldet. Der Montag lief nur so an mir vorbei, und ich fühlte mich wie ein Zombie, müde und völlig durcheinander.

Andreas ist an diesem Morgen wie immer ganz zeitig zur Arbeit gefahren. Per SMS habe ich ihm die neueste Entwicklung darüber mitgeteilt, was bei mir zu Hause vorgefallen ist. Dass mein Mann nun Bescheid wüsste, eine Trennung nicht mehr zu verhindern und dies endgültig ist. Aber wie das Leben so spielt, war diese

SMS der Auslöser einer weiteren Katastrophe, was ich natürlich zu diesem Zeitpunkt noch nicht ahnen konnte. Da Andreas auf der Arbeit war, konnten wir weder miteinander telefonieren, noch uns auf anderem Wege austauschen – was zwangsweise bedeutete, dass er mir keine Rückfragen stellen konnte. Dummerweise hatte er meine Nachricht total missverstanden und falsch interpretiert. Er nahm an, dass ich mich von *ihm* trennen will, nicht von meinem Mann. Jetzt, wo alles ans Tageslicht gekommen ist, so dachte Andreas, wird mich mein Mann vermutlich vor die Wahl gestellt haben, dass er mich entweder aus dem Haus wirf,t oder ich auf jeglichen weiteren Kontakt zu Andreas verzichte.

Für Andreas schien das eine logische Folgerung zu sein, und somit war für ihn auch klar, dass dieser Bruch nun endgültig ist. Seine Zukunftsvision sah so aus, dass er mich niemals mehr sehen wird, und ich für alle Zeiten bei meinem Mann bleibe. Dieser Schluss war für Andreas wohl so klar, dass er keine andere Möglichkeit mehr in Betracht zog und nicht die geringsten Zweifel an dieser Annahme hatte. Insofern hat er auch keinen Grund gesehen mir überhaupt noch einmal zu schreiben. Für ihn ist auch, wie wenige Stunden zuvor für Philipp, eine Welt zusammengebrochen, und unter den gegebenen Umständen wollte er nicht mehr leben."

Marianne reißt erstaunt die Augen auf: „Das darf ja alles nicht wahr sein!"

„Doch, genauso war es. Andreas war verzweifelt und hat beschlossen, seinem Leben ein Ende zu setzen. Anstatt auf der Arbeitsstelle zu bleiben, schaltet er voller Enttäuschung sein Handy aus, damit er für niemanden mehr zu erreichen ist und fährt mit dem Auto nach Paderborn. Er wollte, wie er mir in einer Abschiedsmail mitgeteilt hat, in seinem Leben noch einmal an die Orte, an denen er mit mir glücklich war. So hat er sich im Welcome Hotel, in dem wir unser erstes Treffen hatten, ein Zimmer gemietet.

In seinem Kopf müssen sich furchtbare Szenarien abgespielt haben. Aber mir ging es auch nicht besser. Den ganzen Tag über habe ich vergeblich versucht, ihn zu erreichen. Ahnungslos wie ich war, denn ich hatte erwartet, dass er mir in seiner Mittagspause wieder schreiben würde, wie er es jeden Tag gemacht hat. Aber an diesem Tag kam keine Nachricht. Darauf konnte ich mir keinen Reim machen, gerade jetzt, wo ich ihn so dringend gebraucht hätte! Obwohl ich ihn nie ohne vorherige Absprache angerufen hätte, habe ich es an diesem Tag versucht und musste voller Enttäuschung feststellen, dass er sein Handy ausgestellt hat. Das war dann auch eine Erklärung dafür, wieso ich keine Zustellmeldungen für meine Nachrichten an ihn erhalten habe.

Ich führte sein ausgeschaltetes Handy darauf zurück, dass der Akku nicht geladen ist und war mir sicher, dass er sich nach Feierabend sofort bei mir melden wird. Ich wollte mich an eine harmlose Erklärung klammern. Andreas meldet sich bestimmt entweder nach der Arbeit von unterwegs, indem er ein Internetcafé aufsucht oder sofort, wenn er zu Hause ist und sein Handy aufladen kann. Ich wartete also den Nachmittag ab, es ging auf sechzehn Uhr zu, wo er eigentlich wieder zu Hause sein musste. Es verstrich eine weitere Stunde. Nichts kam. Keine Antwort.

Ich habe eine Mail nach der anderen an ihn geschrieben, denn ich vermutete ihn mittlerweile zu Hause an seinem PC.

Ich glaubte, dass ihm die Geschichte jetzt zu heiß wurde. Wenn ich mich von meinem Mann definitiv trennen würde, könnte ich womöglich Erwartungen an ihn haben, und da ist es doch viel einfacher, wenn alles so bleibt, wie es ist. Gelegentlich kann er mich ja mal treffen... Ich kam zu dem Entschluss, dass er zu seiner Lebensgefährtin stehen wird, und er den Kontakt von sich aus zu mir abbricht. Dementsprechend wütend waren meine Mails auch formuliert. Ob er nicht einmal den Schneid hat, und mir persönlich ins Gesicht sagt, dass er nichts mehr mit mir zu tun haben will. Aber es blieb weiterhin ruhig und ich erhielt keine Antwort.

Stattdessen bekam ich unerwartet zu Hause einen Anruf auf meinem Festnetzanschluss. Schon an der Nummer im Display konnte ich erkennen, dass es sich um die private Festnetznummer von Andreas handelte. Mit gemischten Gefühlen nahm ich den Hörer ab und habe mit Vorwürfen, mit allem Möglichen gerechnet, nur nicht mit einem Anruf seines Sohnes. Mit ihm hatte ich bisher noch nie ein Wort gesprochen und ich bin davon ausgegangen, dass er von meiner Existenz gar nichts wusste. Ich konnte mir ausmalen, welche Überwindung ihn dieser Anruf gekostet haben muss. Er stellte sich kurz vor, was unnötig gewesen wäre, denn ich wusste ja, wer er ist. Gerade heraus fragte er mich, ob sein Vater bei mir ist. Natürlich konnte ich das nur verneinen, denn er war ja auch tatsächlich nicht bei mir. Ob ich denn wüsste oder eine Ahnung hätte, wo er ist, weil er und seine Mutter sich Sorgen um ihn machten. Wieder antwortete ich wahrheitsgemäß, und im Gegenzug fragte ich ihn, wie er überhaupt darauf kommt, dass ich wissen könnte, wo sein Vater ist. Zu meiner Überraschung antwortete er mir, dass ich doch wohl so etwas wie ein Verhältnis mit seinem Vater hätte."

Marianne sitzt wie hypnotisiert regungslos im Sessel.

„Was sollte ich seinem Sohn darauf antworten? Denn ich hielt es nicht für meine Aufgabe, ihn darüber aufzuklären. Zumal ich zu dem Zeitpunkt nichts über Andreas wusste, wo er sich aufhielt, was er machte oder wie es ihm erging. Etwaige Erklärungen konnte Andreas seinem Sohn später immer noch selbst geben. Jedenfalls habe ich dem Sohn nach einem kurzen Gespräch, und nachdem ich mir seine Handy-Nummer notiert habe, versprochen, dass ich ihm sofort Bescheid geben würde, wenn ich etwas von seinem Vater höre."

„Was glaubst du, wie sein Sohn darauf kam dich zu fragen, ob du etwas mit seinem Vater hast?", will Marianne wissen.

„Keine Ahnung. Ich weiß es nicht. Er muss einen Verdacht gehabt haben. Vielleicht hat er an seinem Vater in letzter Zeit eine Veränderung bemerkt. Ich weiß es einfach nicht. Aber darüber habe ich nicht weiter nachgedacht, denn bei mir läuteten jetzt alle Alarmglocken. Andreas ist von der Arbeit noch nicht nach Hause gekommen. Niemand kann Kontakt zu ihm aufnehmen, und er hat sich bei niemandem gemeldet. Was ist mit ihm passiert? Ein Autounfall? Dann wäre die Familie längst benachrichtigt worden. Es musste etwas anderes, etwas Schreckliches vorgefallen sein. Ich war zum Nichtstun und weiteren Abwarten verurteilt. Und das war furchtbar quälend. Die Stunden vergingen, und ich habe nichts von Andreas gehört. Er hat mir kein Lebenszeichen gegeben, mich einfach ganz allein gelassen. Da ich schon in der vergangenen Nacht nicht geschlafen hatte, wollte ich es in dieser Nacht wenigstens bequem haben und legte mich ins Bett. Ich wusste, dass ich in diesem Zustand natürlich auch nicht schlafen kann, aber ich musste mich ausstrecken und meinen Gliedern Entspannung verschaffen. Ich war verzweifelt. Ich spürte, dass etwas nicht stimmt. Dass es Andreas nicht gut geht."

**Waltrop – Dienstag, 21. Februar 2012, 0.05 Uhr**

Immer noch hat Dagmar nichts von Andreas gehört, und ihre Unruhe hat sich bis zum Äußersten gesteigert. Sie liegt im Bett, aber an Schlaf ist nicht zu denken und sie quält der Gedanke, dass Andreas etwas zugestoßen sein könnte. Dass er sich gar nicht bei ihr gemeldet hat, ist so gar nicht seine Art, und der seit den Mittagsstunden aufkommende Ärger ist längst einer panischen Angst gewichen. Immer wieder geht sie alle Möglichkeiten durch. Hätte er einen Autounfall gehabt, dann wäre seine Familie benachrichtigt worden. Für den Fall, dass ihm auf der Arbeitsstelle etwas zugestoßen sein sollte, würde man ebenfalls der Familie Bescheid gegeben haben.

Noch einmal versucht sie, seinen Tagesablauf nachzuvollziehen: Er fährt morgens zur Arbeit, kommt aber nicht wie sonst nach Hause. Sein Handy hat er entweder absichtlich ausgeschaltet, oder der Akku ist leer, und er kann ihn unterwegs nicht aufladen. Bevor er sie aber im Ungewissen lässt, hätte er nach einer Möglichkeit gesucht, ihr eine Nachricht zukommen zu lassen. Zur Not hätte er in jeder Stadt ein Internet-Café gefunden. Wenn er das *gewollt* hätte – immer unter dieser Voraussetzung. Er hat ihr doch immer geschrieben und war ganz zuverlässig. Auf keinen Fall könnte er es ertragen ihr weh zu tun.

Und doch, denkt sie, habe ich jetzt nicht die geringste Ahnung, wo er ist und warum er sich nicht meldet. Es muss etwas Schlimmes passiert sein, nur weiß sie nicht, was das sein kann. Für Dagmar wird immer mehr zur Gewissheit, dass es Andreas nicht gut geht. Sie fühlt es regelrecht. Wie kann sie Kontakt zu ihm aufnehmen, wenn sein Handy nicht auf Empfang ist, und sie nicht weiß, wo er sich aufhält? In ihrer Verzweiflung sieht sie alle paar Minuten auf ihr Handy. Als ob die Wahrscheinlichkeit, dass er sich meldet, dadurch größer wird. Sie klammert sich an die Hoffnung doch ein Lebenszeichen von Andreas zu empfangen. Mit jeder Minute fürchtet sie langsam verrückt zu werden. Wieso sieht sie andauernd auf das Display? Sie weiß doch, dass Andreas sein Handy ausgestellt hat, ob nun beabsichtigt oder nicht. Da kommt keine Nachricht von ihm. Er will nichts mehr von dir wissen. Aber nein, es geht ihm nicht gut. Er braucht dich. Hör ich jetzt schon Stimmen? Bin ich von allen guten Geistern verlassen? Ich muss zu Andreas Kontakt aufnehmen, muss an ihn denken. Ganz intensiv an Andreas denken. Dagmar konzentriert sich, ruft sich sein Bild in Erinnerung. Sie fängt hemmungslos an zu weinen. Ist verzweifelt. Andreas, melde dich! Ich brauche dich! Lass dein Mädchen nicht alleine! Du kannst doch dein Mädchen nicht einfach alleine lassen!

Als Dagmar einen neuerlichen Blick auf ihr Handy wirft, ist sie kaum noch in der Lage, vor lauter Tränen überhaupt noch etwas auf dem Display zu erkennen. Nein, es ist keine SMS eingegangen. Von wem auch? Das Herunterladen der Mails aktualisiert sie in regelmäßigen Abständen, weil ihr die voreingestellte, automatische Zehn-Minuten-Synchronisation zu lang erscheint. Doch wozu mache ich das, fragt sie sich in ihrer Verzweiflung, wenn doch keine Mail eingeht? Es ist alles unnütz, es führt zu nichts.

Aber dann, gegen 0.45 Uhr – was ist das? Eine Mail von… nein, das kann nicht sein. Dagmar fröstelt. Mit zittrigen Händen wischt sie sich schnell ihre Tränen mit einem Taschentuch weg, um die Nachricht entziffern zu können. Als Absender liest sie: Andy! Das kann nicht wahr sein. Sie muss träumen oder schon dem Wahnsinn verfallen sein. Wieso schreibt er ihr mitten in der Nacht? Schnell, sie will keine Zeit verlieren, ist begierig zu erfahren, was er ihr mitzuteilen hat und beginnt zu lesen:

*„Meine Liebste!"*

Ihr Gehirn hat über die Nervenbahnen schon Signale zur Entwarnung gegeben, während sie die Anrede liest. Das hört sich doch gut an, denkt Dagmar. Alles ist gut. Alles wird gut. Ich bin immer noch seine Liebste. Er konnte mir nur nicht eher antworten. Gleich werde ich wissen, warum er keine Möglichkeit einer Kontaktaufnahme gesehen hat.

Aber halt, was steht da weiter? Dagmar ist extrem aufgeregt, und sie hat das Gefühl, ihre Hände nicht mehr zu spüren. Sie kann kaum noch ihr Handy halten. Ihre Finger gehorchen ihr nicht mehr. Was steht da? Vom Tod schreibt er ihr? Er will sie lieben bis zu seinem Tod und der ist in zwei bis drei Stunden? Dagmar fängt an zu würgen. Das kann doch nicht wahr sein. Wann ist die Mail gekommen? Schnell einmal nach oben scrollen - eben gerade? Wann hat er sie geschrieben? Könnte ein Problem beim Provider für eine verzögerte Zustellung verantwortlich sein? Hat Andreas die Mail vielleicht schon am Nachmittag geschrieben und versendet? Und die Mail ist einfach in den Weiten des Internets über Stunden unterwegs gewesen? Geht das überhaupt?

Tatsache ist aber schon einmal, dass er die Mail irgendwann geschrieben haben muss. Dagmar kombiniert: Andreas muss also sein Netbook bei sich haben und ihr von irgendwoher schreiben können. Jetzt? In diesem Augenblick? Während sie diese schrecklichen Zeilen liest?

Dagmar hat keine Zeit, die Mail zu Ende zu lesen und schreibt fürs erste auf die Schnelle nur die drei Worte: NEIN NEIN NEIN! Und ganz schnell, jede Sekunde könnte zählen, verschickt sie die Mail. Und in der Hoffnung, dass ihn ihre Nachrichten erreichen, und er sie liest, folgt noch sofort eine zweite hinterher: Mein Liebster! Du musst da etwas falsch verstanden haben! Tu dir nichts an! BITTE BITTE! NEIN NEIN NEIN!

Dagmar fühlt sich elender als nach einer Achterbahnfahrt. Ihr ist speiübel, und ihr bricht kalter Schweiß aus. Was ist, wenn ihre Zeilen Andreas nicht mehr rechtzeitig erreichen? Was ist, wenn sie ihm nie mehr etwas erklären kann? Ihr bleibt nichts anderes als abzuwarten und sie beschließt, erst noch einmal die komplette, traurige Mail zu lesen, die hoffentlich nicht das Letzte ist, was ihr von Andreas bleibt:

*Meine Liebste,*

*zuerst hast du mir geschrieben, dass du dich von Philipp trennen und zu einer Anwältin gehen willst. Dann kam deine SMS, dass wir uns trennen, und deine lange Mail deshalb für mich nicht mehr so schlimm wäre. Ich liebe dich so sehr, dass ich das nicht ertragen kann. Die Vorstellung, dich nie wieder in meinen Armen zu halten, dich nicht mehr streicheln zu dürfen, dich nie mehr zu küssen... Ich habe dir gesagt, dass ich dich für immer lieben werde, bis zu meinem Tod, und das ist auch so. In zwei bis drei Stunden werde ich tot sein, und danach endet dann auch meine Liebe, denn von mir wird nichts bleiben.*

*Ich bin ein gefährlicher Psychopath, schreibt einer deiner Söhne, obwohl er mich gar nicht kennt. Ja, gefährlich stand auch auf meiner Akte im Heim, dann war ich ein gefährlicher Dealer, ein gefährlicher Schläger, ein gefährlicher Zuhälter. Was Leute, die mich gar nicht kennen, alles so über mich wissen...*

*Mir ist dann heute eingefallen, was damals auf meiner Geburtstagsfeier im Schrebergarten passiert ist. Als du so betrunken warst, und ich dir helfen wollte, hast du mich weggestoßen und gesagt, ich solle abhauen. Am nächsten Tag habe ich versucht, mich umzubringen. Doch das hat nicht geklappt. Mein Stiefvater hat mich grün und blau geschlagen, und ich bin dann einfach abgehauen. Doch ein Kollege hat mich verpfiffen, und so konnte mich mein Onkel finden, aber ich bin dann immer wieder für ein paar Tage in der Drogenszene abgetaucht.*

*Ich war heute an ein paar Orten, die mich an glückliche Momente mit dir erinnert haben, aber ich war einfach nur traurig. Ich habe den Schmetterlings-Anhänger an meine Kette mit dem Elefanten gemacht, damit die beiden zusammen sind. Neben mir liegt die Münze mit dem alten Ché. Sie hat mir kein Glück gebracht, doch er soll mich auf meinem letzten Weg begleiten, denn ich habe solche Angst vor dem Sterben...*

*Schreibe den Roman, denn während du daran schreibst, werde ich bei dir sein. Ich liebe dich bis zum letzten Atemzug!*

*Dein Andy*

Nein, denkt Dagmar und möchte schreien, das darf doch alles nicht wahr sein. Andreas hat sich etwas angetan. Es ist zu spät. Er hat sich umgebracht. Hat alles falsch verstanden. In seiner Panik dachte er, ich wollte mich von *ihm* trennen. Wie konnte er das nur so falsch verstehen? Ihr Innerstes schreit förmlich nach ihm. Sie steht auf, aber wo soll sie hin? Es ist kalt, und sie friert. Sie legt sich wieder unter die Bettdecke, obwohl ihr auch hier nicht warm wird. Alles um sie herum beginnt sich zu drehen. Sie hat das Gefühl, als würde die ganze Welt aus den Fugen geraten. Verzweifelt versucht sie Andreas über Kanäle zu erreichen, die es gar nicht geben kann. Völlig irrational ruft sie in Gedanken immer nach Andreas, er muss sie doch irgendwie hören können. Oder? Nein, halt, es ist zu spät! Er kann mich schon nicht mehr hören, ist er womöglich schon…. Nein, das will sich Dagmar nicht weiter ausmalen. Sie ist verzweifelt und weint bitterlich. Wenn Andreas wirklich… Das wäre ja eine Tragödie wie bei Romeo und Julia. Das gibt es doch nicht im wirklichen Leben. Und schon gar nicht in der heutigen Zeit. Wo es Telefone und Handys gibt. Fast muss sie über diese Gedanken lachen. Welch eine Ironie. Was nutzen Handys, die nicht zu erreichen sind? Wie kann sie Andreas erreichen, wenn es nicht schon zu spät ist? Was soll sie jetzt nur tun?

**Gladbeck – Mittwoch, 23. Mai 2012, 22.20 Uhr**

Dagmar und Marianne hören das letzte Musikstück von der CD und für einen Moment schweigen beide. Dagmar kann ihre Tränen nicht mehr zurückhalten. Bei der Schilderung der Ereignisse ist alles wieder so präsent, und ihre Emotionen sind so aufgewirbelt, dass ihr selbst jetzt noch ein kalter Schauer über den Rücken läuft.

Marianne hat sich alles betroffen angehört und spricht leise: „Weißt du was, Dagmar, über das, was du mir erzählt hast, solltest du ein Buch schreiben."

„Ob du es glaubst oder nicht", kommt die prompte Antwort. „Genau das habe ich auch vor. Diese Überlegung hatten Andreas und ich schon, bevor es überhaupt zum Zusammenbruch unserer Familien kam. Und deshalb sprach Andreas auch in seinem Abschiedsbrief an mich davon, dass ich den Roman, unseren Roman, auf jeden Fall schreiben soll."

„Aber ehrlich gesagt, wenn du das alles zu Papier bringst, glaubt dir das kein Mensch. Jeder Leser, der sich kritisch über das Buch äußert, wird es für realitätsfremd halten. Man wird glauben, dass es nicht authentisch sein kann. Es mag schon vorkommen, dass jemand seine Jugendliebe wieder trifft, meinetwegen auch nach so langer Zeit, und dass die beiden zueinander finden. Das soll es schon gegeben haben. Aber die ganze Story mit den Zufällen, die euch passiert sind, das ist einfach zu viel."

Marianne sitzt ganz gespannt und stellt sich vor, wie sich Dagmar in dieser Nacht gefühlt haben muss. Sie lässt ihr Zeit, bis sie sich beruhigt hat. Aber die Zeit drängt, denn gleich wird Dagmar abgeholt, und Marianne interessiert sich noch dafür, wie die Geschichte weiter gegangen ist.

„Bevor du aufstehst und gehst, erzähl' mir noch, was in dieser Nacht weiter passiert ist. Du hast also von Andreas eine Abschiedsmail bekommen und du hast ihm darauf geantwortet. Was du nicht wissen konntest, ist, ob er diese Mail überhaupt noch gelesen hat. Das mit dem Rufen nach ihm hast du doch nur so gesagt, oder? Du glaubst doch nicht wirklich, dass er dich gehört haben kann", bohrt Marianne weiter.

„Ich weiß, dass es sich bescheuert anhört. Aber ich habe doch auch vorher, als ich unruhig im Bett lag, irgendetwas von ihm gehört, also nein, nicht direkt gehört, irgendwie wahrgenommen, ich habe es gefühlt, und genau so hat er jetzt meine Verzweiflung gespürt. Mich hat mein Gefühl nicht zur Ruhe kommen lassen, und ich habe unaufhörlich auf mein Handy geschaut. Nenne es eine innere Stimme, es ist mir egal. Und auf dem gleichen Weg, auf dieser Schwingung, auf der wir beide gesendet und empfangen haben, hat er jetzt meine Verzweiflung gehört, gespürt.

Übrigens hat hier noch ein Zufall mit hineingespielt, denn eigentlich wäre schon alles zu spät gewesen. Andreas hat nämlich die Mail verschickt und ist dann erst noch einmal weg, um eine Zigarette zu rauchen. Das klingt vielleicht auch schon wieder paradox. Aber er hat immer geraucht und dachte sich, dass es ein trauriger Tod wird, so ganz ohne eine Zigarette. Aber ausgerechnet diese Zigarette hat ihm das Leben gerettet. Andreas hatte bereits, wie er mir später erzählte, eine erste Tablette eingenommen. Er wollte ein bisschen neben der Spur sein, um nicht mehr alles so genau wahrzunehmen. Außerdem hatte er auch schon eine ganze Flasche Rotwein getrunken und ich weiß nicht, was er noch alles intus hatte. Ein Cutter-Messer hat er sich bereit gelegt, um sich in einem durch Tabletten betäubten Zustand die Pulsadern aufzuschneiden. Genau in der Zeit, die er mit dem Rauchen der Zigarette verbrachte, reagierte ich von zu Hause mit meinen Antwortmails. Den Maileingang hat er realisiert, nachdem er wieder zurück auf das Zimmer kam. Er muss sich ganz schön gewundert haben, als er in seinem Posteingang nachts noch eine Mail vorfand und dazu ausgerechnet von mir. Zuerst erreichte ihn meine verzweifelte Mail, die nur drei Mal das Wort NEIN enthielt.

Ich stellte mir das häufig bildlich vor, wie er der Verzweiflung nah und voller Angst vor dem Tod das Zimmer betritt, seit Stunden alleine, konnte mit niemandem sprechen, und dann kommt eine Mail mitten in der Nacht von seinem Mädchen. Die er doch zu dieser Zeit schlafend neben ihrem Mann im Ehebett vermutet hat. Allein schon aus dieser Tatsache muss er neue Hoffnung geschöpft haben – sollte er sich geirrt haben? Sie wollte sich doch von mir trennen, hat er gedacht, was will sie da noch von mir? Warum schreibt sie mir? Was steht da, ich soll mich geirrt haben? Alles soll nur ein Versehen gewesen sein?

Andreas hat sein Handy sofort auf Empfang gestellt, und ich konnte an den Zustellmeldungen der unzähligen an ihn verschickten Nachrichten augenblicklich sehen, dass er wieder zu erreichen ist. Gerade in dem Moment klingelte es auch schon auf meinem Handy, und Andreas meldete sich. Ich konnte es nicht fassen vor lauter Freude. Seine Stimme war wie Musik in meinen Ohren. Der ersten Freude wich sofort die Angst, ob es schon zu spät ist. Hat er Tabletten eingenommen? Eine Überdosis? Was hat er getan, was ist schon passiert? Zum Glück konnte er mich beruhigen. Bis zu diesem Zeitpunkt wäre noch nichts wirklich Schlimmes geschehen, aber er hätte es jetzt tun wollen. Das Messer läge bereit. Ich war so fertig und meine Nerven lagen dermaßen blank, das kannst du dir nicht vorstellen. Die ganze Zeit habe ich ihn am Telefon angefleht, dass er bloß nichts Unüberlegtes tun soll. Ich war so fertig und durcheinander, dass ich schon gar nicht mehr richtig auf das hören konnte, was er mir sagte."

Dagmar sieht auf die Uhr und reißt die Augen auf.

„Mann, so spät ist das schon? Gleich steht Andreas draußen vor der Tür, und ich möchte ihn ungern warten lassen. Erst gestern haben wir beide schon so viel zu erzählen gehabt, und in der Cocktailbar ist es spät geworden. Da musste Andreas auch schon den ganzen Abend ohne mich verbringen. Obwohl er ganz gerne in Ruhe am Abend seine Arbeiten am Computer erledigt.

Um die Geschichte abzukürzen: Andreas und mir war klar, dass in dieser Nacht keiner mehr von uns beiden mit dem Auto fahren durfte, und wir uns deshalb nicht sofort sehen konnten. Ich war nach den letzten schlaflosen Nächten total übermüdet, und Andreas hatte entschieden zu viel getrunken. Überhaupt waren wir schon deshalb nicht mehr fahrtüchtig, weil uns so die Knie schlotterten. Auch wenn wir uns natürlich gerne sofort getroffen hätten, mussten wir vernünftig sein und uns bis zum nächsten Tag gedulden. Für den Rest der Nacht haben wir uns beide noch ins Bett gelegt und versucht zumindest etwas Ruhe zu finden.

Am nächsten Morgen bin ich zu ihm nach Paderborn gefahren. Für Andreas stand mittlerweile fest, dass er seine Lebensgefährtin ebenfalls verlassen wird. Er brauchte lediglich noch ein paar Tage um seine Sachen zu ordnen und wollte dann so schnell wie möglich zu mir kommen. Ich sollte für uns eine kleine Wohnung in der Nähe unseres früheren Wohnortes finden, und meine Wahl fiel auf Gladbeck. Die Stadt war mir von Besuchen zumindest etwas vertraut, und ich hatte es von Waltrop nicht zu weit, wenn ich einen Termin für eine Wohnungsbesichtigung hätte. Erst im Nachhinein ist uns aufgefallen, dass wir uns nicht einmal die Frage gestellt haben, ob wir überhaupt zusammen ziehen wollen. Beide müssen wir wie selbstverständlich einfach davon ausgegangen sein."

„Und so habt ihr dann mit nichts ganz von vorne angefangen", stellt Marianne fest und sieht Dagmar dabei an.

„Ja, wir haben noch einmal, wie man so schön sagt, von vorne angefangen. Also mit nichts. Es fehlte an allem. Ich musste die Wohnung gründlich putzen und dazu brauchte ich einen Besen und Wischer, Putzmittel, Schwamm und auch eine WC-Bürste. Viele Kleinigkeiten mussten auf die Schnelle besorgt werden. Du kannst nicht einmal ein Bild aufhängen, wenn du keinen Nagel und keinen Hammer hast. Kleinigkeiten, die seit Jahren wie selbstverständlich zu meinem Hausstand gehörten, fehlten uns plötzlich.

Ich habe meinem Mann das Auto und das Wohnmobil, sämtliche Einrichtungsgegenstände, viele schöne Bilder und wertvolle Teppiche, den kompletten Hausstand, einfach alles überlassen. Selbst die Präsente, die wir zu unserer Hochzeit bekamen und etliche meiner Geburtstagsgeschenke, die ich im Laufe der Jahre von meinen Eltern und Freunden bekam, habe ich im Haus zurück gelassen, weil ich entweder dafür in meinem neuen Leben keine Verwendung oder in unserer kleinen Wohnung keinen Platz finden kann. Lediglich einen kleinen Betrag als Startkapital habe ich vom Barvermögen gefordert. In dem Haus mit dem liebevoll angelegten Garten habe ich zwar gewohnt, aber ich habe mich dort nie wirklich glücklich gefühlt. Wenn ich ehrlich bin, vermisse ich allerdings meinen schönen Garten. Mir hat die Arbeit draußen Spaß gemacht, und abends habe ich mich zufrieden hingesetzt und mein Werk betrachtet. Bei Spaziergängen durch die Wohnviertel in Gladbeck werde ich immer wieder daran erinnert, was ich aufgegeben habe. Aber alles kann man eben nicht haben. Ein Haus ist schön, ein Auto praktisch, Urlaubsreisen habe ich gerne unternommen, aber das ist nicht alles im Leben."

Kopfschüttelnd sieht sie Marianne an: „Warum hast du nicht auf einer fairen Teilung bestanden? Ich meine, du hast doch alles in den Jahren eurer Ehe mit erarbeitet, und dir würde von allem die Hälfte zugestanden haben."

„Ach weißt du, das ging damals alles so schnell. Vielleicht hatte ich ein schlechtes Gewissen, weil mir das von allen Seiten eingeredet wurde. Ich frage mich heute auch, wieso Philipp es als selbstverständlich angesehen hat, dass ich ihm alles überlasse. Er hat nie auch nur ein einziges Wort in dieser Richtung verlauten lassen. Immerhin war das in früheren Gesprächen seine größte Sorge, dass er bei einer möglichen Trennung mit leeren Händen dastehen könnte.

Im umgekehrten Fall hätte ich, ehrlich gesagt, ein schlechtes Gewissen. Wenn ich auch verstehen kann, dass der verlassene Partner zunächst enttäuscht ist oder wütend sein kann, so würde es mich auf Dauer belasten, wenn ich weiß, dass mir alles Materielle geblieben ist, während der Partner von ganz vorne anfangen muss. In meinem Alter und vor dem Hintergrund, dass ich durch die Familienphase und Betreuung eines Angehörigen auf eine Berufstätigkeit verzichten musste, was einen Wiedereinstieg heute fast unmöglich macht, ist das besonders schwer.

Und ich muss dir noch etwas sagen: So sehr mich der Verlust einiger lieb gewordener Dinge auch schmerzen mag, so tut es am meisten weh, den Kontakt zu meinen Kindern mehr oder weniger verloren zu haben. Philipp mag das nicht bewusst gesteuert haben, aber durch seinen angekündigten Selbstmord in jener Nacht, als ich mich von ihm trennen wollte, hat er mein weiteres Verhalten bestimmt und in eine Richtung gelenkt, die mich vor den Augen meiner Kinder zu einer Lügnerin abgestempelt hat. Ich fühlte mich damals in die Ecke getrieben und sah keinen anderen Ausweg, als eine Rolle zu spielen. Genau das werfen mir meine Kinder heute vor. Keiner von ihnen kann oder will sich in meine damalige Situation hineinversetzen, und sie können auch nicht meine Gefühle nachvollziehen, die sich bei mir über viele Jahre angestaut haben."

Dagmar seufzt: „Das, liebe Marianne, ist die eigentliche Tragödie. Im Nachhinein sieht man vieles anders. Ich hätte mich schon viel eher von meinem Mann trennen müssen. Aber dann war da sein Vater, um den ich mich gekümmert habe, und auch wegen der Kinder habe ich immer wieder einen Rückzieher gemacht. Dadurch, dass Andreas plötzlich aus dem Nichts aufgetaucht ist, hat sich die Situation total geändert. Die Kinder brauchten mich nicht mehr, ich fühlte mich von Philipp zunehmend unverstanden und eingeengt, zu vieles hat sich über die Jahre angestaut und nach einem Ventil gesucht. Da kamen einfach ein paar Dinge zusammen und fügten sich zu einem Ganzen. Tja, so war das nun einmal, und mit Andreas war abgesprochen, dass wir einen Schnitt machen, von ganz vorne anfangen. Er kam ebenfalls mit leeren Händen nach Gladbeck und hat Sabine alles überlassen. Gerade einmal seinen Computer und einige persönliche Sachen hatte er im Gepäck. Die meisten Einrichtungsgegenstände haben wir gebraucht bei der Diakonie gekauft, wo wir jede Woche einmal vorbeischauen. Denn die wirklich guten Sachen sind oft nur kurzzeitig im Laden zu finden und es lohnt sich immer, einen Blick hinein zu werfen. Gelegentlich haben wir auch auf einem Flohmarkt oder einer Wohnungsauflösung Glück gehabt. Nur konnten wir dort selten größere Gegenstände kaufen, da wir kein Auto besitzen."

Dagmar gähnt vor Müdigkeit und ist schon aufgestanden. Andreas steht sicher schon draußen und wartet auf seinen Schmetterling.
„Aber eins muss ich dir noch erzählen", und dabei muss sie lachen, „stell' dir vor, wir sind in eine komplett leere Wohnung eingezogen und mussten sogar die ersten Nächte auf dem nackten Fußboden schlafen. Wir wurden beide um drei Uhr in der

Nacht wach, und weil uns alle Knochen weh taten und wir nicht mehr wussten, auf welcher Seite wir noch liegen sollen, haben wir überlegt, ob es besser ist, lieber gleich aufzustehen. So etwas muss man selbst erlebt haben. Ich danke dir noch einmal für alles und mach es gut. Wir hören wieder voneinander."

Marianne sieht Dagmar und Andreas noch lange nach, wie sie Hand in Hand die Straße hinunter gehen. Sie wissen, dass es nicht leicht sein und das Leben für sie kein Zuckerschlecken werden wird. Aber sie sind fest entschlossen, es irgendwie zu schaffen!

 Beatrix Petrikowski wurde 1957 in Buer geboren. Seit Anfang 2011 schreibt sie regelmäßig Buchrezensionen, die in dem Blog Gedankenspinner.de veröffentlicht werden. Außerdem führt sie gelegentlich Interviews mit bekannten Autoren und hält Lesungen ab. Für ihr erstes Buch „Was geht unter Tage ab?" durfte sie mit den Kumpeln für eine Woche täglich unter Tage einfahren, während sie für ihr zweites Buch „Was geht im Operationssaal ab?" Informationen direkt im Operationssaal sammeln konnte. Es folgten zwei gemeinsame Werke mit ihrem Ehemann, nämlich „Damals auf Graf Moltke" und „Bergmannsfrühstück", inzwischen hat sie auch ein erstes Kinderbuch, „Mein Opa war Bergmann", geschrieben. Die Autorin ist mit ihren Kurzgeschichten in diversen Anthologien vertreten, für die ebenfalls eine Buchveröffentlichung geplant ist. Beatrix Petrikowski hat drei erwachsene Kinder, lebt heute mit ihrem Ehemann in Gladbeck und ist stolz darauf, mit „Meine Frau kommt mit ihrem Mann" ihr Romandebüt zu geben.

**Was geht unter Tage ab?**

Eine Hommage an den Bergbau

Die Autorin Beatrix Petrikowski ist selbst ein Kind des Ruhrgebiets. Angesichts der bevorstehenden Schließungen der Zechen hat sie sich in ihrem Freundes- und Bekanntenkreis umgehört, was man dort über die Arbeit unter Tage weiß. Das Ergebnis war dermaßen ernüchternd, dass sie sich spontan entschlossen hat, die Bewohner des Ruhrgebiets (und auch alle anderen!) darüber aufzuklären, was so unter Tage abgeht. In einer nicht immer ganz ernsten Sprache hat die Autorin ihre Erlebnisse und Eindrücke in dem vorliegenden Buch zusammengetragen und gibt in allgemeinverständlicher Form einen kleinen Überblick über das, wie es unter den Häusern und Straßen im Ruhrgebiet aussieht.

Beatrix Petrikowski, Books on Demand 2014, Broschur, 92 Seiten, mit zahlreichen farbigen Abbildungen, ISBN 978-3-7322-9916-4, Preis: 9,95 Euro.

**Was geht im Operationssaal ab?**

Vorbereitungen zu einem chirurgischen Eingriff

Wenn man den Zahlen glauben darf, haben über 40% der Deutschen Angst vor einer Vollnarkose. Grundsätzlich ist die Angst vor etwas Unbekanntem, was eine Operation in der Regel ist, verständlich. Aber sie ist wenig hilfreich. Denn wenn es sich dabei nicht nur um ein mulmiges Gefühl handelt, sondern um eine bis zur Panik ausufernde Angst, dann führt das zu Blockaden: Wir hören dem Arzt nur noch mit halbem Ohr zu und haben nach dem Gespräch bereits die Hälfte von dem, was er uns erklärt hat, vergessen. Wer sich einer Operation unterziehen muss, befindet sich immer in einer Ausnahmesituation und neben den Ängsten vor dem Eingriff macht man sich Sorgen um die eigene Gesundheit und Zukunft. Das Gefühl, fremden Menschen willenlos ausgeliefert zu sein, trägt in dieser Situation nicht gerade zur Beruhigung bei. Besonders bei älteren Menschen kann schon allein der Gedanke an ein fremdes Umfeld für schlaflose Nächte sorgen. Was für Ärzte und Pflegekräfte Routine ist, ist für die meisten Patienten dagegen eine nicht alltägliche und unbekannte Situation. Während einige besser gar nicht wissen wollen, was mit ihnen geschieht, kann es anderen die Angst nehmen, wenn sie möglichst viel über den Ablauf wissen. Genau an dem Punkt setzt das Buch an: Beginnend mit einem geschichtlichen Rückblick, führt es über erste chirurgische Eingriffe hin zur heute üblichen Praxis, wobei eine Operation von den Vorbereitungen bis zur Rückverlegung ins Krankenzimmer ausführlich und mit zahlreichen Fotos unterstützt dokumentiert wird. Das Ziel ist, Ihnen Ihre Ängste zu nehmen, indem Ihnen Einblicke in einen Bereich gewährt werden, der sonst nur dem Klinikpersonal vorbehalten ist.

Beatrix Petrikowski, CreateSpace 2013, Broschur, 92 Seiten, mit zahlreichen farbigen Abbildungen, ISBN 978-1-4839-7959-5, Preis: 14,95 Euro.

**Damals auf Graf Moltke**
Gladbecker Bergleute erzählen

Eine von dem örtlichen Verein für Orts- und Heimatkunde und dem REVAG Geschichtskreis Zeche Graf Moltke organisierte Wanderung auf den Spuren des Steinkohlebergbaus in Gladbeck führte zu einem ersten persönlichen Kontakt zwischen Walter Hüßhoff und den Autoren Beatrix und Michael Petrikowski. Bei einem monatlich stattfindenden Bergmannsfrühstück im Freizeittreff Karo kristalli-siete sich das gemeinsame Interesse an der Geschichte des Bergbaus heraus, das schließlich zu diesem Projekt über die Geschichte(n) der Gladbecker Bergleute führte, die über ihr vom Bergbau geprägtes Leben berichten.

Beatrix und Michael Petrikowski, Books on Demand 2013, Broschur, 76 Seiten, mit zahlreichen s/w Abbildungen, ISBN 978-3-7322-8884-7, Preis: 8,95 Euro.

## Mein Opa war Bergmann

Unter den Straßen und Häusern im gesamten Ruhrgebiet hat der Steinkohleberg-bau ein kilometerlanges, unterirdisches Tunnelsystem angelegt, um an die begehr-te Kohle zu kommen. Heute wird nur noch in drei Bergwerken Kohle gefördert und bald gehört diese Ära der Vergangenheit an. Das vorliegende Kinderbuch ist für das erste Lesealter gedacht und erklärt am Beispiel des Schülers Recep, dessen Großvater ein Bergmann war, wie die Bergleute die Kohle unter Tage abbauen und wie sie zu ihrem Arbeitsplatz gelangen. Die Kinder lernen, was die Begriffe Grubengas, Förderkorb und Flöz bedeuten und neben anderen bildhaften Darstel-lungen werden auch das unterirdische Streckensystem oder die Protegohauben in Illustrationen dargestellt.

Beatrix Petrikowski, Books on Demand 2013, Broschur, 40 Seiten, mit farbigen Illustrationen von Walter Hüßhoff, ISBN 978-3-7322-8687-4, Preis: 4,95 Euro.

**Bergmannsfrühstück**

Ein Gladbecker Lesebuch

In einem Zeitraum von über zwei Jahren haben die Autoren Beatrix und Michael Petrikowski mit über fünfzig Zeitzeugen gesprochen, die in diesem Buch zu Wort kommen und mit ihren Biografien einen Ausschnitt der Gladbecker Geschichte aufleben lassen. Sie erzählen von ihren Erinnerungen aus ihrer frühesten Kindheit, ihrer teils gefahrvollen, interessanten oder auch spannenden Arbeit, sowie von ihren Erlebnissen und geben Anekdoten aus ihrem Leben zum Besten. Einige von ihnen können noch aus Kriegstagen mit Bombenangriffen, von der Kinderlandverschickung oder vom Hamstern bei den Bauern auf den Dörfern berichten, während andere vom Vereinsleben oder der Brauchtumspflege erzählen. Alle zusammengetragenen Geschichten verbindet ein monatlich stattfindendes Bergmannsfrühstück des Geschichtskreises Zeche Graf Moltke, das sich wie ein roter Faden durch das gesamte Buch zieht und bei dem die verschiedensten Themen sowie die Aktivitäten der ehemaligen Bergleute an den Schulen erörtert wurden.

Beatrix und Michael Petrikowski, Books on Demand 2014, Broschur, 224 Seiten, mit vielen farbigen Abbildungen, ISBN 978-3-7386-0524-2, Preis: 18,95 Euro.